Scarlet
스칼렛
www.bbulmedia.com

그녀의
클래스

Contents

띠리리리리.

화창한 토요일 아침, 침실에서 울리는 전화벨 소리에 이불을 덮고 있던 형체가 꿈틀거렸다. 그리고 이불 속에서 살짝 손만 나와서는 전화기를 들었다 놓자 다시 방 안이 조용해졌다.

침대에서 나올 생각이 없는 듯이 형체는 더 몸에 이불을 돌돌 애벌레처럼 말았다.

얼마 후 다시 시끄럽게 다시 전화가 울려 댔다. 결국은 일어난 여자가 갈라지는 목소리로 울리는 전화에 응답했다.

"음음, 여보세요."

— 상아, 아직도 자고 있니? 오늘 나 데리러 오기로 하지 않았어?

"네? 지금 몇 시?"

정신 차리고 시계를 보니 벌써 점심이 가까워 오고 있었다. 어머니를 모시고 친한 친구 선이가 강의하는 요리 교실에 가기로 약속을 했는데 큰일 났다!

어젯밤 인기리에 종영한 외계에서 온 남자가 나오는 드라마를 우연히 접하고 여자 주인공에 빙의되어 행복감에 빠져나오지 못하고 조금만 더, 조금만 더, 하며 끝까지 보다가 쓰러졌는데 늦잠을 잤나 보다.

"엄마, 나 지금 출발해요. 30분 있다 나오세요!"

일어난 차림 그대로 현관으로 뛰쳐나가 차키만 집어 들고 슬리퍼에 발을 끼워 넣고 차가 있는 곳으로 달렸다.

급히 차에 타 시동을 걸고 규정 속도는 지키되 최대한 밟았다. 다행히 약속한 시간에 늦지 않고 딱 맞춰 부모님 댁에 도착했다.

대문 밖에서 딸을 기다리고 있던 중년 여성이 운전석에 타고는 역시나 그럴 줄 알았다는 듯이 그녀의 몰골을 보고 혀를 찼다.

"이상아, 이놈의 가시나! 꼴이 그게 뭐니? 밖에 나올 때 그 추리닝 좀 안 입을 수 없니?"

"미안미안, 엄마. 나 전화 받고 나서야 일어났어요. 그리고 학교에 출근하는 날도 아닌데 편안한 옷이 최고죠."

"정도껏 편안해야지. 아주 온 동네가 너한테는 안방이지?"

"아닌데, 못 봐 줄 정도야?"

"거울을 좀 보라고. 아이고, 내 입만 아프지. 그 몰골로 엄마

망신시키지 말고 나 내려 주고는 바로 집에 가라."

　그제야 상아가 앞에 거울을 내려 자신의 얼굴을 들여다봤다. 드라마와 함께했던, 자기 몸을 아끼지 않던 치킨의 희생에 힘입어 눈은 퉁퉁 붓고 부은 눈에는 눈곱도 붙어 있는 것 같았다. 거기다 편안함을 최고로 여기는 그녀가 머리 감는 시간을 줄이기 위해 고수하는 단발머리도 눌려 엉망이었다.

　그녀는 거울에 비친 제 눈에 붙은 눈곱도 떼고 눌린 머리를 감추기 위해 후드 티의 모자도 뒤집어썼다. 그러고는 쯧쯧 혀를 차고 있는 엄마의 품에 안겼다.

　"김 여사, 내가 부끄러운 거야? 에이~ 왜 이러셔. 사랑해, 김 여사. 그래도 이왕 갔는데 선이한테 인사는 하고 가야지."

　이제 나이를 먹을 만큼 먹은 딸의 애교에 김 여사는 누가 너를 말리겠느냐? 엄마인 나도 못 말리는데, 하며 그러려니 하고 쉽게 단념하고 말았다.

　차는 조용히 달리고 달려 목적지인 문화센터에 도착했다. 입구에 차를 잠시 댄 후 어머니를 내려 드리고 다시 주차장에 차를 주차한 상아는 화장실로 달려가서 간단하게 세수하고 얼굴을 정리했다. 이왕 왔으니 친구인 선이에게 인사만 하고 가야겠다 싶어 강의실로 향했다.

　그런데 강의실 앞에 선 선이와 어떤 남자가 그녀의 감시 레이더망에 잡혔다. 허우대 멀쩡한 놈이 자신의 가장 친한 친구를 보고 웃으며 인사한다.

아니, 저런 호랑말코 늑대 같은 놈을 봤나! 딱 봐도 능글거리는 웃음과 잘생긴 상판대기가 맘에 들지 않았다. 남자가 손을 내밀어 악수를 청했지만 역시나 자신의 친구는 더 공손하게 고개 숙여 인사했다.

　암암, 역시!!

　벽에 바짝 붙어 얼굴을 가리고 주시하다가 남자가 밖으로 나가자 재빨리 따라 나갔다. 그리고 앞에서 긴 다리로 성큼성큼 걸어가고 있던 남자를 따라가 키 큰 남자의 높은 어깨를 툭툭 쳤다.

　"이보세요!"

　어깨를 치며 부르는 소리에 남자가 잘생긴 얼굴에서 나오는 근사한 웃음을 지으며 돌아봤다.

　"네? 무슨 일이시죠?"

　돌아본 남자의 눈에 여자의 차림이 들어왔다. 후드를 뒤집어쓰고는 무릎이 나온 추리닝 바지에 신발은 그 유명한 삼선 슬리퍼를 신고 있었다. 어디서 늘어지게 자다가 금방 침대에서 뛰쳐나온 것 같은 추리한 차림에도 불구하고 그의 시선이 향한 곳은 여자의 반짝이는 눈이었다. 검고 깊은 눈동자가 자신을 빨아들이고 있었다. 게다가 처음 보는 여자가 다짜고짜 하는 말은 그에게 적잖은 흥미를 불러일으켰다.

　"큼, 역시 웃음이 헤퍼, 바람둥이 같은데. 혹시 여자 많이 만나봤어요? 아까 그 예쁜 처자는 안 돼요. 껄떡대지 마요!"

　여자의 눈동자를 응시하고 있던 남자는 잠시 동안 아무 말이 없다가 여자가 말하는 처자가 생각났다는 듯이 눈을 반짝였다. 하지만 그는 지금 바람둥이라고 자신을 단정시켜 버리는 여자를 보며 불쾌하거나 나쁘기는커녕 즐겁다.

"아…… 아까 요리 선생님이랑 친하신가 봐요? 헌데 내가 여자가 적을지 많을지 댁이 어떻게 알고?"

"당신 같은 스타일은 안 돼요! 여하튼 조심해요, 지켜보고 있겠어요."

상아는 눈에 최대한 힘을 주고는 남자를 위협적으로 쳐다봤다. 내가 지켜보고 있으니 건드리지 말라는 듯 두 손가락으로 눈을 가리키고 부리부리하게 부라렸다. 그리고 추리한 차림에도 당당함이 흘러넘치는 걸음으로 사라졌다.

진혁은 순식간에 자신을 강타하고 지나간 여자가 사라지자 뒤로 고개를 젖혀 가며 큰 소리로 웃었다.

"하하하."

항상 손수 운전해서 문화센터까지 가시던 어머니께서 오늘은 왠지 아들이 태워 주는 차를 타고 싶다고 하실 때부터 예상했어야 했다. 지상 최고 자유연애를 주장하시는 어머니도 아들이 서른의 중반이 다가오자 슬슬 조바심이 나시나 보다.

도착해서도 차에서 내리시지도 않고 안까지 함께 가자시는 어머니를 따라 들어간 강의실 앞에서 어머니가 입이 마르게 칭찬하시던 요리 선생님인 것 같은 여자를 만났다. 딱 봐도 나 착해요, 라고 얼굴에 써 붙인 듯한 단아한 여자는 이름도 한자 착할 선을 쓰는 김선이라는 사람이었다.

　어머니는 그 요리 선생을 나와 이어 주고 싶으신 것 같지만 자신은 지금 방금 지나간 여자가 더 맘에 들었다. 마치 새끼 고양이를 지키는 어미 고양이 한 마리를 본 거 같았다. 아까 여자가 흥미로웠다면 방금 본 여자는 신세계였다. 갑자기 사는 게 즐거워졌다.

1.

　봄이 다가와서 새 학기가 시작되는 날 아침, 상아는 화들짝 놀라 잠에서 깼다. 새 학기가 시작된다고 긴장했던지 깊이 잠들지 못하고 어제 밤새 찜찜한 꿈에 시달렸다. 어젯밤 꿈속에서 주연을 맡은 상아는 40살이 넘어서도 혼자 사는 노처녀였다. 연극 주연의 독백처럼 계속해서 말하고 있었다. 평소 결혼에 목매는 스타일은 아니었지만, 그렇다고 또 평생 혼자 살자 주의도 아니었기에 더욱 거슬릴 수밖에 없었다.

　"그 학부모가 글쎄…… 나보고 뭐라는 줄 알아? 선생님은 그 나이 되도록 애가 없으셔서 잘 모르시겠지만…… 이렇게 말하는 거야……."

　듣는 사람도 없건만 자신은 연신 말을 뱉어 내고 있었다.

　"뭐? 지수 너도 그렇게 생각한다고? 지수야, 우리 기분도 꿀꿀

13

한데 치맥 어때? 이런 기분에는 치킨과 맥주가 최고지."

그렇다! 꿈속의 나는 매일 끌어안고 자는 테디 베어에게 계속해서 말도 걸고 밥도 떠먹여 주고 있었다.

"나 한 입, 지수 한 입."

곰 인형이 밥을 먹을 턱이 있나……

"지수야, 왜 먹지를 못하니?"

꿈속의 상아는 곰이 밥을 받아먹지 않자 꺼이꺼이 울기 시작했다. 맙소사…… 니가 운수좋은 날의 김첨지냐……. 뭘 먹지를 못하니야? 얼씨구, 울기까지?

내가 봐도 꿈속의 주인공인 나는 참 가관이었다. 소리 지르며 꿈에서 깨어났음에도 아직도 꿈 안에 있는 것만 같았다. 꿈이 너무 생생해 더 놀란 그녀가 손을 덜덜 떨며 핸드폰을 들어 가장 친한 친구 선이에게 전화를 걸었다. 전화를 받는 친구에게 다짜고짜 하소연을 시작했다.

"선아, 나 진짜 어떡해?"

— 왜? 아침부터 무슨 일 있어?

"내, 내가 꿈을 꿨는데, 40대까지 노처녀인 걸로도 모라자서 인형한테 말도 걸고 밥도 막 먹여 주고. 나 어떻게 해."

곧 도래할 자신의 생생한 미래를 본 것 같아 불안한 마음에 손까지 덜덜 떨려 오는데 수화기 너머로 친구의 웃음소리가 들렸다.

— 하하. 근데 상아야, 너 오늘 새 학기라고 하지 않았어?

자신은 걱정이 돼서 죽겠는데 웃는 선이에게 한 소리 하려다가

새 학기라는 소리에 시계를 쳐다본 그녀는 분침과 시침이 가리키는 숫자에 놀라 침대에서 몸을 벌떡 일으켰다.

"허걱…… 늦었다. 나중에 다시 전화할게."

상아는 집에서 줄기차게 입고 있던 김치 국물 묻은 편안한 옷의 대명사 추리닝 세트를 재빨리 벗어 던지고 욕실로 향했다.

출근할 때만큼은 예의를 차리는 그녀가 아이들과의 첫 만남을 위해 준비한 옷은 반짝반짝 별이 그려진 블라우스와 9부 하얀 슬랙스 바지이다. 준비한 옷을 입고 그녀는 학교로 향했다.

생각보다 이른 시간에 도착한 그녀는 아이들이 오길 기다리며 교실을 한 번 훑어봤다. 어제 겨우 환경정리를 끝냈다. 그러니깐 환경정리란 교실 뒤에 있는 커다란 초록색 게시판, 칠판 양옆에 있는 작은 게시판을 포함한 교실 전반의 정리를 이르는 말이다.

모르는 사람들이 본다면 이 쓸데없고, 소모적이고, 피곤한 일을 왜 하는가? 라고 말할지도 모르겠다. 하지만 당신의 아이가 하루의 대부분을 그 교실에서 공부하고 친구를 사귀고 꿈도 키워가고 있다면? 흐뭇해지는 가슴을 안고 부족한 솜씨로 상아는 최선을 다해 뒤의 초록 칸들을 채웠다.

학창시절부터 예체능에는 흥미도 재능도 없는 그녀였다. 교대에 다니면서 뜀틀이며, 피아노며, 서예 등에 시달렸는데, 그중에도 그녀를 가장 괴롭힌 것은 피아노였다. 체육이나 미술은 노력하는 만큼 어느 정도 따라갈 수 있었지만 피아노는 역부족이었다.

상아는 교사가 된 뒤에도 종종 말하곤 했다.

"예전에 부르는 고요한 밤, 거룩한 밤이 크리스마스 때 하도 들어서 그저 그런 곡인 줄 알았는데 피아노로 직접 쳐 보고서야 알았답니다. 전혀 고요하지 않은 곡이더라고요. 그 수많은 알파벳 b자의 플랫이 제 손가락을 괴롭혔어요. 그 뒤로는 온 맘을 다해 경건한 마음으로 부르고 있답니다."

그 험난했던 교사가 되는 길을 무사히 통과한 상아는 이제 어엿한 초등학교 선생님이다. 그리고 이제 저 넓은 게시판을 채우는 것도 척척 해내는 베테랑 선생님이 되어 있었다.

완성한 게시판을 바라보는 상아의 눈에 뿌듯함이 차올랐다. 이걸 내가 만들었다니. 걸작일세.

문이 열리는 소리가 들리고 하나둘씩 아이들이 교실로 들어왔다. 이제 새로운 아이들을 만나 평생을 잊지 못할 즐거운 추억을 만들어 갈 일만 남았다.

자리에 아이들이 모두 앉아 있는 걸 보니 시작해도 되겠다. 처음 자리한 낯선 반에 처음 보는 친구들까지, 조용하던 아이들이 어느새 금방 친해진 새로운 친구를 보며 재잘재잘댄다. 지금부터 이 교실에서 나와 아이들의 지지고 볶는 일상들이 펼쳐질 것이다.

"선생님 이름은 이상아다. 나의 클래스에 온 걸 환영한다. 나머지는 함께 지내면서 알아가도록. 끝."

첫 등교일은 정규 수업 없이 전반적인 학급 규칙이나 자기소개로 이루어진다. 평소 마치는 시간보다 조금 일찍 수업을 마치고 아이들이 하나둘씩 집으로 돌아갔다.

새해가 되어 한 학년 올라가는 초등학교 아이를 둔 엄마들의 관심사는 언제나 아이 담임선생님이 누구인지, 좋은 친구들은 많이 사귀었는지였다. 그래서 학교를 마치고 돌아온 기원이 숨도 돌리기도 전에 미주가 물었다.

"우리 아들, 오늘 어땠어? 담임선생님은 어떠셔?"

"응? 좋았어."

처음 올라간 학년의 담임선생님이 맘에 들었나 보다. 단번에 좋다는 말이 나오는 걸 보면. 그래도 엄마보다 좋을까 싶어 짐짓 미주가 장난쳤다.

"그래? 엄마보다 더? 엄마 질투 나는데?"

"그래도 엄마가 조금 더 좋아, 히히."

"오케이, 방에 가 봐. 외삼촌 와 있다."

외삼촌이 콩 심은 데 팥 난다고 해도 곧이곧대로 믿는 기원이 외삼촌이 왔다는 소리에 기뻐 방으로 달려갔다.

"진짜? 외삼촌!!"

기원이 방에 들어가니 외삼촌이 침대에서 자고 있었다.

워낙 손이 귀한 집안이기에 아직 기원 대에는 기원 혼자였다. 기원의 아버지도 외동아들이었다.

친가 쪽에는 기원의 고모가 있었는데, 어릴 적에 교통사고로 돌아가셨다고 했다. 외가 쪽에는 엄마와 외삼촌 둘인데 외삼촌은 아직 결혼을 못했다. 외삼촌은 못한 게 아니라 안 한 거라고 박박 우겨 댔지만 내 눈으로 볼 때는 못한 것처럼 보였다.

외삼촌은 미운 삼삼이, 33세이다. 매번 철 좀 들어라, 하는 할머니의 잔소리와 함께 등짝 스매시를 면치 못한다. 이런 외삼촌이지만, 형제자매가 없는 나에게는 더 없이 좋은 형이자, 친구이다.

"외삼촌!!"

조카 기원이 외삼촌을 외치며 외삼촌의 배 위에 올라탔다. 자고 있던 진혁은 자신의 배에 올라탄 조카의 머리를 쓰다듬으며 말했다.

"으음…… 우리 조카님 왔어? 외삼촌…… 딱 1시간만 더 자고 놀아 줄게."

피이……. 외삼촌은 피곤했는지 저 말만 남기고 다시 잠들어 버렸다. 잠든 외삼촌의 모습은 꽤나 멋졌다. 길게 뻗은 외삼촌의 다리를 손뼘으로 재어 보니 10뼘도 넘는 듯했다.

남자치고는 하얀 피부가 매끄럽게 보여 손으로 외삼촌의 얼굴을 조심히 만져 본다. 까슬까슬한 수염이 만져진다. 앗, 따가……! 음, 코는 나보다 오뚝하고 눈썹도 나보다 잘생겼군. 히잉…… 아, 대신 나에게는 쌍꺼풀이 있다. 외삼촌의 눈은 옆으로 쭉 찢어지고 쌍꺼풀이 없어 무표정을 하고 있으면 꼭 화난 사람 같다. 그래서 사람들이 자기보고 냉미남이라 부른다나 뭐라나…….

그 때 잠자는 숲 속의 왕자 외삼촌이 일어났다.

"으하함, 잘 잤다."

외삼촌이 긴 팔로 자신의 머리를 쓰다듬으며 잠에서 덜 깬 목소리로 부탁했다.

"기원아, 가서 물 한 잔만 가져와."

"응, 알았어. 외삼촌."

기원이 나가자 침대에서 큰일이라도 난 것 같은 비명이 방을 가득 채웠다.

"으아아악, 이게 뭐야."

물을 가지러 부엌으로 달려가던 기원이 방에서 들리는 외삼촌의 소리에 놀라 다시 방문을 열어젖혔다.

"외삼촌! 왜 그래?"

"어휴, 얼굴에 김이 잔뜩 묻었네?"

"……?"

"잘생김."

맙소사! 내가 아무리 외삼촌을 좋아하고 피는 물보다 진하다고 하지만 저 정도면 진짜 중증이다. 기원이가 외삼촌을 이제는 불쌍한 눈으로 바라봤다.

2.

새로운 학년이 시작되고 하는 정식 수업 역시 시작되었다. 이번 시간은 어떤 아이들은 흥미를 가지고 좋아하는 과목이지만 어떤 아이들에게는 어렵고 재미없기만 한 과학 수업이다.

"저번 시간에는 무엇을 배웠습니까?"

"준비학습을 해 봤습니다."

"네, 좋습니다. 선생님이 이야기를 하나 들려줄 건데 무엇에 대해 배울지 생각하며 듣도록 합시다."

[어린왕자는 자신의 별인 소혹성 B612에서 살고 있었습니다. 소혹성 B612는 아주 작은 별로 하루에도 몇 번씩 해가 지는 모습을 볼 수 있는 곳입니다. 여러분은 하루에도 몇 번씩 해가 뜨고 지는 것을 볼 수 있다면 어떨 것 같나요? 선생님은 아름다운 노

을을 몇 번이고 볼 수 있는 그 별에 가고 싶네요. 어린왕자는 그 작은 별에서 매일 장미 한 송이를 돌보고, 화산의 분화구를 청소하고, 바오밥나무의 씨앗을 뽑으며 살아갔습니다. 그런데 이 장미는 좀 까칠했나 보네요. 어린 왕자는 까칠한 장미를 정성껏 돌보았지만, 장미는 그 마음을 몰라주었나 봅니다. 외로워진 어린왕자는 훌쩍 어디론가 떠나 보려고 합니다. 그래서 여러 별들을 여행하게 되는데……]

"어린왕자가 일곱 번째로 여행하게 되는 곳이 어디입니까?"

선생님이 들려주는 이야기를 잘 듣고 있다가 질문이 들려오자마자 맨 앞에 앉은 모범생 승혁이가 손을 번쩍 들어 대답했다.

"지구입니다."

"잘했습니다. 어린왕자는 처음 지구를 찾아오는 겁니다. 어린왕자는 지구가 네모난지 세모난지 알지 못하는데요."

"그럼 우리가 어떻게 해야 어린왕자가 지구를 잘 찾아올 수 있을까요?"

이번에는 여러 아이들이 손을 들고 대답을 할 수 있게 해 달라고 상아를 응시했다. 제일 빨리 손을 든 것 같은 혜민이를 가리키자 자리에서 일어나 자랑스럽게 대답했다.

"지구가 어떻게 생겼는지 알려 줘야 해요."

"네, 맞습니다. 오늘은 지구의 모양에 대해 배워 보도록 하겠습니다. 과학책 28쪽, 실험관찰 8쪽입니다."

상아는 수업을 시작할 때 배울 주제에 대해 아이들의 흥미를 이끌어 내는 것이 가장 중요하다고 생각하기 때문에 이렇게 재밌는 이야기로 시작한다든가, 흥미로운 사진이나 동영상을 먼저 틀어 주고 처음 하는 수업에 집중할 수 있도록 환경을 조성했다.

과학 수업이 끝나고 아이들이 쪼르르 달려온다. 아, 다행이다. 오늘 수업은 괜찮았나 보다.

"선생님 지구가 둥글기 때문에 높은 곳에 올라갈수록 더 멀리 보이는 거예요?"

"그렇지, 지구가 평평하다면 높은 곳이나 낮은 곳이나 보이는 폭이 같으니깐 똑같이 보이겠죠?"

이렇게 공부에 관련된 것을 물어 오는 아이도 있지만 그저 상아와 대화하고 싶어 다가오는 아이도 있다.

"선생님, 기원이가 선생님 좋아한대요."

"아아……."

얼굴이 달아오른 기원이가 창식이의 팔을 잡아끌었다. 기원이는 참한 남자아이다. 남자아이에게 참하다는 말은 잘 어울리지 않는다고 말할지 모르지만, 기원이는 그랬다. 창식이는 그 나이 또래에 흔히 볼 수 있는 밝고 개구진 아이였다. 둘은 다른 성향임에도 단짝이었다. 둘을 보고 있으면 나와 나의 가장 친한 친구인 선이를 보고 있는 듯했다.

"그래? 근데 너는?"

"네에? 저는 좋아하는 선생님 따로 있는데요."

"뭐? 나를 놔두고? 설마?"

"네!"

"아…… 졌다. 인정!"

항상 아이들에게 인기가 많은 상아였지만, 인기에 그리 연연해하지는 않았다. 그. 러. 나 자신의 반 아이가 대놓고 옆 반 선생님을 더 좋아한다고 말하니 기분이 썩 좋지는 않았다. 저놈의 자식보는 눈은 있어 가지고, 꼭 다 키워 놓은 자식을 며느리한테 빼앗긴 기분이 들었다.

하지만, 옆 반 담임 선영이 많은 아이들에게 사랑받았으면 좋겠고, 많은 아이들을 사랑해 주었으면 좋겠다. 그리고 그것이 교직 생활을 하는 가장 큰 이유가 되었으면 했다. 그렇지 않다면 교직 생활은 참 팍팍하고 고달플지도 모른다.

북적거리는 쉬는 시간이 끝나고 종이 울리자 아이들이 자리에 앉는다. 6교시는 창체 시간이다. 창제 시간, 즉 창의적 체험활동은 교과활동과 다르게 학생들이 스스로 하는 체험활동이 핵심이 된다. 크게는 자율활동, 동아리활동, 봉사활동, 진로활동 등으로 나누어진다.

"오늘은 창체 시간에 자기소개 활동을 하겠습니다. 먼저 자신의 이름을 말하고, 장래에 무엇이 되고 싶은지에 말해 보세요. 그리고 되고 싶은 까닭도 함께 발표해 봅시다! 기원이부터 시작."

선생님이 이름을 호명하자 기원이 일어나 발표를 시작했다.

"제 이름은 박기원입니다. 저는 앞으로 커서 고래학자가 되고 싶습니다. 그 이유는 제가 고래에 대해 관심이 많고, 어려움에 처한 고래들을 돕고 싶기 때문입니다. 제가 가장 좋아하는 고래는 브라이드 고래입니다."

"네, 너무 잘했습니다. 얘들아. 사실은 나 때문에 고래들이 다 죽은 거 같아."

"선생님 왜요? 왜요?"

"내가 어제 고래밥을 다 먹어 버렸거든."

알아듣는 아이들도 있는가 하면, 몰라서 옆에 짝한테 묻는 아이들도 있다. 웃는 아이들도 있는가 하면 썰렁하다고 야유를 보내는 아이들도 있었다. 조용했던 교실이 대번에 왁자지껄해졌다.

그래, 내가 이 맛에 살지…… 같은 교실에서 같은 선생님과 같은 수업을 하지만 받아들이는 것은 다 제각각이었다.

하교 시간이 되자 아이들은 밀물이 빠지듯 우르르 교실을 벗어났다. 아이들이 돌아가고 난 교실에서 상아는 잡무를 처리하고 퇴근 시간이 되자 가방을 챙겨 집으로 향하고 있었다.

성격은 화통하지만 사람을 가리는 상아에게는 특별한 능력이 하나 있다. 아무리 멀리서 보더라도 안면이 있는 사람은 알아본다는 것. 그녀의 레이더망에 포착된 요주 인물 교무부장님!! 까진 머리에 툭 튀어나온 배, 도무지 관심사라고는 승진밖에 없는 사람.

뭐, 저 부장이 나쁘다는 의미는 아니다. 사회에 나가면 꼭 한 명쯤은 볼 수 있는 캐릭터니까…… 그저 상아와 잘 맞지 않을 뿐이었다.

상아는 얼른 이어폰을 꺼내 귀에 꽂고 경보의 달인이 된다. 하지만 누군가 등 뒤에서 어깨를 친다. 올 것이 왔구나.

라마즈호흡, 코로 들이마시고 입으로 내쉬고. 후우후우.

친구 선이가 쌍둥이를 가지고 일찍부터 따라다니며 배운 이 호흡법은 곤경에 처한 상아를 종종 구해 주었다.

"아! 부장님 안녕하세요?"

"이 선생! 내가 그렇게 불렀는데 못 들었어?"

"아, 노래를 듣고 있어서요······."

상아는 노래도 나오지 않는 이어폰을 부장 선생님 눈앞에서 흔들어 보였다.

"이 선생, 혹시 선볼 생각 없어?"

"선이요?"

"동네에서 약국 하는 약사야······. 나이는 35살이고, 그 정도면 먹고사는 데 지장은 없을 거야."

그래, 그렇지. 이제는 소개팅이 아니라 선을 볼 나이지······ 나도 뭐 이 나이 먹도록 운명적인 만남을 기대하는 것은 아니다. 다만 인연에 따라 자연스럽게 만나서 연애하고 이 사람과 평생을 함께 가도 되겠다는 확신이 들었을 때 결혼이란 걸 하고 싶다.

부장 선생님의 제안이 내키지 않아 거절하려고 하는 찰나에 불현듯, 찝찝했던 꿈이 생각났다. 그게 내 미래가 아니라고 말해 줘······. 자신의 의지와는 달리 꿈속의 일이 현실이 될 지도 모른다는 불안감에 그녀의 입에서는 다른 말이 튀어나왔다.

"좋은 자리네요. 할게요."

"그래, 내가 이 선생만 특별히 해 주는 거야. 여자 나이 32살이면 어휴…… 이제 좀 가야지? 주말에 마사지도 받고 화장도 좀하고……."

"예에……."

마지막 말은 굳이 안 하는 게 좋을 거 같은데…… 교무부장 선생님은 같은 말을 해도 묘하게 사람의 신경을 긁어 놓는 재주가 있었다. 자신은 모른다는 것이 참 답답할 노릇이다.

그 날 저녁 교무부장 선생님이 선볼 상대방에게 연락처를 줬는지 이번 주 토요일 T호텔에서 11시에 만나자고 연락이 왔다. T호텔이라면 선이의 남편 이현재가 사장으로 있는 호텔이 아닌가? 이 사실을 알고 놀려 댈 현재를 생각하니 머리가 지끈거렸다.

맞선을 다음 날로 앞둔 금요일 수업이 파한 후 선이와 백화점에서 만나기로 했다. 결혼을 하고 신혼 6개월 만에 찾아온 쌍둥이를 품고 있는 만삭의 선이는 여전히 예쁘고 아름다웠다. 상아가 1층에서 저 멀리 오랜만에 보는 친구의 모습에 손을 흔들었다. 그런데 혼자가 아니라 그녀가 달고 온 혹이 보인다. 현재가 선이 주위로 팔을 휘두르며 임신한 선이를 보호한다며 유난을 떨고 있었다. 그리고 오랜만에 만난 현재는 여전했다.

"장모님!!"

결혼한 지 1년이 넘었지만 여전히 현재는 상아를 보고 장모님이라 불렀다. 선이 뱃속에 쌍둥이들이 듣고 배운다고 하지 말라고 했지만 그는 포기하지 않았다. 현재가 포기하지 않는다면 상아도 포기할 리가 없다. 상아가 현재가 날리는 스매시를 가뿐히 받아 낸다.

"이 서방 왔는가?"

쌍둥이들이 선이 뱃속에서 말을 알아들을 때쯤부터 선이는 이모라 가르쳤고, 현재는 장모님이니 할머니라 부르는 게 맞는다고 서로 다투는 것을 듣고는 상아가 둘이 다 그 호칭이 맘에 안 들면 선생님을 어떠냐며 선생님이라 부르라고 아직 태어나지도 않은 아이들을 부단히도 가르쳤다.

"당신 정말 그만 못 해요?"

선이 마지못해 현재의 팔을 흔들며 눈을 흘겼다. 그러자 아까의 당당함은 어디로 갔는지 현재가 곧바로 꼬리를 내렸다. 조만간 현재 포함 아이가 셋이라…… 자신의 친구 선이가 고생 좀 하겠는데…… 상아는 가늘게 웃었다. 현재가 화제를 돌렸다.

"장모님 선본다며?"

"내가 말한 거 아니다. 네가 보낸 메시지 어쩌다가 본 거야."

상아는 선이를 흘겨보았다. 그녀는 분명히 비밀이라고 신신당부했었다……. 하지만 어쩌겠는가. 어차피 금방 들통 날 일이었다. 선의 얼굴에 조금이라도 표정 변화가 생기거나 하면 알아차리는 현재인데 잘도 자신이 선보러 간다는 사실이 비밀로 부쳐지겠나 싶은 상아였다.

"장모님은 추리닝만 안 입고 나가면 돼."

"설마 상아가 선 자리까지 추리닝을 입고 갈까 봐요? 상아, 그 정도는 아니에요."

"나 아직 여기 서 있거든."

상아를 가운데 두고 두 사람이 자기를 투명인간인 것처럼 이야기하니 상아가 소리를 빽 질렀다. 시끄러운 인사가 끝나자 현재가 그녀에게 가볍게 입 맞췄다. 그 모습을 보고 작작 좀 하라는 상아는 무시하고 그가 아내에게 말했다.

"당신 쇼핑 다 하고 연락해. 데리러 올게. 우리 상아 씨랑 저녁 같이하고 들어가. 내가 맛있는 거 사 줄게."

현재가 사라지자 두 사람은 미뤄 뒀던 쇼핑을 시작했다. 상아는 정장이 필요했고 선이는 모든 엄마들이 다 그렇듯 이제 태어날 아이들과 남편의 물건만 눈에 들어오는지 가족들 물품만 구입하고 있었다.

참새가 방앗간을 못 지나치듯 유아용품 매장에 들어간 선이 두 개가 이어져 있는 동그란 바구니같이 생긴 걸 유심히 살펴보기 시작했다. 상아가 처음 보는 물품에 물었다.

"그건 뭐야?"

"바운서라고 쌍둥이 키우는 데 꼭 필요한 필수품이래."

"그래?"

"두 명 다 안을 수 없으니깐 한 명 안고 우유 주면서 발로 흔들어 주면 울던 아이가 조용해진다고 쌍둥이 엄마들 모임에서 없어서는 안 될 물품으로 추천하더라고."

"내가 하나 사 줄까?"

"아니야, 나중에 현재 씨한테 사 달라고 하지, 뭐."

유아용품 매장에서 간단한 유아용품과 남성용 정장 코너에서 셔츠와 넥타이를 사고 나서야 친구의 쇼핑은 끝났다. 상아는 매장을 쭉 둘러보고 가격과 디자인 모든 면을 다 고려하고는 중간 가격의 여성 정장 브랜드 코너로 들어가서 하얀색 트위드 투피스 세트로 갈아입고 나왔다. 선이 엄지손가락을 들어 보였다.

"잘 어울린다. 근데 선보러 간다고 옷까지 장만하는 거야?"

"아니, 그런 건 아니고. 얼마 안 있으면 학부모 총회가 있어서 겸사겸사 한 벌 장만하는 거야."

상아는 키 170에 쫙 뻗은 팔과 다리는 흡사 모델 같았다. 몸에 딱 맞게 피트 된 재킷과 무릎 아래까지 내려온 치마는 그녀에게 잘 어울렸다. 귀찮다고 짧게 자른 단발머리는 뚜렷한 이목구비를 더 선명하게 보이게 하고 보는 이를 시원하게 만들어 주었다. 선이가 봄이라면 상아는 여름이다. 선이가 프리지아라면 상아는 해바라기였다.

주말 T호텔, 상아는 새로 산 정장을 입고 맞선을 보러 시간에 맞춰 나갔다. 아직 맞선 상대는 나온 것 같지 않았다. 차분히 앉아 주위를 둘러보니 몇몇 커플들이 선이라는 명목하에 이 사람이 내 사람이 맞는 것인가라는 물음에 합당한 짝을 찾기 위해 고군분투하고 있었다. 이윽고 위에서 목소리가 들려왔다.

"이상아 씨 되십니까? 김준입니다."

올려다본 남자의 모습은 썩 나쁘지 않았다. 손을 내미는 이 남자. 그래, 괜찮아 보였다. 조금은 서늘해 보이는 인상이 갖춰 입은 감청색 슈트와 썩 잘 어울린다. 오늘은 기필코 잘해 보리라. 두 주먹을 불끈 쥐는 상아다.

"저기 초면에 죄송하지만 키가 어떻게 되십니까?"

"네? 170cm 정도 됩니다."

"제 키가 180cm 정도니까 너무 높은 힐만 신지 않으면 괜찮을 거 같고, 외모나 스타일은 딱 제가 원하는 타입이시네요."

"아…… 네……. 감사합니다."

"1년 연봉이 얼마쯤 되십니까? 세전으로요."

"네?"

아무리 선이라지만 커피 한 잔의 여유도 없이 다짜고짜 신상조사부터 들어가다니. 당혹스러워하는 상아를 뒤로하고 그 남자는 계속 말을 이어 갔다.

"교사 월급이 박봉이라 좀 걱정되기는 하지만 결혼 후나 출산 후에도 계속 벌 수 있으니까 그리 나쁘지는 않을 거 같네요. 양친께서는 살아 계십니까?"

"네, 살아 계세요."

그 뒤로도 이 남자는 쉴 새 없이 그녀에 대한, 밖으로 드러난 것들에 대해서만 질문들을 쏟아 내었다.

"나이는 32살이라고 하셨죠?"

"⋯⋯네⋯⋯."

"서른둘이면 여자로는 적지 않은 나이라⋯⋯ 산부인과는 다니고 계시죠?"

"⋯⋯네?"

"⋯⋯솔직히 노산이 걱정이 되긴 하네요. 문제없으신 거죠?"

상아는 자신의 귀를 의심하게 하는 이 불쾌한 질문 앞에서 머릿속에 간신히 잡고 있던 이성의 끈이 '두둑' 하고 끊어지는 소리가 난다. 옆에 놓인 물컵을 들어 남자에게 쏟아부어 버리고 싶었지만 단번에 그 안에 든 물을 벌컥벌컥 마셔 버렸다. 빈 물컵을 내려놓으며 상아가 속이 시원한 말을 내뱉었다.

"그럼요. 매일 밤 쉬지 않고 하고 있는걸요. 걱정하지 않으셔도 돼요. 호호호. 그런데 저는 이제까지 연하만 수두룩 빽빽하게 만나서요. 김준 씨가 절 만족시킬 수 있을지⋯⋯ 그게 좀 걱정이 되네요."

상아의 말에 앞에 있는 남자의 서늘하던 얼굴이 붉게 물든다. 그리고 자리를 박차고 일어나서는 아까 기세 좋게 쏟아 내던 말들은 다 쏙 집어넣고는 기분 안 좋은 표정으로 나가 버렸다.

굳은 얼굴의 맞선 상대방이 나가고 상아는 열이 뻗쳐 아이스 아메리카노를 들어 원샷 하고 얼음까지 으드득 씹어 먹었다.

아우, 열 받쳐!

얼음이 그녀의 머리까지 오른 열을 식히고 있을 때 뒤에서 웃음소리가 들렸다.

"흐흐, 아하하하하."

상아가 놀라 뒤를 돌아보니 어떤 남자가 배꼽을 잡고 고개를 젖히며 웃고 있었다. 상아가 아무리 부끄러운 게 없고 얼굴이 두껍다고 하지만 방금 일어난 일을 모두 다 듣고 봤다는 사실에 그 순간 그녀는 민망해졌다.

이럴 때는 삼십육계 줄행랑이지!

자리에서 일어나 걷는 그녀의 발걸음이 빨라졌다. 경보하는 걸음으로 잘 벗어나고 있는데 아까 소리 내서 웃던 남자가 뒤를 따라오고 있었다.

한편 진혁은 지금 호텔에 온 목적은 까맣게 잊고 앞의 여자가 나가자 재빨리 따라 나갔다. 여기서 저 여자를 보다니.

한 여사의 반협박에 못 이겨 맞선을 보러 나온 그는 여자가 처음 커피숍으로 들어섰을 때 제 눈을 의심했다. 분명히 예전에 문화센터에서 본 여자가 맞는 것 같은데 처음 봤을 때의 추리닝 차림과는 너무나 다른, 단정한 옷차림의 세련된 커리어우먼처럼 보여서 못 알아볼 뻔했다.

처음 어머니의 요리 클래스에서 만나고 난 뒤 저 여자를 잊을 수가 없어 창피함을 무릅쓰고 요리 교실로 찾아가 요리 선생님에게 연락처를 받아 왔다. 적힌 전화번호를 한참이나 보다가 번호를 외워 버릴 즈음 용기를 내어 전화를 걸었다.

하지만 신호음 후에 전화기 너머로 들려오는 소리는 그녀가 아니라는 소리였다. 다시 전화를 걸어도 봤지만 전화기가 꺼져 있다는 소리만 들려왔었다. 그때 느낀 허탈함이란.

그렇게 다시는 그녀를 만난 길이 없어 보였는데 다시 그녀를 만났다. 억지로 나와 시간만 때우고 가려던 그의 마음이 진지해지기 시작했다. 속으로 들어오는 그때 그 여자가 그의 맞선 상대였으면 하고 속으로 바라고 바랐다.

이윽고 여자가 자신이 있는 곳을 향해 걸어왔을 때 혹시나 싶어 가슴이 두근거렸다.

하지만 그녀는 그가 앉은 앞자리에 등을 보이고 앉았다. 다급히 일어나 다가서서 말을 걸려고 하는데 웬 남자가 그녀에게 다가서며 인사했다. 기회를 놓친 진혁은 실례인 줄 알았지만 조심히 두 사람의 대화를 엿들었다.

계속된 상대방 남자의 무례한 질문들에 여자는 잘 참는 듯하더니만 결국에는 오해의 소지가 다분한 말로 남자를 K.O시켜 버렸다. 딱 봐도 상대 남자가 너무 무례하게 구니깐 여자가 일부러 한 말이라는 것쯤은 눈치챌 수 있었다.

진혁은 열심히 웃음을 참으려고 해 봤지만 결국은 터져 나오는 웃음을 멈출 수 없었다. 전에도 그러더니 역시 저 여자는 자신을 실망시키지 않는다.

앞에 줄행랑치고 있는 여자를 따라잡은 그가 그녀의 어깨를 툭

툭 쳤다.

"저기, 잠시만요."

"누구요? 저요? 왜 따라오세요?"

남자가 자신을 따라오자 놀란 상아가 물음을 연신 뱉어 냈다. 아까는 배꼽이 빠지도록 웃어 대던 남자가 근사한 웃음을 띠고 물어 왔다.

"네, 저 기억나지 않으세요?"

"잘 모르겠는데요."

"저한테 지켜보겠다고 막 경고 주고 그러셨는데요."

"네? 사람 잘못 보신 것 같습니다."

상아는 이 말을 끝으로 걸음아, 나 살려라 하며 쏜살같이 달려 차에 탔다. 그리고 뒤에서 남자가 뭐라 하는데도 무시하고는 시동을 걸어 급하게 차를 출발시켰다.

빠르게 출발한 차는 먼지만 남기고 사라졌다. 잠깐 사이에 그녀를 또 놓쳐 버리고 만 진혁의 얼굴에서 아쉬움이 떠올랐다.

그 사달을 내고 월요일 날 출근하기 전에 상아는 마주하게 될 교무부장의 얼굴이 떠올라 살짝 두렵기는 했지만 이미 엎질러진 물 앞에 눈을 질끈 감았다.

학교에서 상아는 교무부장의 부름에 잘 피해 다녔지만 좁은 학교에서 결국은 마주치고 말았다. 상아는 부장 앞에서 그날의 자신의 행동이 민망해져 손을 꼼지락거렸다. 학교를 졸업한 지 한참

된 것 같은데도 혼날 때면 항상 학생이 된 것 같았다.

"이 선생, 우리 할 얘기 있지 않나?"

"네……? 그게…….."

상아의 고개가 떨어뜨려졌고 그 위로 야단이 들려왔다.

"이 선생, 생각이 있는 거야, 없는 거야?"

"죄송합니다……."

"죄송하다면 다야? 어떻게 밤마다 쉬지 않고 하고 있다는 그런 말을 할 수가 있어? 그것도 결혼도 안 한 처자가…… 내 듣는데 낯 뜨거워서 정말…… 에잉."

"그분께서 제가 노산일까 걱정을 하시길래 밤마다 운동을 하고 있으니 걱정 마시라는 뜻에서 드린 말인데……. 부장님…… 도대체…… 뭘 생각하신 거죠? 말도 없이 그렇게 가 버리셔서 그날 제가 얼마나 상처받았는데요. 저는 평생 혼자 살아야 할 몸인가 봐요. 흑흑흑."

상아는 아카데미 여우주연상급의 눈물 연기를 선보였다. 그녀가 지을 수 있는 최대한 불쌍한 표정의 강아지 눈망울로 앞에 부장선생님을 올려다봤다. 부장 선생님의 당황한 모습이 보였다.

"그럼 연하랑 수두룩 **빽빽**하게 만났다는 말은 도대체 뭐야?"

"그건 우리 아이들 이야기였죠. 이제까지 제가 가르친 아이들이 족히 수백 명은 될 건데……. 교사는 매일 어린애들과 만나니까 젊어진다. 뭐 그런 뜻에서……."

아…… 이건 좀 아니었나……. 부장선생님의 표정이 좋지 않다.

"부장님 모처럼 신경 써 주셨는데 이렇게 돼서 죄송합니다. 다 제 불찰입니다."

상아는 자신의 행동에 대해 다시 한 번 사과를 드리고 급히 자리를 떴다.

마음이 괜찮지 않다. 어른답게 행동했어야 했다. 상대가 그랬다고 해도 자신까지 그럴 필요는 없었는데……. 때늦은 후회가 되었다.

아이들과 있으면 자신은 항상 청춘인데 다른 사람들 눈에는 산부인과가 필요할 정도로 늙어 보이나 보다. 이제 다시는 인연을 찾아보겠다고 선 같은 건 보지 않겠다고 다짐했다.

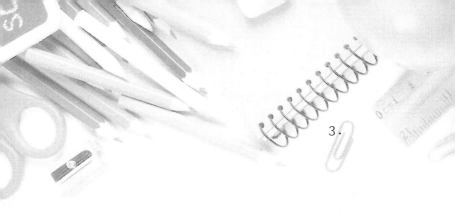

3.

맞선 보기로 한 상대방 여자를 만나지도 않고 선을 파투 내고 오는 바람에 어머니인 한 여사를 망신시킨 진혁은 지금 한 여사의 눈을 피해 누나네 집에 몰래 머물고 있었다. 그는 누나네 집에서 모처럼 받은 일주일만의 휴가를 만끽하고 있었다.

밀린 잠을 늘어지게 자고 있을 때, 덮고 있던 이불을 걷어 내고 그를 발로 깨우는 사람이 있었다. 이 집의 모든 권력을 가지고 절대적으로 군림하고 있는 누나, 최미주였다.

"야, 그만 일어나. 일어나 봐, 응?"

진혁이 미주의 손에 들린 이불을 다시 **빼앗아** 들고 잠투정을 부렸다.

"왜 이래. 나 졸려."

동생을 발로 깨우고 있는 그의 누나 미주는 한때 잘나가는 동시통역사였다. 결혼하고 기원을 낳고 나서부터는 하던 일을 접고 집에서 할 수 있는 번역 일을 선택했다.

그런데 이번에 들어간 영미소설 편집장이 데드라인이 일주일이나 남은 작품을 갑자기 서둘러 번역해 줄 수 없겠냐고 부탁하며 사정해 왔다.

어쩔 수 없이 알겠다고 대답을 하긴 했지만 오늘 있을 학부모 총회에 못 가게 되는데, 큰일이다! 아들의 5학년을 함께할 담임선생님도 뵙고 싶었고 아들 기원이에게 꼭 가겠다고 약속했는데 어떡하지? 누구를 대신 보내야 하는데. 누구?

생각하다 손님방에 누워 있는 동생을 깨우기 시작했다.

"어서 일어나, 나 대신 학부모 총회 좀 가 줘. 오늘까지 원고 넘길 게 있어서 못 갈 거 같아."

"왜 이래, 나 피곤해."

진혁은 1년 동안 밀려오는 일감에 묻히는 건 아닐까 싶을 정도로 열심히 달려서 일을 해치웠다. 그리고 이 얼마만에 받은 휴가인가. 먹고 늘어지게 자고 다시 먹고 다시 늘어지게 자는 게 이번 휴가에 할 일이었다. 누나가 깨우든 말든 절대로 그는 침대에서 일어날 생각이 없었다.

"미리미리 아버지 되는 연습한다고 생각해. 얼른 일어나."

"내가 어딜 봐서 애 아빠야?"

좋게 타일렀지만 진혁이 갈 생각이 없어 보이자 결국은 미주는 협박을 했다. 저번에 맞선 보러 나가서는 여자를 만나 보지도 않고 바람맞히는 바람에 한 여사가 지금 머리털을 세우고 진혁을 잡으려 레이더망을 펼쳐 놓고 있는데 신고한다고 엄포를 놨다.

"가라면 가! 엄마한테 너 여기 있다고 말한다?"

진혁이 미주의 반협박에 벌떡 자리에서 일어났다. 그가 씻으러 욕실로 들어가면서 능글거렸다.

"가면 되잖아. 한 여사한테 전화하기만 해 봐, 근데 담임선생님은 예쁘신가?"

"너 기원이 담임선생님께 예의 없게 굴기만 해 봐, 확 그냥, 막 그냥."

예쁘고 소녀 같던, 하지만 지금은 아줌마가 되어 버린 미주의 강력한 발차기가 날아왔다. 진혁이 순순히 항복했다.

"알았어! 내가 또 한 매너 하잖아."

진혁이 너스레를 떨며 욕실문을 닫았다. 진혁의 누나 미주는 장난기 뒤에 숨겨진 그의 참모습을 아는 몇 안 되는 사람 중 하나였다.

겉보기에는 생바람둥이처럼 보이는 동생이었지만 꽤 지고지순한 데가 있었다. 한 번 눈에 들어오는 것이 있으면 주위는 보지 않고 올인 하는 구석이 있다. 만약 눈에 들어오는 것이 여자라면 동생은 그 여자에게 가지고 있는 모든 것을 걸 것이다.

이제 나이를 제법 먹은 동생도 결혼을 생각할 나이가 됐는데 어서 빨리 좋은 여자를 만나 자신처럼 단단한 가정을 꾸렸으면 싶다.

학부모 총회. 평소에도 자라나는 아이들의 눈을 보호하기 위해 옷을 단정하게 입고 다니는 상아였지만, 학부모 총회 날에는 되도록 더 옷을 갖춰 입으려고 노력했다. 얼마 전 산 투피스를 꺼내 들고 입으려 했지만 그때의 안 좋은 기억이 떠올라 다시 옷장을 헤쳐 내고 있었다.

결국, 평소에 잘 입지도 않는 H라인 스커트에 깔끔한 흰색 블라우스를 매치했다. 그리고 잘 하지도 않는 알이 작은 진주 귀걸이를 꺼내 끼고 깊게 심호흡을 하며 마음을 다잡았다.

"잘할 수 있다. 아자아자 파이팅!"

아이들이 돌아간 교실. 오늘은 학부모님들이 아이들의 자리를 채우고 있었다. 그들 중에서 누나를 대신해 온 진혁이 교실을 찬찬히 살펴보기 시작했다. 게시판에는 학급 아이들이 그린 그림이 전시되어 있었다.

우리 조카가 그린 그림이 어디 있나, 진혁이 전시된 많은 그림들 중에서 기원이 그린 그림을 찾아냈다. 자식, 못하는 게 없어요. 제일 잘 그렸네. 팔은 안으로 굽는다고 다른 그림들보다 기원의 그림이 열 배는 더 뛰어나다고 생각하는 진혁이다.

그 때 앞문이 스르륵 열리고 누군가 들어왔다. 그러자 모든 시선이 들어오는 담임선생님인 듯 보이는 여자에게 집중됐다. 진혁도 조카의 담임선생님이 누군가 싶어 시선을 돌렸다.

그의 눈에 들어온 여자. 그의 심장이 그녀를 단번에 알아봤다.

그녀다. 다시 만났다. 이번에는 절대로 놓치지 않으리.

진혁의 눈이 보석을 발견한 것처럼 반짝였다. 칠판 앞 교탁에 선 그녀가 자신을 소개한다.

"안녕하세요. 5학년 3반 담임 이상아입니다. 제가 추구하는 학급급훈은 배려하고 창의적인 아이들입니다. 학급 특색사업으로는 1인1역할, 독서하는 어린이, 척척박사를 추진하고 있습니다. 1년 동안 아이들과 즐겁고 행복한 추억을 만들어 갈 수 있도록 최선을 다하겠습니다."

상아가 준비한 간략한 소개, 1년 동안 아이들이 어떻게 생활할 것인지부터 해서 아이들을 어떻게 가르칠 것인지 전반적인 설명을 끝냈다. 그러고는 상아가 학부모님들을 바라보며 말했다.

"궁금한 점이 있으신 학부모님께서는 편하게 질문해 주시면 되겠습니다."

"선생님, 수행평가는 미리 공지를 해 주시는 건가요?"

"네, 단원평가나 수행평가는 일주일 전에 공지하고 평가기준 또한 학생들과 공유하도록 하겠습니다."

매년 그렇듯 학부모님들께서는 아이들 성적에 관심이 많으셨다. 성적에 대한 질문이 대부분이었고 상아는 최대한 자세히 상냥히 성심성의껏 답을 해 드렸다.

"더 이상 질문이 없으시면 이상으로 학부모 총회를 마치도록 하겠습니다."

그 때 누가 손을 번쩍 들었다. 대부분 어머니들이 참석하시는 학부모 총회에 가끔은 몇 분의 아버지가 오시기도 하지만 손을 든 젊은 남자는 아무리 봐도 학부모처럼은 안 보였다.

흰색 셔츠에 아래위로 갖춰 입은 검정색 슈트는 맞춤 양복처럼 남자의 몸에 잘 맞아 보인다. 넥타이를 매지 않고 단추를 두어 개 푼 셔츠 사이로 여유로움이 묻어 나왔다. 남자의 얼굴을 보고 상아는 머릿속에 저장된 디스크를 열어 검색하기 시작했다.

어디서 많이 본 얼굴인데. 아, 맞다. 생각났다. 그 남자다. 호텔 커피숍에서 자신을 쫓아왔던 남자! 여기서 또 만나다니. 잘 피했다고 생각했는데 또다시 만났다.

상아가 태연한 척 대답했다.

"네, 질문하세요."

"선생님, 남자 친구 있으십니까?"

난데없이 나타난 젊은 남자가 담임선생님께 묻는 질문에 교실에는 정적이 흘렀고, 수군거리는 목소리들이 여기저기 터져 나왔다.

"어머머머, 웬일이야……."

상아는 이를 꽉 물고 억지로 상냥한 웃음을 지으며 어수선한 분위기를 정리했다.

"개인적인 질문은 총회가 끝난 뒤에 해 주십시오."

어머니들께 따로 드릴 말씀이 있었는데 남자가 물어 오는 질문에 머릿속이 하얘져서 상아는 급하게 총회를 마무리했다.

"더 이상 없으시면 학부모 총회를 마치도록 하겠습니다."

매년 학교에 학부모 총회를 와 봤지만 그저 매년 반복되는 평범한 총회여서 특별한 일이라곤 찾을 수가 없다. 그런데 난데없는 구경거리에 즐거운 듯 학부모들은 교실을 떠나면서 꼭 한 마디씩 하고 갔다.

"선생님, 잘해 보세요. 호호호."

"잘 어울려요, 선생님."

오늘의 일은 소문이 빠른 이 동네에서 삽시간에 퍼져 나갈 것이다. 온 학교에 상아에 대한 말이 난무할 것이다. 상아의 머리가 아파 오기 시작했다. 한바탕 소란이 쓸고 지나간 교실에는 그 남자와 상아만이 남았다. 남자가 또다시 아까의 질문을 물어 왔다.

"흠흠, 남자 친구 있으십니까?"

상아는 앞의 남자가 지금 자신에게 왜 이러나 싶었다. 상아가 톡 쏘는 목소리로 대꾸했다.

"얼마 전에 큰 소리로 웃더니 쌍팔년도 수법으로 작업을 거는 남자는 있더군요."

"흠흠, 아무튼 없단 말이죠? 저는 기원이 외삼촌, 최진혁입니다."

진혁이 지갑에서 명함을 꺼내 내밀었다. 명함에는 '한율 로펌 이혼전문 변호사 최진혁'이라는 글귀가 적혀 있었다.

상아는 명함을 받아 들고는 이걸 왜 나에게 주는가 싶어 멀뚱멀뚱 명함만 바라보고 있었다.

그가 명함을 잃어버리지 말라고 말하며 상아의 손에 꼭 들려주고 교실을 나왔다. 아니, 나서다 돌아서서 선전포고를 날렸다.

"오늘은 이만 돌아가겠습니다. 실례가 많았습니다. 다음에 또 만나요, 이상아 선생님!"

그가 날리고 간 선전포고에 상아가 어버버 금붕어처럼 입만 벙긋거렸다. 다시 만나자는 말이 왜 빈말처럼 들리지 않는 걸까 자신의 인생이 저 남자와 어떡하든 엮일 것 같은 이 느낌. 상아는 그 자리에 한참이나 멍하니 서 있기만 했다.

교실을 나온 진혁은 마음속으로 쾌재를 불렀다. 이제 그녀의 이름이 뭐고 직업이 무엇인지까지 알게 됐다.

1번 만나면 우연이고 2번 만나면 인연이며 3번 만나면 운명이라고 하더니 결국은 이렇게 만날 거면서 맘속으로 애만 태웠다. 거기다 이렇게 가까이에 있다니.

마지못해 무거운 발걸음으로 학부모 총회로 향했던 그의 집으로 돌아오는 길은 새털같이 가벼운 발걸음이었다.

❖

미주가 진혁이 집으로 들어오는 소리를 듣고 하던 일을 내팽개치고 밖으로 나왔다.

"어때? 담임선생님 좋아 보이셔?"

"응."

"그래? 유인물은 잘 챙겨 왔어?"

"응."

학부모 총회에 다녀온 동생은 정신이 어디로 가출이라도 했는지 계속 실실거리며 자신의 물음에 '응'으로만 대답하고 있었다.

"왜 이래? 설마 왜 담임선생님이 엄청난 미인이시더냐?"

"응."

"뭐야?"

미주의 이단 옆차기가 날아왔다. 제대로 들어간 이단 옆차기에도 동생은 실실 웃기만 했다. 그러더니 기원의 방으로 들어가 버렸다.

조카 방에 있는 책상에 앉아 책장에 꽂힌 책을 살펴보면서도 진혁은 계속 실실거렸다. 그는 학원을 간 기원을 내내 기다렸다. 밤 10시가 돼서야 조카 기원이 들어왔다. 요즘 초등학생들은 참 학원도 많이 다닌다.

"다녀왔습니다."

"우리 조카님 왔어?"

"요 귀여운 녀석."

진혁이 기원이 싫어하는 볼을 잡아당기며 조카를 세게 끌어안는다.

"외삼촌 숨 막혀."

흥분에 취해 잊고 계속해서 안고 있다가 기원이 비명을 지르고 나서야 팔에 힘을 푸는 진혁이었다.

"기원아······."

"응?"

"담임선생님 어때?"

진혁이 그래도 상아와 가장 가까이 있는 존재인 조카에게 물었다. 사실은 상아가 여자로서 어떠냐는 말이 목구멍으로까지 차올랐다. 내가 아무리 지금 제정신이 아니라지만 애한테······. 속으로 말을 삼켰다.

"그냥 좋으셔."

진혁이 조카를 취조하듯 말꼬리는 잡고 하나하나 캐물었다. 그녀를 정복하려면 더 많이 알수록 유리할 터이니.

"어떤 점이 좋은데?"

외삼촌이 좀 이상하다. 학부모 총회에 갔다 온 뒤로 저렇게 빙글댄다. 혹시······ 선생님께서 내가 선생님을 좋아한다고 말한 건 아닐까? 에이, 설마······? 진짜 그런가 보다······. 저렇게 집요하게 물어보는 걸 보면 말이다.

"몰라, 나 잘래."

"조카님 벌써 사춘기야? 말은 해 주고 가야지······."

동상이몽(同床異夢), 오해만 깊어 가는 야심한 밤이었다.

❖

돌아오는 주말. 오늘은 진혁의 특별 휴가 마지막 날이다. 점심

때까지 늘어지게 자고 일어난 그는 자신이 자는 동안 책상에 앉아 조용히 공부를 하고 있는, 왠지 오늘따라 더 사랑스러워 보이는 조카의 얼굴에 뽀뽀를 날려 주고는 흐흐 웃었다.

잡으려 해도 잡히지 않던 그녀의 꼬리를 잡고 난 후부터 그는 이상하게 기분이 날아다닌다.

그렇게 그 기분에 취해 실실거리던 그는, 정확히 밥 먹을 시간에 맞춰 미주가 쾅쾅 방문을 두드리는 소리에 놀라 벌떡 일어났다.

"밥 먹어!"

밥 얻어먹는 주제에 부를 때 한 번에 나가야지 안 그러면 언제 밥주걱이 날아올지 모른다. 진혁과 기원은 미주가 한 번 더 밥 먹으라 외치기 전에 재빨리 방을 나갔다.

며칠 출장을 가서 볼 수 없었던 기원의 아빠, 매형이 보였다.

"언제 오셨어요?"

"어제 저녁 늦게 왔지 처남, 우리 밥 먹고 기원이랑 셋이 사우나라도 갈까? 남자끼리 뭉쳐야지."

기원의 아빠, 미주의 남편이자 진혁에게는 매형이기도 한 그는 사우나라면 자다가도 벌떡 일어난다. 그 뜨거운 곳으로 목간 가서 때 빼고 땀내는 게 삶의 낙이라고 할 정도로 사우나를 즐긴다.

하지만 그 하나뿐인 삶의 낙인 사우나에 한 번 가면 몇 시간이고 돌아올 생각을 하지 않아 누나는 매형이 사우나 가는 것을 싫어한다. 동그란 누나의 눈이 세모꼴로 바뀐다.

"매형, 누나가 흘겨보는데요?"

"흠흠, 밥이나 먹자……."

역시나 이 집의 최강 권력자인 누나를 이길 수 있는 사람은 아무도 없다. 매형도 이렇게 바로 깨깽 하고 꼬리를 내린다. 진혁은 계속 생각하고 있던 말을 식탁에서 꺼냈다.

"매형, 저 여기서 당분간 좀 지내면 안 될까요?"

"당연히 되지. 안 그래도 우리 세 식구밖에 없어서 적적한데. 처남이 와 주면 좋지."

"뭐, 나야 별로 상관없지만…… 우리 집에서 너 회사까지 1시간도 넘게 걸리잖아. 굳이 왜 여기서 지내려고?"

매형과 달리 역시 누나는 날카롭다. 진혁의 틈을 놓치지 않고 파고든다. 진짜 이유를 들키지 않기 위해 결국은 진혁은 재빨리 변명했다.

"그…… 그거야 한 여사 때문이지……. 본가랑 여기는 거리가 있으니까 자주는 못 오겠지."

미주는 눈을 가늘게 떴다. 진혁의 궁색한 변명이 의심스럽기는 매한가지지만 일단은 넘어가기로 했다. 거기다가 남편은 출장을 자주 가기 때문에 집에 큰 남자가 없어 힘들 때도 있을 때도 있으니깐 동생을 머슴으로 쓰면 되겠다. 힘을 쓰든 안 쓰든 우리 집의 모든 잡무는 이제부터 진혁의 몫이다.

그런 것보다도 기원이 외삼촌을 형처럼 친구처럼 저렇게나 따르는데 어쩌겠는가?

"나는 외삼촌이 우리 집에 있는 거 찬성이야."

"요 귀여운 우리 조카님, 우리 밥 먹고 자전거 타러 갈까?"

"좋아!!"

일주일이 다 되어 가도록 집에서 한 발자국도 안 나가고 먹고 빈둥거리고 자기만 한 동생을 보며 미주가 언제 저 꼴을 안 보나 싶어 물었다.

"너 언제까지 특별휴가야?"

"내일까지."

창으로 보이는 밖은 산책하고 운동하기에 알맞은 바람이 불고 햇빛이 따사로웠다. 진혁이 간단하게 대답을 마치고 조카의 손을 잡고 밖으로 나갔다.

"조카님, 가자. 가서 공원도 한 바퀴 돌고 오케이?"

"오케이!"

공원으로 나간 진혁의 큰 자전거와 기원의 작은 자전거가 나란히 달린다. 기원은 잘생기고 재밌기까지 하는 외삼촌이 자신의 집에 더 머무른다는 것이 좋다. 외삼촌은 이렇게 자주 자신과 자전거도 타 주고 잘 놀아 주기까지 한다.

작은 자전거의 템포에 맞춰 페달을 밟는 큰 자전거의 모습이 다정스럽다. 몇 바퀴나 돌고 돌며 지칠 줄도 모르게 페달을 밟던 기원이와 진혁은 자전거를 멈추고 가쁜 숨을 내쉬며 벤치에 털썩 앉았다. 밥 먹은 것이 거의 다 소화되었는지 한창 성장기에 있는 기원이 외삼촌을 졸랐다.

"외삼촌, 저기 큰 마트 가서 아이스크림 사 먹자."

"그래, 대신 엄마한테는 비밀이야."

"엉."

"가자."

진혁과 기원은 공원을 벗어나 가까운 큰 마트로 자전거를 몰았다. 마트 앞 자전거 거치대에 자전거를 세운 그들은 아이스크림을 먹기 위해 마트 입구로 걸음을 옮겼다.

그 때 낯익은 얼굴 하나가 마트 입구에서 불쑥 나왔다. 단발머리의 그녀! 몸에 딱 맞는 분홍색 추리닝을 입은 그녀다. 진혁이 먼저 말을 걸기도 전에 기원이 그녀를 불렀다.

"선생님!!"

자신을 부르는 소리에 놀란 상아는 소리가 들린 곳으로 시선을 돌렸다. 그리고 그곳에서 발견한 큰 형체와 작은 형체를 보고 소스라치며 들고 있던 맥주와 소시지를 떨어뜨렸다. 떨어진 맥주와 소시지를 쳐다본 네 개의 눈동자 위로 상아의 새된 목소리가 흘러나왔다.

"요즘 커피는 참 디자인이 세련되게 나온단 말이야. 그…… 그렇죠? 기원이 외삼촌."

"그러네요?"

기원은 선생님이 떨어뜨린 캔을 보고 어떤 음료수인지 단번에 알아차렸다.

선생님은 내가 같은 캔이라고 맥주와 커피를 구분도 못 하는 줄 아나 보다. 엄마랑 아빠가 짠, 하고 마시고 혀를 꼬아 발음하게 하는 음료가 술이라는 것을 당연히 알고 있는데. 선생님도 어른이신데 당연히 드실 수 있는 거지.

"선생님도 힘드시면 술 한 잔 하실 수도 있죠, 뭐 다 이해해요."

"어…… 어? 그……래. 고맙다."

매사에 당황하지 않는 상아지만, 주말에, 그것도 낮에 술이나 마시는 선생님으로 보여질까 걱정이 되었다. 아직은 자신의 반 아이들에게는 최상의 모습만 보여 주고 싶고 최고의 선생님으로 남아 있고 싶은 그녀다.

상아는 눈앞에 떨어진 맥주를 부숴 버리고 싶었다.

"나도 맥주나 한 캔 마셔야겠다."

맥주나 마셔야겠다는 기원의 외삼촌의 말을 들은 상아가 떨어진 맥주를 주워 얼른 건넸다.

"아, 그럼 이거 드세요."

술을 건네받은 그의 티셔츠 끝자락을 조카인 기원이 당기며 짐짓 경고했다.

"외삼촌 음주운전은 안 돼."

"차 가지고 오셨어요?"

진혁과 기원은 동시에 거치대에 세워 둔 자전거를 가리켰다.

상아는 앞에 남자가 조금 새롭게 보였다. 첫 만남이 그렇게 좋은 기억은 아니었고 또다시 만났을 때는 남자 친구가 있냐고 물어 와서 저를 당황시킨 남자가 조카를 데리고 자전거 타러 나온 모습에 상아는 남자가 조금 달라 보였다. 한두 번 일회성으로 조카와 놀아 주는 외삼촌처럼 보이지는 않았다.

"자전거는 끌고 가지, 뭐."

셋은 나란히 걸었다. 두 명은 한 손에 맥주를, 한 명은 아이스크림을 들었다. 두 명은 자전거를 끌고 한 명은 발걸음으로 보폭을 맞추었다. 순식간에 아이스크림을 다 먹고는 기원이 다시 자전거에 올라 공원을 돌았다.

맥주 캔을 든 두 사람은 근처 벤치에 앉아 그 모습을 바라보았다. 그 때 다른 자전거의 주인이 물었다.

"요즘도 선보러 다니십니까?"

"네? 아니요. 이제는 안 다녀요."

"다행이네요. 저는 어떠세요?"

"네?"

"처음 본 순간부터 상아 씨가 맘에 들었습니다."

순간 시끄러웠던 공원은 관객이 없어 적막에 둘러싸인 공연장처럼 조용해졌다. 기원이 자전거를 타며 손을 흔들며 뭐라뭐라 큰소리로 불렀으나 상아의 귀에는 주인공을 맡은 이 남자의 목소리만 또렷이 들려왔다.

바람이 살살 불던 공원에 모든 공기가 멈추고 자신을 응시하고 있는 남자의 눈동자만 보였다.

4.

　난생처음 진지한 남자의 고백을 들었던 그날 밤에 상아는 길고
긴 꿈을 꾸었다. 꿈에서도 그녀는 자고 있었는데, 주변이 환한 것
으로 봐서 아침 무렵이었나 보다.

　눈을 떠 보니 갓 지은 밥 냄새가 식욕을 자극했다. 부엌에서 자
신을 부르는 달콤한 남자 목소리가 들린다. 꿈이긴 하지만 결국은
내가 결혼하는 데 성공했나 보다. 그렇다면 나의 반쪽이신 그 상
대는 누구일까?

　"여보, 일어나서 밥 먹어."

　꿈속의 상아는 몸을 일으키고, 기지개를 편다. 아, 머리가 아프
다. 어제 마신 캔맥주가 문제였나 보다. 하긴 그럴 만도 하지 어
제 그 반질반질한 남자가 그런 소릴 하니까…… 어라? 이게 아닌
데…… 아, 모르겠다.

생각이 뒤죽박죽 섞이고 이게 꿈인지 현실인지 분간할 수가 없었다. 밥이나 먹고 생각해야지. 상아는 깨질 듯한 머리를 붙잡고 부엌으로 나간다.

주방의 싱크대에 선 한 남자가 흰 셔츠 차림에 에이프런을 두르고 밥과 국을 뜨고 있다. 뒷모습뿐이지만 듬직하게 딱 벌어진 어깨하며 쭉 뻗은 다리 위의 탄탄한 엉덩이도 딱 붙어 올라가 있었다. 누구 남편인지 참 결혼 잘했구나, 상아가 꿈이지만 감탄하고 고개를 끄덕였다. 밥과 국이 놓인 쟁반을 든 남자가 뒤를 돌자, 얼굴이 보인다.

"허……헉."

어제 그 반지반질한 기원이 외삼촌이다. 꿈속에서의 상아는 당황해서 말을 더듬었다.

"다, 당신이 왜 여기 있는 거예요?"

남자는 특유의 능글거리는 웃음을 지며 대답했다.

"왜……라니……? 여보야, 우리 어제 결혼하기로 했잖아."

"내…… 내가 언제요?"

아무리 꿈이 무의식이 의식에 대한 말 걸기라고 하지만 저 남자와 결혼까지 약속한 사이라니 충격에서 헤어나지 못하고 입을 벌리고 서 있었다. 그 때 어디선가 우렁찬 아기 울음소리가 들려왔다.

"응으으…… 응애……."

그 남자가 멍한 자신의 이마에 살짝 입 맞추고는 거실을 가로

질러 어느 작은 방으로 들어간다. 울음소리가 들리는 걸 보니 저 남자와 나 사이에 애도 있나 보다.

설마…… 속도위반……? 우리 엄마가 알면 날 살려 두지 않았을 텐데 무사한 걸 보니 잘 넘어갔나 보다.

그 남자가 나온다. 남자가 우리 집 곰 인형 지. 수. 를 들쳐 메고 있다.

"에구, 우리 지수 배고팠쪄요? 아빠가 우리 지수 맘마 줄게요."

진혁이 능숙한 듯 곰 인형 엉덩이를 토닥토닥하면서 기어이 젖병을 곰 인형에게 물렸다. 상아는 그제야 꿈속이지만 바짝 정신을 차리고 진혁에게 물었다.

"저기요. 최진혁 씨…… 이거 꿈이지요?"

"네, 멍멍멍멍."

멍멍 하는 개소리가 점점 울리는 듯이 커지더니 진혁이 씨익 웃었다.

상아는 소스라치게 놀라 잠에서 깨어나서도 침대에서 일어나지 못하고 강한 꿈의 여운 때문에 한참을 누워 있었다.

멍멍멍이라니…… 이런! 다시는 꾸고 싶지도 않고 다시는 없어야 할 개꿈에 어이가 없으면서도 웃음이 났다.

"하하……. 하하하하하하하하."

꿈에서까지 그 남자를 만나다니. 아무렇지 않은 듯 행동했지만 실제로는 신경 쓰고 있었나 보다. 개꿈을 꾸고 나서 기분이 나빠야 정상인데 의외로 기분이 나쁘지 않다는 것이 이상하다. 상아가 안고 있던 곰 인형 지수를 꼬집고 그 큰 머리를 흔들어 댔다.

"지수야, 요즘 너 내 꿈에 너무 자주 등장한다?"

당연히 지수는 아무 말이 없지. 상아가 진지하게 지수를 노려보며 경고했다.

"이제 그 남자까지 데리고 내 꿈에 주연을 맡으셨어요. 그만 나와도 될 것 같은데? 내가 지금 뭐라고 하는 거니."

상아는 애꿎은 곰 인형만 때리며 침대에서 이리 구르고 저리 구르며 소리쳤다.

잘생긴 그 얼굴 때문일까? 꿈에서 만난 남자의 모습에 침을 흘릴 뻔했다. 얼굴에는 큰 의미를 두지 않는 상아였지만 잘생겨서 나쁠 건 없다. 아니 정신 차리자.

상아는 두 손으로 '짝' 소리 나게 자신의 뺨을 한 대 때렸다. 그러고는 욕실로 들어가 흘러내리는 물에 몸을 맡겼다. 욕실 밖으로 중얼거리는 소리가 멈추지 않고 물소리와 섞여 들려왔다.

❖

서울 고층빌딩 숲 사이 위치한 법무법인 한율.

진혁이 차를 주차시키고 한율이라고 적힌 건물 안으로 들어간다. 한율은 우리나라의 로펌 중 1, 2위를 다투는 큰 회사이다. 그리고 그는 여기 한율의 이혼전문변호사이다.

다른 사람들은 치정싸움에 얽힌 일들을 하찮게 볼지도 모른다. 그러나 겪어 본 사람은 차마 그런 말을 할 수 없으리라. 진혁이 이혼전문을 맡게 된 데는 어린 시절 경험이 큰 역할을 했다.

그가 9살, 누나가 11살 때 부모님이 이혼하셨다. 아버지의 바람이 문제였다. 아버지는 애원하는 가족을 놔두고 다른 여자에게 가버렸다. 결혼은 그 사람의 인생에서 큰 조각이다. 그 조각을 제자리로 돌려놓는 것이 이혼이라면? 조각은 돌아가도 그 자리에는 자국이 남는다. 그 자국이 큰 상처가 되지 않도록…… 곪지 않도록…… 하는 일이 진혁이 하는 일이다.

주차장에서 나와 엘리베이터에 오른 진혁은 같은 회사 선배 변호사를 만났다. 진혁이 고개 숙여 반듯하게 인사했다.

"선배님, 안녕하십니까?"

"어이, 최 변. 휴가 동안 잘 쉬었나?"

"네? 흐흐."

갑자기 입에서 실실 웃음이 새어 나온다. 선배 변호사가 들고 있는 커피 캔을 보고 순간 맥주를 커피라 속이던 상아가 생각났다. 별것 아닌 커피 캔에도 자신의 고백에 당황해 크게 뜬 검고 예뻤던 눈이 떠올랐다. 이제는 정말 시도 때도 없이 그 여자 얼굴이 떠올라 웃음이 나오는 걸 멈출 수가 없다.

"내 얼굴에 뭐라도 묻었나?"

평소에는 잘 웃지도 않는 후배가 자신을 보더니 실없이 웃는다. 혹시 차에서 급하게 먹은 삼각김밥 김이 이에 끼기라도 했나 싶어 거울을 보며 입을 벌려 보니, 다행히 깨끗했다.

"아, 아닙니다. 웃긴 일이 생각나서요……."

"사람 참 실없기는……."

엘리베이터에서 같이 내린 김 변호사가 진혁의 어깨를 두드려 주고는 사무실로 가 버렸다. 진혁도 자신의 사무실이 위치한 민법 소송 팀으로 걸음을 옮겼다. 그러고는 문을 활짝 열어젖혔다.

"좋은 아침입니다. 저 없는 동안 잘 지내셨어요?"

문을 열고 들어오는 최 변호사의 모습에 김 비서가 벌떡 일어나 격하게 반겼다. 무려 일주일 만에 저 멋진 얼굴을 보는 거다.

"꺅! 변호사님! 보고 싶어 죽는 줄 알았어요."

"네, 김 비서님."

김 비서를 향해 고개를 끄덕여 인사하고 뒤로 보이는 지긋하게 나이 든 김 부장을 보고 안부를 물었다.

"부장님도 별일 없으셨죠?"

"그럼요, 변호사님 안 계시는 동안 저희 열심히 했습니다."

급한 소송을 다 마무리한 진혁은 휴가를 받았지만 법원에 들어갈 소장 작성하고 의뢰인 면담을 잡아야 했던 두 사람은 휴가를 받지 못했다. 두 사람이 없었다면 그도 휴가는 받지 못했으리라. 이번 일만 끝나면 두 사람도 휴가를 다녀올 수 있을 것이다. 진혁이 고마운 마음을 담아 말했다.

"김 비서님과 김 부장님이 뭐 언제는 열심히 안 해 주셨나요? 저는 두 분 덕분에 두 다리 쭉 뻗고 쉬었습니다. 김 부장님, 업무 보고 좀 해 주세요."

김 부장님께 부탁하고 안쪽에 마련된 사무실 방으로 들어서는 진혁에게 김 비서가 언제나처럼 밝은 목소리로 물어 왔다.

"변호사님 커피 한 잔 타다 드릴까요?"

"그럼 너무 감사하죠."

검정색 재킷을 벗어 걸어 놓고는 그는 업무 보고를 받기 위해 책상 앞에 앉았다. 노크하는 소리가 들리더니 김 부장이 들어온다. 그가 본격적인 일을 시작한다.

"의뢰인은 누구입니까?"

"네, 44세 남성으로 본명은 김철수입니다."

"부장님, 상황 설명 좀 부탁드립니다."

"지금 남편과 부인 둘 다 합의이혼을 원하는 상황입니다. 그런데 이상하게 아이를 한 명씩 데려가려고 하고 있습니다."

부부 두 사람의 의견이 일치하고 헤어지는 데 이의가 없다면 합의이혼을 할 수 있다. 그리고 의견이 일치하지 않는다면 재판이혼으로 가게 되는데, 이들은 합의이혼이 가능한 상황인데도 아이들이 문제가 되어 진행하지 못하고 있었다.

"형제인가요? 자매인가요?"

"네, 형제 2명입니다. 한 명은 11살, 한 명은 9살입니다."

"꼭 그 아이들을 따로 따로 보내야 합니까?"

"의뢰인은 둘 다 데려오고 싶어 하는데 부인 쪽에서 반대하나 봅니다."

"둘 다 보내든지, 둘 다 데려오든지 하는 게 아이들을 위해서도 좋을 것 같습니다."

"저도…… 그게."

이혼을 하게 되는 것만으로도 아이들에게는 큰 혼란과 상처를 안겨 주게 될 것인데 거기다 한쪽이 한 명만 데려가겠다고? 싸우게 되면 아이들이 받을 고통이 엄청날 것이다. 조정이 필요할 것 같다.

"제가 의뢰인을 만나 보고, 부인 쪽 변호사와도 이야기해 보겠습니다."

보고를 마친 김 부장이 노크하고 나가고는 김 비서가 커피를 들고 들어온다.

"최 변호사님, 아이스 아메리카노 시럽 없이. 맞죠?"

"네, 감사합니다. 김 비서님. 그리고 3시에 의뢰인하고 약속 잡아 주세요."

돌아서는 김 비서의 얼굴이 붉게 물들었다. 김 비서가 문고리를 잡는 손이 떨린다. 잠깐 휴가 갔다 온 사이 진혁은 더 멋있어졌다. 김 비서의 가슴이 콩닥된다.

"부장님…… 우리 변호사님 너무 멋지지 않아요?"

"아서라. 못 오를 나무 쳐다보는 거 아니다, 너."

"치이…… 혹시 알아요?"

“의뢰인하고 약속 잡아야 되는 거 아냐? 최 변호사님이 저렇게 친절하셔도 일에 제대로 안 하는 사람은 얼마나 싫어하시는지 알지?”

“잡으면 되잖아요.”

김 비서가 은근슬쩍 최 변호사를 그녀에게 갖다 붙였다.

입사 때부터 최 변호사와 쭉 계속해 온 김 부장은 그의 성격을 누구보다 잘 안다. 저렇게 사람 좋은 미소를 짓고는 있지만 그건 전부 예의에서 나오는 것일 뿐 절대 같이 일하는 여자들에게 진지한 눈길 한 번 주지 않는다. 그리고 일 처리를 제대로 하지 않는 사람을 제일 싫어하는 사람이 그다.

진혁의 팀은 그가 없는 동안 새로 시작하는 소송의 소장을 작성해 접수하고 예약을 받느라 눈코 뜰 새가 없었다.

약속한 3시. 문이 열리고 한 남자가 들어온다. 의뢰인인가 보다.

“안녕하세요. 김철수입니다.”

“네, 여기로 들어오세요.”

김 비서가 문을 열어 주니 펜대를 돌리며 서류를 보고 있던 진혁이 의자에서 일어난다. 그러고는 손을 내밀어 악수를 청했다.

“제가 이번 의뢰를 받은 최진혁입니다.”

“아…… 네, 반갑습니다.”

“이리로 앉으시죠.”

"의뢰하신 내용을 보니까 김철수 씨 앞으로 자녀 중 형을, 부인 쪽으로 동생을 보낸다고 하시던데요."

"네, 맞습니다."

진혁은 처음 사항을 보고받았을 때부터 생각했던 말을 전했다.

"이혼은 일단 부인분과 남편분 두 분의 문제이긴 하지만······ 최우선으로 자녀분들을 생각해 주셨으면 합니다."

"네······. 압니다. 하지만 부인 쪽에서도 아이들을 원하고 있는 터라······."

"이혼가정의 아이들은 자연스레 부모님의 이혼이 나 때문은 아닌가라는 고민을 하게 됩니다. 그 상실감은 이루 말할 수 없겠죠."

"······."

"또 어찌 되었든 의뢰인분이나 부인분은 생계를 위해서 일을 하셔야 될 겁니다. 형제도 없이 혼자 남겨진 아이들이 그 상처를 어떻게 이겨 낼지 솔직히 걱정이 됩니다. 옆에 형이나 동생이 있다면 분명 도움이 될 겁니다."

"아내도 저도······ 미처 생각하지 못했습니다."

"두 분 중 한 분이 맡아서 키우시고······ 면접교섭권으로 한 달에 한 번씩이나 두 번씩 만나시는 게 어떻겠습니까?"

면접교섭권이란 부부가 이혼한 뒤 자식을 양육하지 않는 부모가 자식을 만나거나 전화 또는 편지 등을 할 수 있는 권리를 이른다.

"제가 애들 엄마와 상의해 보겠습니다."

진혁의 말을 듣고 나서 생각이 많아진 의뢰인이 돌아갔다.

"휴우."

이혼을 진행하면서도 아이들 이야기가 나오면 감정이 앞선다. 매번 이러지 말자…… 다짐을 하면서도 뜻대로 잘 되지 않는다. 그 아이들의 상처와 내 상처가 겹쳐 보였다. 어른이 되면서 다 잊었다고 생각했는데…… 내 안에는 아직 다 자라지 못한 그 아이가 있는가 보다.

엄마가 일하러 나가고 없는 집 안에서 누나는 내게 엄마고, 아빠였다. 남겨진 아이들이 더 상처받지 않도록…… 그 자국이 깊지 않기를 바라 본다.

또각또각…….

당당하게 하이힐 신고 몸매가 드러난 빨간 블라우스에 굴곡이 드러나는 하얀 치마를 입은 여자가 최 변호사의 사무실로 들어왔다.

"최 변호사님 출근하셨죠?"

"네, 하셨습니다. 박 변호사님 커피 가져다 드릴까요?"

"아니요. 저는 사거리에 있는 스타벅스에서 수프리모 원두커피로 사다 주세요. 지윤 씨나 부장님도 하나 드시든지요."

하이힐을 신은 그 여자가 김 비서에게 카드를 건넸다. 그러고는 알리지도 않고 진혁이 있는 공간의 문을 열고 들어갔다. 카드를 받은 김 비서의 입에서 안 좋은 소리가 나온다.

"저 불여시는 왜 또 왔대?"

"너, 말조심해."

"열 받잖아요. 제가 심부름꾼도 아닌데……."

이 직장이 맘에 들지만 저 불여시가 와서 자신을 하인 부리듯이 할 때마다 회사를 때려치우고 싶은 기분이 들었다. 하지만 목구멍이 포도청인 김 비서가 투덜거리며 커피를 사러 나갔다.

문을 열고 들어간 박 변호사는 문 여는 소리가 들렸는데도 쳐다보지도 않는 진혁을 불렀다.

"진혁아."

"왔어?"

부르는 소리에도 그녀에게 눈길 한 번 주지도 않고 계속 서류에만 시선을 고정시키고 있었다. 박 변호사의 짙은 붉은 입술에서 볼멘소리가 터져 나온다.

"얼마 만에 보는 건데…… 내 얼굴도 안 쳐다보고 얘기해?"

"그러게, 좀 바쁘네……."

"왜 내 전화 안 받았어?"

"휴가 기간 동안 누나 집에 가 있었거든."

그 때 노크 소리가 들리고 커피를 든 김 비서가 들어왔다. 김 비서가 박 변호사에게 건네주는 커피에 찍힌 로고를 보고는 진혁의 얼굴에 미세한 주름이 만들어졌다.

"박 변호사님 커피입니다."

"박 변, 우리 김 비서님한테 개인적인 심부름은 시키지 마. 엄연히 회사일 하는 직원이셔."

"내가 시킨 거 아니야. 김 비서님이 사다 주신다 했어. 맞죠? 김 비서님?"

"아…… 네…… 뭐……."

"고. 마. 워. 요. 김. 비. 서. 님."

저 환하게 웃고 있는 박 변호사의 면상에 뜨거운 커피를 확 부어 버리고 싶은 김 비서였다. 김 비서는 얼굴에 억지 미소를 띤 채 사무실을 나갔다.

김 비서가 나가자 커피는 쳐다보지도 않고 박현지 변호사가 요염하게 다리를 꼬며 진혁의 책상에 걸터앉았다. 그녀가 은근한 목소리로 그에게 제안했다.

"나랑 같이 저녁 먹어."

"안 돼, 어디 갈 데 있어. 그리고 일 있는 거 아니면 내 사무실 오는 거 자제해 줘."

현지는 그가 단칼에 거절하자 화가 났다.

학교 다닐 때부터 그가 맘에 들었었다. 다른 남자도 만나고 해 봤지만 진혁만큼 혹하는 남자는 없었다. 온 맘을 다해 유혹해 봤지만 한 번도 친구 이상의 선을 넘은 적이 없다.

거기다 현지가 누군가. 아버지가 대법원 판사이고 뼛속까지 법조인 집안인데 앞의 진혁은 자신의 배경 따위에 절대 넘어오지 않았다.

어쩌면 이런 면 때문에 그를 갖고 싶어 하는지도 모르겠다. 갖고 싶은 것은 가져야 하는 자신이니 무슨 일이 있어도 이 남자를 가지고 말겠다 다짐하는 현지다. 그녀가 큰 목소리로 소리쳤다.

"너 진짜 이럴래?"

하지만 진혁은 눈 하나 깜짝하지 않았다. 그러고는 다시 서류로 눈을 돌리고 무심하게 나가라는 손을 한 번 까딱했다.

"나 일해야 해. 나가 봐."

오후 4시, 맞춰 놓은 핸드폰 알람이 울렸다. 시간이 되자 일이 끝나지도 않았는데 진혁이 보던 서류를 가방에 쓸어 넣고 재킷을 들고 사무실을 빠져나왔다.

"저 일감 집으로 가져갑니다. 먼저 퇴근할게요."

"네?"

쌩하고 나간 진혁에 놀란 김 부장이 멍한 얼굴로 자리에 서 있었다.

5시, 초등학교 선생님인 상아가 퇴근하는 시간이다. 조카에게 물어보니, 수업은 2시 반쯤에 마치고 선생님인 그녀는 5시까지 학교에 있는 것 같다 말했다.

오늘은 또 어떻게 자신을 피해 갈지 이제는 기대까지 되는 진혁이다. 어제 맥주 한 캔에 힘을 빌려 그녀에게 고백했다.

"처음 본 순간부터 상아 씨가 맘에 들었습니다."

돌직구로 던진 고백에 그녀는 굳어서 동그랗게 눈을 뜨더니 혼잣말로 이렇게 말했다.

"아, 늙었나 보다. 맥주 한 캔 마시고 취해서는 헛소리가 들리네?"

그러더니 영혼 없는 얼굴로 일어나서는 터덜터덜 걸어갔다. 그렇게 잘 걸어가는 듯싶더니 다리에 힘이 풀렸는지 발목을 비틀하고 꺾고 다시 바로 서서 머리를 쥐어뜯으면서 공원에서 사라졌다.

기원이가 다가와서 그의 바지를 잡아당기지만 않았어도 따라가는 건데. 벌써 시야에서 사라져 보이지 않는데도 여자가 포효하는 비명이 얼핏 들리는 것 같았다.

지금 그는 그녀를 만나러 가는 길이 즐겁다. 진혁은 학교 앞에 차를 주차하고 시동을 끄고 상아가 나오기만을 기다리고 있었다.

하염없이 교문만 쳐다보고 있는데 조금 시간이 지나자 그녀가 재빨리 빠른 경보 걸음으로 교문까지 나오더니 교문을 벗어나자 전속력으로 달리기 시작했다. 놀란 진혁이 차에서 내려 따라 뛰었다. 이 여자만 보면 어떻게 만날 이렇게 뛰는지. 그래도 남자인 그가 성큼성큼 달려가 그녀의 어깨를 잡았다.

잘 달리고 있었는데 뒤에서 누군가 어깨를 잡아 놀란 상아는 자신도 모르게 몸을 돌려서 팔을 쳐 내고 팔을 뒤로 돌려 꺾어 버렸다. 갑작스런 호신술에 팔이 꺾인 진혁이 아픈 소리를 냈다.

"아! 아."

상아가 어떤 놈이 겁도 없이 자신을 따라 뛰어왔나 싶어 얼굴을 보는데 그 남자다. 손을 풀고 놀라 물었다.

"기원이 외삼촌? 괜찮은 거예요?"

"아아. 네. 이런 건 어디서 배운 겁니까?"

"아, 저번에 경찰서에서 학교로 호신술 강의를 왔었거든요."

"대단한데요."

"아니, 이 정도쯤이야. 제가 할 줄 알아야 아이들을 가르치지요. 근데 무슨 일이세요?"

"아, 상아 씨 만나러 왔죠. 어디 가서 차나 한 잔 하시죠?"

아니 이게 무슨 자다가 상아 두드리는 소리인가.

그녀가 교문을 나서자마자 뛰었던 이유는 얼마 전부터 시작한 미드 때문이다. 꽃중년 깁스가 나오고 여신 지바와 귀여운 애비와, 톰과 제리 같은 디노조와 맥기가 나오는 미국 드라마가 하는 시간이기 때문이다.

아침에 바빠서 녹화 예약을 해 놓지 못하고 나왔단 말이다. 달려가면 딱 맞춰 볼 수 있을 것 같았는데.

상아가 집에 꿀단지라도 숨겨 놓은 것처럼 발을 동동 굴렸다.

"제가 지금 급히 집에 가 봐야 해서요."

"아아, 아까 상아 씨가 비튼 팔이 아픈데요."

진혁이 팔을 늘어트리고 그녀 앞에서 엄살을 부리기 시작했다. 진혁이 물고 늘어지자 상아가 시계를 한 번 쳐다보고는 할 수 없다는 듯이 말했다.

"어차피 지금 가도 못 보겠네요. 그까짓 차 한 잔 좋지요."

상아가 주위를 둘러보고는 바로 보이는 커피숍을 향해 걸었다. 진혁이 언제 팔이 아팠냐는 듯이 멀쩡한 표정을 하고 그녀의 뒤를 따랐다.

커피숍으로 들어가자마자 상아가 소리 나게 의자에 앉았다. 뒤따라 들어온 진혁이 웃으며 자리에 앉자 상아가 그를 보고 의아한 듯 물었다.

"아니, 기원이 외삼촌 되시는."

"최진혁입니다."

"네? 네, 최진혁 씨. 저한테 왜 이러는 거세요?"

"아, 어제도 말씀드렸지만 제가 지금 상아 씨에게 작업 거는 중입니다."

"네?"

"주말에 저랑 식사 어떠세요?"

"제가 응하지 않으면."

상아는 앞에 남자를 바라봤다. 계속 이렇게 찾아오는 건 아니겠지. 앞의 남자는 자신의 생각을 읽었다는 듯이 진짜로 하는 소리라고 장담하는 눈빛을 쏘아 댔다.

"혹시 계속 이렇게 찾아오실 건 아니시죠?"

"어? 어떻게 아셨죠?"

"식사만 하는 거죠?"

그래, 밥 한 번 먹는 건데.

그녀의 고개가 허락으로 끄덕인다.

5.

대망의 돌아오는 주말.

오피스텔 앞에서 상아는 청바지에 몸에 딱 맞는 하얀 니트를 입고 발에는 편안한 운동화를 신고 기원이 외삼촌을 기다리고 있다. 단발머리에 캐주얼한 차림이 그녀의 발랄함을 더욱 돋보이게 해 주고 있었다.

약속한 시간이 되기 10분 전, 하얀 SUV가 앞에서 멈춰 서고 진혁이 내렸다. 오늘은 말끔한 정장 차림이 아니라 베이지색 면바지에 스트라이프 남방을 입고 카디건을 걸쳐서 그런지 편안하고 더 부드러워 보이는 옷차림이었다.

그가 차에서 내려서 멋진 웃음으로 인사했다.

"안녕하세요? 먼저 나와 계셨네요."

"네, 안녕하세요."

두 사람은 흔한 말로 인사를 마치고 차에 올랐다. 둘을 태운 차가 도로를 매끄럽게 미끄러져 나갔다.

한참을 달려 도착한 식당은 깔끔한 음식 맛으로 유명한 일식집이었다. 차를 주차하고 진혁이 문을 열어 주려 먼저 운전석에서 내렸다. 하지만 그 찰나를 못 참고 상아는 당당히 스스로 문을 열고 내렸다.

멋지게 문을 열어 주려 걸어가던 진혁은 허탈해졌다. 어제저녁 달달 외워 온 데이트의 정석이라는 책의 내용이 떠올랐다.

[데이트의 정석 챕터 1! 먼저 내려 정중하게 차 문을 열어 주라 그러면 여자는 감동받을 것이다.]

하지만 그녀와의 첫 번째 데이트는 처음부터 삐걱거렸다. 뒤에 상심에 빠진 진혁을 두고 상아가 앞서 걸었다. 벌써 예약을 해 놓았는지 안내하는 직원을 따라 상아는 다다미방으로 들어갔다.

뒤따라 들어온 진혁이 맞은편에 앉았다. 진혁이 방을 둘러보며 메뉴판을 유심히 살피는 상아를 보며 운을 뗐다.

"일식 괜찮으시죠?"

"네, 완전 괜찮습니다!"

"다행이네요. 여기 괜찮아요. 가끔 회사 사람들이랑 오거든요. 여기 코스 요리 괜찮아요."

"그럼, 그걸로 먹죠."

간단한 샐러드로 시작해서 메인 회가 나왔다. 비싼 곳인지 도미와 참치, 연어, 그리고 광어까지 딱 봐도 퀄리티가 뛰어나고 두께도 두툼했다.

상아가 눈을 반짝 빛내더니 진혁을 바라봤다. 그녀가 그를 계속 바라보니 그도 그녀와 눈을 마주쳐 왔다.

[데이트의 정석에서 말한 챕터 2! 서로의 눈을 진실하게 바라보라 여자의 마음이 보일 것이다.]

책에서 말한 대로 진혁이 진지하게 바라봤다. 하지만 책에서 말한 것처럼 그녀의 마음이 도통 보이질 않는다. 계속된 눈빛 교환에 조바심을 느낀 상아가 말했다.

"기원이 외삼촌분께서 수저를 먼저 드셔야 식사를 시작하지요."

"아."

데이트의 정석이 빗나가고 있다. 왜 자신을 쳐다본 건지 알게 된 진혁이 그녀의 재촉에 수저를 들었다.

상대편이 수저를 들기가 무섭게 젓가락을 든 상아가 도미를 집어 참기름에 살짝, 그리고 쌈장에 콕 찍어서 한 입에 넣고는 감탄했다. 세상에서 가장 행복한 표정으로 연신 회를 집는 손이 정확하고 빨랐다.

"음~"

진혁은 수저를 내려놓고 앞에서 내숭 따윈 들어 본 적도, 알지도 못한다는 듯이 계속해서 집어 먹고 행복해하는 상아의 얼굴만 빤히 쳐다봤다.

커다란 접시에 회가 어느 정도 줄었을 때, 앞에 앉아서 식사는 하지 않고 자신을 보고만 있는 남자가 상아의 눈에 보였다. 민망해진 상아가 젓가락질을 멈췄다.

"안 드세요?"

"아, 먹습니다. 입에 맞으세요?"

"그럼요, 회는 없어서 못 먹죠."

회라면 자다가도 뻘떡 일어나는 상아는 접시에 담긴 그 많던 회를 자기가 다 초토화시키고 있다는 사실에 미안해졌다. 상아가 우아하게 광어를 한 점 들어서 진혁의 앞 접시에 놓아줬다.

"드셔 보세요. 광어가 아주 싱싱하네요."

[데이트의 정석 챕터 3! 여자가 음식을 덜어 주거나 한다면 고맙다는 눈빛을 보내며 맛있게 먹어 줘라. 여자가 당신을 생각하고 있다는 증거다.]

진혁이 상아에게 고맙다는 눈빛을 보내며 건네준 광어를 바라보다 입으로 가져갔다. 그러나 그의 눈빛을 보지 못한 그녀는 진혁이 젓가락을 드는 것을 보자 기다렸다는 듯이 다시 손을 움직였다. 연이어 나온 회 무침을 상추쌈에 싸서는 크게 입을 벌리고 한 입에 해치웠다.

　그녀의 먹방은 거기서 끝이 아니었다. 다음으로 연달아 나온 초밥을 집어 먹고 눈을 감고 감탄했고, 매운탕이 나왔을 때는 혼 잣말로 딱 이슬 한 잔이 필요해라고 말했으며, 마지막 알밥의 밥 한 톨도 남김없이 싹싹 긁어 먹고는 불러 온 배를 통통 두드렸다.

　"아, 잘 먹었다!"

　"정말 잘 드시네요."

　"당연하죠. 먹는 거 앞에서 깨작대고 그러면 저희 어머니는 확 상을 엎어 버리셨죠."

　그 말을 하면서 상아는 그녀의 어머니가 상을 이렇게 했다는 것을 보여 주는 듯 상을 들고 엎어 버릴 듯 살짝 들었다 놨다.

　"하하하."

　이 여자만 보면 너무 즐거워서 웃음을 멈출 수가 없다. 그는 앞 에 보이는 여자의 이런 내숭 없음과 털털함이 맘에 들었다.

　처음 봤을 때부터 심상치 않았는데 준비해 온 데이트의 정석이 하나도 먹혀들지 않고 있다. 하지만 생각과 다른 전개에 실망하기 는커녕 책과는 전혀 다른 색다른 색을 가지고 있는 여자가 점점 더 맘에 든다.

　마지막으로 직원이 가져다준 후식으로 나온 매실주를 음미하며 마시던 그녀가 혼잣말했다.

　"음, 별로군. 선이가 만들어 준 매실이 더 맛있는데……."

　"아, 요리 클래스의 선 선생님?"

상아가 조용히 내뱉은 친구의 이름에 진혁이 알은체를 했다. 상아가 의아함에 물었다.

"아니, 우리 선이를 알아요?"

[데이트의 정석 챕터 4! 대화의 공통 주제를 만들어 자연스러운 대화를 유도하라! 자신도 모르는 사이 서로에 대해 많이 알아가고 통하고 있다는 느낌을 받을 것이다.]

요리 클래스 선생님 이야기가 나오자 앞의 그녀가 반달 모양 눈을 하고서는 웃는다. 눈웃음과 살짝 들어간 보조개를 동반한 그녀의 미소가 예쁘다.

"당연히 알죠. 처음 만났을 때 저한테 껄떡대지 말라면서 눈을 부라리셨잖아요?"

"네? 이게 무슨? 우리 그때 선 자리 커피숍에서 처음 만난 거 아니에요?"

"아, 섭섭합니다. 기억을 못 하시다니."

진혁이 섭섭함이 역력한 표정을 지었다. 남자의 얼굴을 응시하던 상아가 머리를 뒤지기 시작했다.

아, 선이의 요리 클래스 다니시는 사모님의 아들이었다고 했나? 그러니깐 설마? 그때서야 반반한 얼굴을 생각해 냈다.

"아! 그때 그 바람둥이?"

알고 있는 사람의 이름이 나와서 공통의 주제로 자연스럽게 대화하려 했는데 처음 시작은 좋았지만 마지막의 결론은 최진혁은 바람둥이다로 끝나고 있었다.

바람둥이라니. 내가 당신에게 첫눈에 반해 난생처음 여자의 전화번호를 알려고 당신의 친구를 찾아가 사정까지 했던 사람인데. 전화번호가 틀렸는지 뭐 결과는 수화기 너머로 당신이 아니라는 소리가 나오기는 했지만. 바람둥이라고 불리고 있는데도 불구하고 웃음이 나온다. 역시나.

"하하하."

"아, 죄송합니다."

재빨리 상아가 사과했다. 진혁이 손을 저으며 아무것도 아니라는 식으로 부드럽게 넘어가고 있었다.

"아닙니다. 선 선생님은 잘 계시죠?"

"그럼요. 아주 잘 지내죠. 애가 셋인 것만 빼면요."

"네? 쌍둥이가 아니라 세쌍둥이였어요?"

"하하, 아니요. 쌍둥이 맞아요. 남편까지 해서 애가 셋이란 말이죠."

한결 부드러워진 분위기에 두 사람의 대화가 술술 풀려 나갔다. 의외로 두 사람은 대화가 통했다.

마지막으로 과일까지 먹고는 두 사람은 자리에서 일어났다. 자리에서 일어났을 때는 벌써 자리에 앉은 지 2시간이 넘어가고 있었다. 두 사람은 대화가 잘 통해서인지 시간이 가는 줄 몰랐다.

[데이트 정석 챕터 5! 꼭 계산을 남자가 하라는 법도 없지만 첫 데이트 계산은 남자가 하는 것도 괜찮다.]

당연히 식사를 요청한 진혁이 계산서를 들고 앞 카운터에서 계산을 하려고 지갑을 꺼내 들었다. 그런데 옆에서 불쑥 카드를 든 하얀 손이 튀어나왔다.

"제가 먹은 건 제가 계산할게요."

"아닙니다. 제가⋯⋯."

"아니에요. 진혁 씨도 저희 반 학생 외삼촌이시니, 엄연히 따지면 학부모시거든요."

"그래도."

"덕분에 맛있게 잘 먹었습니다."

상아가 정중하게 사양하며 고개를 숙이자 할 수 없다는 듯이 진혁은 다음을 기약했다. 아직 이 여자에게 자신은 반 학생 외삼촌인 학부모밖에 안 되나 보다.

조금 서운한 마음이 들었지만 이런 정중한 모습에 여자가 더 좋아지려 한다. 더 열심히 그녀에게 자신의 매력을 어필해서 언젠가는 이 여자가 당연히 자신이 주는 것들을 편하게 받아들이도록 만들고 말겠다고 그가 단단히 결심했다.

두 사람이 각자 먹은 점심값을 계산하고 그녀가 카운터에서 집어 건네준 박하사탕을 한 개씩 나란히 입에 넣고 밖으로 나섰을 때 일식집으로 들어오는 한 무리의 사람들과 마주쳤다. 그중 한눈

에 딱 들어오는 웨이브가 굽이치는 긴 머리에 몸에 딱 맞는 붉은
색 원피스를 입은 여자가 제일 먼저 진혁을 보고는 알은체를 했
다.

"최진혁?"

"최 변호사?"

"어? 어. 안녕하십니까? 식사하러 오셨나 봐요."

자신을 부르는 소리에 진혁이 들어오는 무리를 알아보고 같은
사무실 형법 전문 법률팀장에게 인사를 했다. 옆에 서 있던 상아
는 아는 사람을 만난 듯한 그에게 조용히 말하고 무리를 향해 정
중히 고개를 숙여 인사하고 나갔다.

"인사하고 나오세요. 저는 나가 있을게요."

식사 한 번 같이 하자고 권해도 선약이 있다고 무시하던 진혁
이 다른 여자와 식사를 한 걸 본 현지가 도도하게 눈을 치켜세우
고 그를 향해 물었다.

"방금 나간 여자 누구야?"

"네가 상관할 일이 아닌 것 같은데?"

"뭐?"

사무실에서 현지가 진혁을 좋아하고 있다는 것을 모르는 사람
은 현지에게 전혀 마음이 없는 당사자 진혁뿐이다. 현지가 당당하
게 최 변호사는 내 거라고 표현을 하기에 언젠가는 두 사람이
사귈 것이라는 게 모두의 예상이었는데 보기 좋게 예상이 빗나갔
다. 두 사람 사이에 심상치 않은 기류를 눈치챈 법률팀장이 보다

가 끼어들었다.

"최 변, 방금 나간 아름다운 분은 누구신가?"

"아, 그게 제가 맘에 두고 있는 사람입니다."

평소에는 부드럽지만 언제나 포커페이스를 유지하는 진혁이 살짝 당황하며 머리를 긁적였다. 그의 새로운 면모를 본 법률팀장의 입에서 농이 나온다.

"하하, 최 변, 뭘 그렇게 쑥스러워하고 그러는가? 자고로 남자는 제 여자다 싶으면 밀고 들어가야 해."

"네? 네 명심하겠습니다."

진혁이 넉살 좋은 충고에 진지하게 끄덕였다. 같이 식사하러 온 법률팀 사람들 모두 웃으며 그를 격려했다. 아! 단 한 사람만 빼고.

현지는 지금 속에서 올라오는 분함을 감추지 못하고 얼굴에 표정이 드러나 일그러져 있었다. 그녀가 잘 손질된 매니큐어가 발린 손톱을 물어뜯으며 분함과 초초함을 감추지 못했다.

자리를 피해 밖으로 나온 상아는 부른 배를 두드리며 주위를 두리번거리다 길을 걸어가고 있는 낯익은 작은 뒤통수 두 개를 봐 버렸다. 두 손을 잡고 걸어가고 있는 두 아이, 머리를 땋고 분홍색 원피스를 입고 있는 여자아이와 모자를 쓰고 청바지를 입은 아이는 분명 상아의 반 학생이다. 상아가 소리쳤다.

"5학년 3반!! 양수빈, 김철민."

손을 잡고 걸어가다 전혀 뜻밖의 장소에서 자신들의 이름이 불리자 놀라 뒤를 돌아보았다. 그리고 담임선생님인 상아의 얼굴을 발견하고는 귀신 본 듯 얼굴이 하얗게 질렸다.

"선, 선생님."

"어허, 선생님이 밖에서는 뭐라 불러라 했지?"

"네, 네? 언, 언니?"

"그래. 근데 뭐야, 둘이 설마 사귀는 거야?"

"아, 아니요."

당황한 아이들은 잡고 있는 손을 떼고는 애꿎은 땅만 바라보고 상아의 시선을 피했다. 위에서 상아의 목소리가 들려온다.

"언니가 반에서 누군가를 사귀고 하면 어떻게 하라고 했지?"

"선생님, 아니 언니에게 먼저 말해야 된다고요."

"그래. 그럼 다시 물을게. 둘이 사귀니?"

다시 묻는 상아의 물음에 굳게 입을 닫고 있건 남자아이가 조그마하게 대답했다.

"네? ……네."

상아는 당황과 부끄러움에 어쩔 줄 모르는 두 아이에게 말했다.

"오케이. 접수. 근데 지금 어디 가는 길이었어?"

"그게, 학원 친구 생일파티예요."

"그래? 어디 가지 말고 잠시만 여기서 기다려."

기다리라 신신당부를 하고 두 아이를 뒤로하고 상아가 나왔던 식당을 향해 뛰어갔다. 마침 식당에서 나오는 진혁을 향해 뛰어온 상아는 그에게 인사했다.

"잘 먹었습니다. 그럼 저는 이만."

그러고는 상아는 재빨리 기다리고 있는 젊은 커플에게 돌아왔다.

"자, 가자. 언니가 데려다 준다. 셋이 손잡고 가자."

말을 마친 그녀는 중간에 서서 양옆으로 한 손씩 아이들 손을 잡았다. 아이들은 밖에서 선생님을 만난 것도 당황스러운데 둘이 사귄다는 것도 들키고, 거기다 설상가상으로 이젠 중간에서 선생님 손에 붙잡혀 셋이 같이 친구의 생일파티에 가야 한다는 것이 요즘 아이들 말로 하면 쪽팔렸다.

친구들이 놀릴 텐데. 두 아이는 조례 시간에 선생님이 누누이 강조하시던 말씀이 진심인 줄 정말로 몰랐다.

'학급 내에서 누군가를 사귀거나 하면 무조건 선생님에게 말해주세요. 혹시나 선생님에게 말을 안 하다 들킨다! 애인도 없어서 시간도 많은 이 선생님이 친히 두 사람 사이에 끼어서 같이 놀아줄게요.'

이런! 아이들이 상아 선생님을 너무 약하게 봤군요.

[데이트의 정석 마지막 챕터 6! 데이트를 마치고 꼭 여자를 집

에 데려다 주는 매너를 발휘해라. 집 앞까지 간 그녀와 로맨틱한 키스를 나누게 될지도 모른다.]

인사만 하고 가 버리는 그녀에게 마지막 챕터대로 데려다 주겠다고 따라갔던 진혁은 그 광경을 목격하고 입에서 웃음소리가 터져 나왔다.

데이트의 정석이 안드로메다로 날아가 버렸다. 손으로 웃음을 막아 봤지만 웃음이 손 사이로 새어 나오고 있었다. 그냥 보고만 있는데도 저 여자만 보면 큰 소리로 웃어 버리고 만다. 평생 이렇게 소리 내서 웃어 본 적이 몇 번 안 되는데. 모두 저 여자를 보고 나온 웃음이다.

그에게로 즐거운 바람이 불어왔다. 그에게 그 즐거운 바람을 선사한 여자가 아이들의 손을 잡고 유유히 사라졌다.

버라이어티한 만남을 마치고 누나의 집으로 들어온 진혁은 현관에 들어서자마자 허리에 손을 올리고 물음표를 띄운 채 자신을 기다리고 있는 누나를 맞이했다.

"이 주말에 어딜 갔다 오는 거야?"

"누구 좀 만나러."

"설마…… 데이트한 거야?"

"그게 데이트 같기도 하고 아닌 거 같기도 하고."

아침에 집에서 나갈 때만 해도 분명히 데이트라고 생각하고 부

푼 마음으로 나갔는데 집으로 돌아온 지금 오늘 하루 종일 여자와의 만남을 뭐라 불러야 할지 모르겠다.

밥을 같이 먹긴 했으니 데이트이긴 한가?

같이 식사 한 번 같이 한 것뿐인데 그녀가 더 좋아졌다. 누나가 계속 질문을 던졌지만 그는 방으로 들어가 문을 잠가 버렸다. 그리고 책상에 놓인 어제 밤새 딸딸 외워 버린 데이트의 정석이라 적힌 책을 휴지통에 던져 버렸다.

"데이트의 정석? 웃기시네."

이 책대로 이루어진 건 하나도 없었다. 데이트의 정석이라더니 정석이 안 통하는 여자였다.

평범하고 보통의 여자와는 조금 다른 그녀였다. 어쩌면 그런 그녀여서 첫눈에 흥미를 느꼈고 다시 만나고 싶었고 지금 이렇게 또 보고 싶은 건지도 모른다.

침대에 누운 그의 심장이 평소보다 빨리 뛰기 시작했다.

오늘은 웬일로 상아의 눈이 개운하게 떠졌다. 그 이유에 '금요일'을 든다면 다들 알아들으시려나…… 교직이 천직이라고 생각하는 상아조차도 월요일은 눈이 잘 떠지지 않는다.

일주일 중에서 가장 기다리는 요일이 금요일이다. 직장인들에게는 일주일 살아가는 이유가 되는 요일. 오늘은 금요일이다.

상아는 콧노래를 흥얼거리며 씻고 학교에 갈 채비를 했다. 평소보다 일찍 일어난 그녀는 계속 흥얼거리며 기분 좋을 때만 꺼내 입는 다홍색 원피스를 입었다. 벨트 아래로 길게 늘어진 플레어스커트가 살랑거렸다. 주말을 함께할 드라마도 예약 녹화해 놨겠다 학교로 향하는 그녀의 걸음이 가볍다.

드르륵.

학교에 도착해 교실 문을 열고 들어가자 문소리에 벌써 일찍부터 와 있던 아이들이 선생님을 보고는 물어 왔다.

"우와. 선생님 치마 입으셨다. 무슨 일 있으세요?"

"무슨 일 있지. 오늘이 금요일이잖아. 나 완전 행복하잖아."

"크크. 진짜 예뻐요. 선생님 이제 치마만 입고 다니세요."

"그래?"

상아가 아이들의 칭찬에 치마 끝을 잡고 한 바퀴 돌고는 미스코리아처럼 무릎을 굽히고 손을 까딱했다. 그 모습에 아이들이 더 크게 웃었다.

아이들의 칭찬은 항상 그녀를 기분을 좋게 만든다. 그녀는 어수선한 분위기를 정리했고 딱 맞춰 종소리가 울렸다. 금요일 1교시 국어 수업. 그녀의 클래스가 시작된다.

"반장 인사."

"차렷 경례."

"열심히 공부하겠습니다."

"국어 읽기 40쪽을 펴세요. 선생님이 수업을 시작하기 전에 시를 하나 들려주겠습니다. 귀를 기울이고 잘 들어 보세요."

상아가 준비해 온 시를 담담하고 진지하게 낭송하기 시작했다.
아이들도 상아의 목소리에 귀를 기울이고 집중해서 시를 온몸으로 느끼고 있었다.

[비가 오면 네 생각이 난다.
너는 무엇이 그리 슬프길래
그 많은 눈물을 쏟아 내었나.
나는
너의 눈물을 맛본다.
노을 맛이 난다.
너의 곱슬머리는 엉켜 뭉쳐 있다.
마치 우리의 사이도 그러할까?
네가 그리워
비오는 날 널 목 놓아 부른다.
이모 여기 라면 하나요!]

한 아이가 작은 웃음을 터뜨린다. 작은 웃음이 시작이 되어 교
실 안에 웃음이 퍼져 나갔다. 아이들의 웃음은 순백색 같다. 맛도
향도 색도 없다. 어른이 되면서 갖가지 색과 향기를 덧입게 될 것
이지만, 그건 또 그것대로 멋진 일이라 기대가 됐다. 상아가 한참
웃던 아이들을 진정시키고 질문을 시작했다.

"선생님이 들려준 시에서 인상적인 부분은 어디였습니까?"

아이들이 손을 한 명씩 대답을 하기 시작했다.

"노을 맛이 난다는 부분이 인상적이었습니다."

"라면을 재치 있게 표현해 재밌었습니다."

대답한 아이들에게 잘했다는 칭찬을 잊지 않고 해 주고는 상아가 다시 질문했다.

"여기서 나오는 '눈물'은 무엇을 나타낸 것 같습니까?"

"네, 선생님 라면 국물을 나타낸 것 같습니다."

"그렇다면 라면의 면발은 무엇으로 표현했나요?"

"곱슬머리라고 표현했습니다."

"잘했습니다. 시에서는 인상적인 부분을 찾는 것이 중요합니다. 오늘은 각자 공책에 책에서 인상적인 부분을 찾아서 적어 봅시다."

책을 읽고는 공책에 써 내려가는 소리가 가득했다.

1교시가 마치는 종이 울리자 수업이 끝나고 쉬는 시간이었다. 아이들이 교탁 위에 몰려들었다. 모르는 것을 질문하는 아이들에게 자세히 설명이 끝나고 나니 기다렸다는 듯이 개구쟁이 창식이 물었다.

"선생님 아까 읽은 시 누가 지은 거예요?"

"종이랑 펜 가져와 봐."

창식은 어리둥절해하며 종이와 펜을 가져왔다. 꿈 많던 학창시절 시인이 되고 싶었던 상아는 재주가 없음을 재빨리 인정하고 선생님이 되었다.

하지만 가끔 맛있는 음식을 접하게 되면 창작의 혼이 넘쳐날 때가 있다. 아까 그 시는 비 오는 날 넘쳐나는 창작의 혼을 주체 못 해 분식집에서 지은 시이다. 상아는 아이돌 가수들이 하는 양 휘갈겨 사인을 해서는 창식이 손에 들려 줬다.

"영광인 줄 알아."

단발머리를 찰랑이며 상아는 유유히 교실 문을 나갔다.

"에이, 뭐야?"

상아가 자랑스럽게 휘갈겨 쓴 종이를 보며 창식이 어이없어했 다. 아까부터 모든 상황을 지켜보고 있던 기원이가 다가와 말했 다.

"너 안 가질 거면 나 줘."

기원은 상아의 사인을 받아 조심스레 품 안에 안았다. 누군가 에게는 쓰레기에 불과한 것이 누구에게는 소중한 것이라니 세상 에 참 모를 일들이 많다. 그것의 답은 '누구의' 이라는 말로 대신 할 수 있지 않을까? 그 대상이 나에게 어떤 의미인가를 생각하면 저절로 우리는 무릎을 탁 치게 될지도 모른다.

점심을 먹기 전 4교시 마치는 시간이 다가오자, 아이들은 엉덩 이를 들썩이며 안절부절못하고 있다.

"허리 펴고 바른 자세로!"

"선생님! 우리는 언제 밥 먹으러 가요?"

"수업이 끝나야 가지."

수업이 끝나야 급식을 먹으러 갈 텐데 아이들은 뿔난 송아지처럼 의자에서 엉덩이를 들썩거렸다.

"배고파요."

"선생님 당 떨어져요."

머리에 피도 안 마른 것들이 벌써부터 당 떨어진다니 상아가 어이없음에 헛웃음이 나왔다.

"아직 팔팔한 것들이 늙은 선생님 앞에서……."

아이들이 점심시간이 다가오자 좀처럼 집중을 하지 못하니 더이상 수업을 할 수 없을 것 같았다. 상아가 책을 덮었다.

"좋아. 오늘은 여기까지."

"손 씻고 번호 순대로 서세요."

아이들을 인솔해 급식실로 내려갔다. 전교생이 급식실을 이용하다 보니, 아무리 큰 급식소라도 한 번에 다 수용할 수는 없었다. 그렇기 때문에 학년별로 배식 시간을 달리해서 점심을 먹고 있었다.

"피이…… 우리 반이 오늘 1등인 줄 알았는데……."

"선생님 내일은 더 빨리 내려와요. 네?"

상아는 고등학교 때 점심을 조금이라도 일찍 먹으려고 '1초, 2초'를 세고 있었던 자신이 기억났다. 그리고 종이 치면 전속력으로 내달렸던 그 걸음도, 친구들의 그 웃음소리도 기억의 수면 위에 솟아올랐다.

생각해 보면 고등학교 급식은 그리 맛있지도 않았던 것 같다.

밥을 먹고 나서는 항상 매점에 들러 빵이며 라면을 사 먹었던 것이 기억났기 때문이다.

지금 생각하면 그 많은 게 어디로 다 들어갔을까? 라고 감탄을 마지않지만, 그 아무것도 아닌 것도 다 추억이 되니 '학창시절은 참 좋은 때구나' 싶다.

그래서 나는 선생님이 되었는지도 모른다. 가장 빛나는 때의 아이들을 보기 위해, 무엇이든 꿈꾸고 바라는 그 마음이 눈이 시리게 아름다워서 그랬는지도 모르겠다.

"그래, 내일은 1등으로 밥 먹자."

"와아아아아."

이 별것도 아닌 한마디에 아이들의 환호성이 들려온다. 아이들이 좋아하니 상아도 기분이 좋아졌다. 점심을 먹고 나서 남은 수업을 마치고는 아이들은 자기네들끼리 주말에 뭘 할 건지 이야기하면서 상아를 향해 인사를 하고는 교실을 뛰어 나갔다.

상아도 남은 잡무를 최대한 빨리 마무리하고는 집으로 향했다. 주말 동안 집 밖으로는 한 발자국도 나가지 않고 밀린 드라마 복습과 함께 시간을 보낼 생각에 걸음이 더 빨라졌다. 오피스텔에 도착해 입구로 들어서는데 경비 아저씨께서 먼저 말을 걸어오셨다.

"1004호 아가씨, 이제 퇴근하는 거야?"

"네, 지금 퇴근해요."

"일찍 퇴근했구만, 어서 들어가 봐."

"그럼 들어가 보겠습니다, 아저씨."

아저씨와 잠시 인사를 나눈 상아는 집으로 향하는 걸음을 더 빨리해서 걸어가는데 뒤통수 쪽으로 아저씨의 외침이 따라붙었다.

"그렇게 빨리 걸으면 남자들이 말을 걸어 보고 싶어도 못 따라와!!"

아, 그래서 내가 지금까지 남자가 없었구나! 아니지, 그 변호사 있잖아. 내가 뛸 때마다 뒤에서 쫓아왔었지.

상아의 머릿속에 그의 반질반질한 웃음이 떠올랐다. 이내 머리를 흔들고 그녀는 엘리베이터에 올랐다.

현관에 들어선 그녀는 아무렇게 힐을 벗어 던지고는 순식간에 추리닝을 꿰어 입었다. 그러고는 냉장고에 있는 맥주와 오징어 한 마리를 구워서는 텔레비전 앞에 앉아 전원을 켰다.

이제 깁스 님을 영접할 시간이다. 녹화된 미드를 선택하고 시청하려 리모컨을 누르는 순간, 전화기가 울렸다.

마치 며칠을 굶은 상태에서 급하게 라면을 다 끓이고 한 입 넣으려는 순간 방해를 받은 느낌이라고 할까?

"뭐야."

상아는 발신자에 뜨는 이름을 보고 재빠르게 통화버튼을 눌렀다.

"여보세요?"

— 아, 상아 씨?

선이의 남편 현재다. 선이야 기침만 해도 전화를 하지만 현재는 특별한 일이 생기지 않는 한 웬만하면 전화를 하지 않는다. 거기다 장모님이라면서 놀리는 게 일반적인데 자신의 이름을 부르는 걸 보니 무슨 일이 있긴 한가 보다.

"네, 선이한테 무슨 일 있어요?"

수화기 너머로 머뭇거리는 목소리가 들려온다.

— 그게, 선이가 열이 심한데 병원에 갔다 올 동안 쌍둥이 잠시만 봐 주시면 안 되겠습니까?

"할아버지랑 어머님은 어디 가셨어요?"

— 네, 지방에 가셨습니다. 집사람은 혼자서 병원 갔다 온다고 저보고 얘들 보고 있어라는데 걱정이 돼서…….

"알겠어요. 손자들 장모가 봐야지 누가 봐요."

— 감사합니다. 제가 데려다 드리겠습니다. 한 삼십 분 후면 도착할 것 같아요.

전화를 끊자마자 상아는 거실을 둘러보고 빛의 속도로 치우기 시작했다. 널려 있던 수건이며 옷들은 전부 세탁기에 집어넣고 청소기를 돌리기 시작했다. 그러고는 식탁에 널린 과자봉지, 아이스크림통, 그녀가 사랑해 마지않는 맥반석 계란의 껍질까지 전부 쓰레기통으로 직행시키고 나서 싱크대에 쌓인 그릇들을 깨끗이 헹궈서는 정리하고 허리를 톡톡 두드렸다.

얼추 삼십 분이 지난 것 같아 서둘러 밑으로 내려갔다. 마침 현재의 외제 차가 들어오고 있었다. 차에서 내려 현재가 인사했다.

"죄송합니다. 부탁할 데가 없어서요."

"괜찮아요. 선이가 많이 아픈가 봐요?"

"네, 열이 많이 나는데 미련하게."

며칠 부산에 출장을 갔다 왔더니 안방 침대에서 열이 올라 앓고 있는 하고 얼마나 화가 났는지 모른다고 현재가 얼굴을 쓸어내리면서 말했다. 선이를 걱정하는 마음이 그의 말투에 다 드러나고 있었다.

결혼한 지 좀 지났고 아이들도 태어났지만 현재에게 가장 소중한 사람은 그의 아내인가 보다. 인생을 살아가면서 소울메이트를 찾는다는 게 얼마나 어려운 일인가.

현재와 선이는 서로의 영혼에 꼭 맞는 짝을 찾아내었다. 친구가 조금 부러워지는 순간이었다.

차 안에서 똑똑 두드리는 소리가 들렸다. 카시트에 앉아 창문 밖으로 상아를 알아보고 아이들이 창을 두드리고 있었다. 차 문을 열고 상아가 아이들을 반겼다.

"린이, 빈이 잘 있었어?"

쌍둥이들이 상아를 알아보고 방긋방긋 웃어 보였다. 현재가 차 트렁크에서 유모차를 꺼내 아이들을 앉혔다. 그리고 상아에게 당부했다.

"애들이 많이 칭얼거릴 겁니다. 그럼 유모차에 태워서 산책하면 바로 잠잠해집니다."

"걱정 마세요. 제 직업이 애들 가르치는 건데, 이 정도쯤이야."

상아가 괜찮다며 가 보라고 선이의 등을 떠밀었다. 하지만 쌍둥이들을 두고 가는 게 맘에 안 내키는지 머뭇거리는 선이를 현재가 억지로 끌어다가 차에 태웠다. 아직은 엄마, 아빠가 사라진 것을 눈치를 못 챘는지 방긋방긋 웃는 아이들을 두고 선이를 태운 현재의 차는 쌩하고 부리나케 사라졌다.

그녀의 아이 보는 것쯤이야 하고 했던 당당한 장담은 집으로 들어와서 20분도 안 돼서 무너져 내렸다.

아이들은 집으로 돌아와 얼마 동안 잘 노는 듯하더니 엄마, 아빠를 찾으며 울기 시작했고 그녀의 선생님이란 직업은 쌍둥이 앞에서는 아무런 도움도 되지 못했다.

텔레비전 채널을 찾아 아이들의 대통령이라는 뽀로로도 틀어 줘 봤지만 뽀통령은 잠시의 평화밖에 주지 못했다. 참다 참다 상아의 인내심이 바닥이 보일 즈음 그녀는 아이들을 유모차에 태워 가까운 공원으로 산책을 나가기로 했다.

유모차에 탈 때만 해도 칭얼거리던 아이들이 나무가 있는 공원으로 들어서자 잠잠해졌다. 유모차를 끌고 한 바퀴 돌고는 벤치에 앉자 아이들이 방긋방긋 웃기 시작했다.

"그래? 이제 좀 기분이 풀리셨어요?"

이란성 쌍둥이라서 생김새는 안 닮았지만 같은 피를 물려받아서인지 웃는 모습이 꼭 닮았다.

"히히히."

"그래, 너네 웃으니 나도 기분이 좋다."

상아는 밤에 혹시라도 아이들이 감기라도 걸릴까 싶어 챙겨 온 담요를 둘러 주고는 유모차를 앞뒤로 흔들흔들했다.

밤바람에 살랑거리는 나뭇잎 아래에서 그녀는 꽃보다 환하게 웃고 있었다. 아이들을 바라보는 눈에서 애정이 넘쳐나고 있었다.

그런데…… 슬슬 졸음이 밀려오는지 쌍둥이가 눈을 감을락 말락 하고 있을 때, 뒤에서 조용히 자신을 알은체하는 소리가 들렸다.

"상아 씨?"

상아가 뒤를 돌아보자 놀란 눈을 하고 있는 기원이 외삼촌이 서 있었다.

진혁은 오늘 기분이 그리 좋지 않았다. 오늘 맡게 된 사건 때문에 마음이 불편했었다. 부부가 헤어지면서 얼마나 추해질 수 있는지를 매일매일 보고 있지만 오늘은 더 착잡한 마음을 감출 수가 없었다.

그는 일을 마치고 바로 누나의 집 앞 주차장에 차를 세우고는 바로 집으로 들어가지 않고 답답한 마음에 바람이나 쐬고 가자 싶어 공원으로 발을 돌렸다. 그런데 그곳에서 그녀를 발견했다.

유모차에 탄 아이들을 바라보며 웃는 그녀가 너무 예뻐 보였다. 저 여자라면 혹시 모르겠다. 그의 이 마음을 보여 줄 수 있을지도.

그녀에게 다가갈수록 잠잠하던 마음이 걸음에 맞춰 뛰고 있었다. 그녀가 뒤돌아서 자신을 보고, 그 눈이 오로지 자신만을 향했으면 좋겠다고 바라게 되었다.

"쉿."

상아가 겨우 재워 놓은 쌍둥이들이 깰까 봐 조용히 하라고 엄한 눈으로 진혁에게 경고를 날렸다. 그는 고개를 끄덕이고 조용히 발을 들어 고양이 발걸음으로 그녀 옆에 앉았다. 그러고는 상아 귀에 대고 귓속말을 했다.

"설마, 상아 씨? 상아 씨에게 숨겨 놓은 자식이 있다고 해도 전 상관없습니다!"

이 무슨 아침 막장 드라마 같은 소리인가. 상아가 엉뚱한 소리를 하고 있는 진혁의 옆구리를 팔로 쳤다. 그러고는 아이들이 깰까 봐 조용히 얘기했지만 목소리에는 단호함이 들어 있었다.

"아니, 지금 무슨 말도 안 되는 소리예요?"

"하하, 장난입니다. 선이 씨 얘들인가 봐요."

"네, 오늘 잠시 제가 봐 주고 있어요. 퇴근하시나 봐요?"

"네, 오늘 바로 집으로 안 가고 공원에 들르길 잘했는데요. 상아 씨도 만나고요."

상아는 아이들이 깰까 봐 아무런 대답 없이 잠들어 가는 아이들만 바라보고 있었다.

진혁은 그런 상아만 계속 바라봤다. 두 사람의 조용한 분위기에 바람 소리만 들렸다. 진혁은 아무런 대화 없이 그녀와 나란히 앉아만 있는데도 심장이 뛰기 시작했다.

벤치에 앉은 두 사람과 유모차에 탄 아이들을 보고 지나가는 사람들에게는 그들이 한 가족처럼 보였다. 하지만 그런 사람들의 시선을 아는지 모르는지 상아는 쌍둥이가 완전히 잠든 것을 보고는 조심히 자리에서 일어났다. 진혁도 따라 일어났다.

상아가 아이들이 덮고 있는 담요를 한 번 더 잘 덮어 주고는 그를 향해 조용히 인사했다.

"그럼 저는 이만⋯⋯."

상아의 인사말이 끝나기도 전에 그가 말을 가로챘다.

"밤이고 하니 제가 데려다 드릴게요. 아, 요즘 아이들을 노리는 범죄가 성행한답니다."

"그래요? 그렇다면 우리 쌍둥이들을 에스코트하는 영광을 드리지요."

유모차를 끌고 두 사람은 천천히 상아의 오피스텔로 향했다.

오피스텔 앞에 다다랐을 때 낯익은 차가 보였다. 병원에 다녀온 현재와 선이 기다리고 있었다. 유모차에 탄 아이들을 보고 선이 달려왔다. 엄마는 엄마인지 아픈 와중에도 아이가 먼저인가 보다.

"린이, 빈이 안 보챘어?"

"왜 안 보챘겠어, 그래서 지금 공원 한 바퀴 돌고 왔잖아."

"미안해, 힘들었지?"

"아니야, 근데 몸은 괜찮아?"

아직도 열이 올라 빨간 얼굴을 하고서는 선이 아무것도 아니라는 듯이 손을 저어 보였다.

"어. 이제 괜찮아. 고마워."

"수고하셨습니다. 근데 옆에 분은?"

선이 뒤로 바짝 다가온 현재가 선이의 어깨를 감싸고는 상아에게 고개를 끄떡여 보였다. 옆에 서 있던 진혁이 먼저 현재를 보고 인사했다.

"안녕하세요. 최진혁입니다."

"안녕하세요. 이현재입니다."

악수를 하는 두 손에 서로의 힘을 가늠하기라도 하는지 꾹 힘을 주고는 둘은 탐색전을 마치고 물러섰다. 그리고 현재는 앞의 남자를 유심히 쳐다봤다.

눈에 힘을 주고 쳐다보는 현재에게 그만하라는 듯이 선이 옆구리를 살짝 찔렀다. 그제야 현재는 눈에 힘을 풀었다. 선이 진혁을 보며 웃으며 말했다.

"우리 상아, 잘 부탁드려요."

"네, 걱정 마십시오."

"뭐야? 나를 왜 부탁해, 나는 나 혼자서도 잘해요."

갑자기 서로 상아 떠맡기기라도 하는 분위기에 상아는 볼멘소리를 냈다. 상아의 투정 아닌 투정에 세 사람은 빙그레 웃음 짓고 말았다.

현재가 언제 식사라도 같이 하자며 진혁에게 권했고 둘은 어느

새 서로의 명함을 주고받고 있었다. 자는 쌍둥이들을 조심히 차에 태우고는 현재와 선이 사라졌다. 현재의 차가 시야에서 사라질 때까지 손을 흔들던 상아는 오피스텔로 올라가기 전에 진혁에게 인사했다.

"오늘 감사했습니다. 그럼."

재빠르게 인사하고 입구로 상아가 들어가려는 순간, 진혁이 상아의 팔을 잡았다. 팔이 잡혀 몸이 돌려진 순간 진혁이 여태껏 잘 참아 왔던 초조함을 감추지 못하고 말했다.

"저기, 이번에는 식사 한 번 말고 데이트 어때요?"

"네, 네?!"

갑작스럽게 잡아 오는 손에 놀란 상아가 데이트라는 말에 더 화들짝 놀라고 말았다. 어떻게 해야 될지 모르고 망설이고 있는 그녀의 귀로 그의 떨리는 음성이 들려왔다.

"딱 세 번만요. 세 번만 만나 봐요, 우리. 그러고 나서도 제가 맘에 안 드신다면 제가 깨끗이 상아 씨를 포기할게요."

"……."

상아의 침묵에 진혁의 입이 바짝바짝 마르고 있었다.

"이번에도 허락이 떨어질 때까지 학교고 집이고 계속 찾아와서 애걸할 겁니다."

상아는 그가 이 말을 얼마나 고심하고 뱉어 냈는지 알 수 있었다. 일부러 자신을 편하게 해 주기 위해 가볍게 얘기하고 있지만 그의 진지한 표정에서 그가 얼마나 진심인지 느낄 수 있었다.

그래. 세 번만 만나 보는 건데.

그녀의 고개가 또다시 허락으로 끄덕인다.

"까짓것 그래요."

상아의 입에서 나오는 말만 기다리고 있던 그는 그녀의 허락에
그때서야 멈췄던 숨을 쉴 수 있었다.

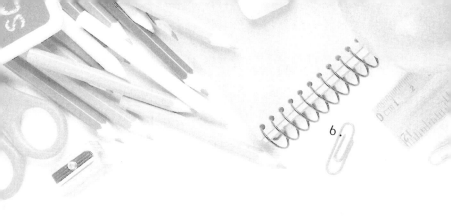

6.

진혁은 토요일이지만 사무실에 나와 있었다. 오늘은 기다리고 기다리던 그녀와 첫 번째 데이트를 약속한 날이었다.

그런데 갑자기 처리해야 할 소장 때문에 아침 일찍부터 사무실에 불려 나와 있어 기분이 좋질 않다. 하지만 무턱대고 짜증을 낼 수도 없는 게 김 부장님도 자신 때문에 일찍부터 나와 일을 처리하고 계셨다.

"죄송합니다. 주말에까지 나와서 일하시게 하고."

"아닙니다. 이게 무슨 일 축에나 듭니까?"

김 부장님과 함께해 온 시간이 워낙 오래되다 보니 손발이 척척 잘 맞았다. 주말에 출근해서도 싫은 티는 하나도 내지 않고 오히려 아무렇지 않은 듯 얘기하는 그 덕분에 진혁이 한시름 놓았다.

"김 부장님! 최대한 빨리 마치고 퇴근합시다."

지금부터 데이트 시간에 맞춰 가려면 일을 처리하는 속도를 더 높여야 한다.

사무실 안은 침묵 속에서 책장을 넘기는 소리와 키보드 자판을 두드리는 소리만 가득했다. 대충 일이 다 끝나 갈 즈음에 진혁은 또 다른 고민에 빠졌다.

보통 커플이 데이트를 한다고 하면 기본적으로 영화를 보거나 밥을 먹으러 간다거나 드라이브를 가는 게 정석인데. 자신에게 주어진 기회는 세 번밖에 되질 않는데 그런 기본적이고 정석 같은 데이트는 하고 싶지 않았다.

거기다 밥 한 번 먹으면서 겪어 본 그녀는 정말 특별했다. 데이트 약속을 잡고 나서 계속해서 생각하고 인터넷 검색도 해 보고 고수님들께 질문도 해 봤지만 이렇다 할 장소가 떠오르지 않았다.

결국은 누구나 하는 데이트 영화나 보러 가야겠다 생각하고 요즘 제일 인기 있는 영화를 예매했다. 진혁은 자신의 센스 없음에 다시 절망을 맛봤다.

소장 작성을 다 마친 김 부장이 고민하고 있는 진혁을 향해 물어 왔다.

"최 변호사님? 무슨 생각을 그렇게 하세요?"

"그게 생각할 게 좀 있어서요."

사법시험을 준비하면서 봤던 문제들을 외우고 공부하는 것은 오히려 쉬웠다. 답이 정해져 있었으니까. 하지만 이 연애라는 문제에는 그녀라는 변수까지 더하니 답이 없었다.

물어 오는 김 부장의 얼굴을 바라보는데 갑자기 그의 딸이 번 뜩 떠올랐다. 남자 친구가 있다고 했지, 아마. 매주 남자 친구 만 나러 나간다고 아빠를 본체만체한다고 서운해했던 것 같은데.

"김 부장님, 따님에게 남자 친구가 있다고 하셨죠?"

남자 친구를 만든 딸이 주말마다 밖으로 나가는 바람에 집이 썰렁해져서 김 부장은 맘이 더 쓸쓸해지곤 했는데 갑자기 진혁이 딸에 대해 물어 오니 의아했다.

"네? 네. 요즘도 어찌나 데이트한다고 바쁜지."

"그럼 따님은 데이트하면 보통 어디로 갑니까?"

"글쎄요. 뭐, 영화도 보는 것 같고, 교외로 차 타고 바람 쐬러 나가는 것 같기도 하고 저번 주에는 파주에 갔다 온 것 같던데."

"파주요?"

"네, 파주가 볼 것도 많고 데이트 장소로 괜찮은가 보더라고요."

"그래요?"

"네, 딸이 갔다 와서 얼마나 자랑을 하던지."

김 부장의 말을 듣고 진혁의 눈이 반짝하고 빛났다. 영화를 보 는 것보다는 교외로 나가는 것이 더 센스 있어 보였다.

데이트의 목적지를 변경한 그는 세부 사항을 알아보기 위해 검 색을 시작했다.

모든 일에 있어 준비가 기본인 그가 상아와의 첫 식사 후에 더 철두철미해졌다. 어디로 튈지 모르는 데이트의 모든 경우의 수를 예상해야 했고, 그에 따른 해결책도 마련해야 했다. 가는 길을 가장 먼저 체크하고 유명한 곳들을 메모하고 마지막으로 네티즌들이 추천하는 맛집까지 머리에 입력하고 나서야 진혁이 사무실을 나섰다.

"저는 이만 퇴근하겠습니다. 김 부장님도 마무리만 하시고 퇴근하십시오."

한편 정식으로 하는 데이트가 처음인 상아는 어제 밤잠을 설쳐 아직도 꿈나라에서 헤어 나오지 못하고 있었다. 아침부터 걸려 온 전화에 그녀가 떠지지 않는 눈을 겨우 떴다.

"여, 여보세요?"

"상아야? 너 오늘 첫 데이트라 하지 않았어? 아직도 자고 있는 거야?"

상아는 그날 진혁과의 세 번의 데이트를 하기로 결정하고 나서는 가장 먼저 친구에게 알렸다. 빨리 자기처럼 결혼을 했으면 좋겠다는 말을 입에 달고 사는 선이 눈에는 진혁이라는 남자가 괜찮아 보이는지 행동 개시를 시작했다. 아침부터 전화하기!

상아는 선이의 독촉에 재빨리 몸을 일으켰다.

"일어났어."

― 얼른 일어나서 씻고 옷 갈아입어. 혹시 추리닝 입으려 한 건 아니지?

"추리닝 입으려 했는데. 왜 전에 네 남편이 출장 갔다 사다 준 추리닝. 그거 완전 예쁘잖아. 외출복으로도 손색이 없어."

결혼 전 선이를 잡는 데 일등 공신이었던 상아에게 현재는 가끔 이렇게 추리닝을 선물하곤 했다.

이번에 미국 출장 갔던 현재가 사 온 추리닝은 헐리웃 스타 제시카 얼바가 입어 더 유명해진 옷이었다. 검정색 추리닝 세트에 큐빅으로 수가 놓아져 있어 추리닝 주제에 고급스러움의 극치를 달렸다.

그래서 상아는 함부로 꺼내 입지 못하고 옷장에 추리닝을 고이 모셔만 놓았다. 첫 데이트라고 큰마음 먹고 입고 나가려고 했는데…… 반대편 수화기에서 결사반대 외침이 들려왔다.

— 안 돼, 그건 예의가 아니지. 치마가 싫으면 하다못해 청바지라도 입고 가. 알겠지?

"네네, 알겠습니다."

— 알았어, 그리고 너 피부 좋은 건 아는데 얼굴에 비비크림이라도 발라. 알겠지? 전화 끊는다. 얼른 준비해.

폭풍 잔소리가 한바탕 쓸고 지나가자 상아는 정신을 차렸다. 약속 시간이 두 시간도 안 남은 걸 안 그녀는 재빠르게 샤워를 하고 나왔다. 하지만 옷을 고르는데 뭘 입어야 될지 몰라서 옷장 앞에 한참을 서 있었다.

"뭘 입어야 하나? 출근할 때 입는 옷들은 너무 불편할 것 같고 추리닝은 입으면 안 된다고 하지."

그래서 꺼내 든 옷은 아이들 현장학습 갈 때 입었던 체크 남방이었다. 시곗바늘이 약속 시간을 향해 점점 더 다가가자 다른 옷차림은 생각할 겨를도 없이 남방에 몸을 끼어 넣고는 밖으로 나갔다.

상아가 나간 방 침대에는 아침부터 전쟁을 치른 수많은 옷들이 널려 있고 어질러져 있었다.

사무실에서 나온 진혁이 상아를 데리러 가는 발걸음을 재촉했다. 약속 시간보다 20분 정도 일찍 도착한 그가 차에 내려 떨리는 마음으로 그녀를 기다리고 있었다.

입구에서 그녀가 나오고 있었다. 하얀 스키니 진에 빨간 체크 남방을 입고는 손에 카디건을 들고 나오는 그녀는 대학생처럼 생기 있고 발랄해 보였다. 진혁이 한걸음에 달려가 상아를 반겼다.

"잘 지냈어요?"

"네, 진혁 씨는요?"

"저는 잘 못 지냈습니다."

"네?"

상아가 놀라 쳐다보자 진혁이 한 눈을 찡긋하며 능글거렸다.

"상아 씨 생각에 한숨도 못 잤습니다."

"……."

이 남자는 예고도 없이 불쑥 자신의 마음을 두드린다. 상아의 얼굴이 살짝 붉어졌다. 진혁이 그 모습을 놓치지 않고 그녀의 모습을 눈 속에, 머릿속에, 그리고 맘속에 담았다.

진혁이 차 문을 열어 주자 상아가 조심스럽게 차에 올랐다. 아직도 얼굴이 붉어져 있는 상아의 안전벨트까지 점잖게 매어 주고는 그가 자신의 마음처럼 조심스럽게 차를 출발시켰다.

한동안 정신이 나가 있던 그녀는 차가 얼마쯤 달리자 돌아온 정신을 붙잡고 말했다.

"우리 어디 가요?"

"파주요. 혹시 파주 가 봤어요?"

귀찮아서 집 밖으로도 잘 안 나가는 상아는 아는 분이 돌아가셨다든가 하는 아주 큰일이 아니면 웬만해서는 서울을 벗어나지 않는다. 그러니 파주 역시 가 본 적이 없다. 상아가 고개를 흔들었다.

"아뇨, 파주는 아직."

"거기가 그렇게 구경할 것도 많고 맛있는 것도 많다네요."

계속 도로를 달려 도착한 첫 번째 데이트 코스는 연인들의 데이트 코스로 유명한 임진각이었다.

차에서 내린 두 사람은 임진각 쪽으로 걸음을 향했다. 평화누리공원에 다다르자 평화를 기원하는 커다랗고 기다란 많은 조형물들이 위치해 있었다.

입구부터 인사하고 있는 커다란 동상이 두 사람을 반기고 있었다. 상아가 동상 앞에 서서 정중히 인사했다.

"안녕하세요."

동상에게 인사하는 그녀를 보는데 또다시 웃음이 나온다. 그녀를 만나고 나서부터는 그의 얼굴에서 웃음이 떠날 날이 없다. 자신의 몸집만 한 동그란 조형물을 둘러보던 상아는 진혁에게 핸드폰을 건네며 부탁했다.

"나 사진 좀 찍어 줘요."

"네? 네."

"예쁘게 찍어 줘야 해요."

카메라를 향해 상아가 한쪽 팔을 허리에 척 얹고 다른 손을 흔들었다.

하늘 높이 솟은 거대한 조형물 앞에 서서 그녀를 찍는 핸드폰 버튼을 누르는 손이 분주했다. 마치 사진사가 된 것처럼 모델처럼 포즈를 취하는 상아를 열심히 찍고 있던 진혁은 자신의 폰을 꺼내 몰래 그녀를 찍었다.

푸른 잔디를 밟고 나무로 만든 커다란 조형물을 다 둘러보고는 진혁이 상아의 손을 살며시 잡았다.

"어? 어. 손."

"왜요? 손 좀 잡읍시다. 주위를 봐요. 다 손잡고 다니잖아요."

주위를 둘러보자 모든 사람들이 짝을 이뤄 다정하게 손을 잡고 다니고 있었다. 상아가 손을 빼려고 하자 진혁이 힘주어 잡고는 그녀를 이끌었다.

결국 상아는 단념했다. 손이 잡혀 끌려가던 그녀가 그를 보고 물었다.

"우리 이제 어디로 가는 거예요?"

"음…… 잠시만요. 이 근처에 있다고 했는데."

진혁이 파주에서 그녀에게 가장 보여 주고 싶었던 것은 바람개비 동산이었다. 근처에 있다고 했는데 아무리 주위를 둘러봐도 보이질 않았다.

그 때 멀리 푸른 하늘을 나는 노란 연이 눈에 들어왔다. 노란 연이 손짓하는 곳으로 진혁이 상아를 데리고 언덕으로 올라갔다.

"저기인가 봐요."

진혁의 손에 이끌려 걸어가서 본 언덕의 풍경에 상아는 탄성을 내질렀다. 아이들이 뛰어 다니며 연을 날리고 있었고 언덕 곳곳에 보이는 알록달록한 색색의 바람개비들이 바람에 돌아가고 있었다.

"우와, 예쁘다."

진혁의 눈에는 돌고 있는 그 많은 바람개비 중 단 하나도 들어오지 않았다. 오직 고운 선의 상아의 옆모습만 눈에 들어왔다.

그녀의 단발머리가 바람에 날려 흩어지고 바람개비 언덕을 바라보는 그녀의 눈이 더 깊게 반짝이고 있었다. 그런 그녀를 바라보는 그의 눈도 더 깊어지고 있었다. 그의 마음이 상아 주위로 바람개비처럼 빙그르르 돌고 있었다.

'이 여자가 정말 좋다.'

아이들 손을 잡고 온 가족들, 친구들끼리 무리지어 사진을 찍는 사람들, 눈에 띄지 않게 살짝 연인의 볼에 입 맞추는 사람들 사이에 이제 막 시작하려 하는 진혁과 상아가 있었다.

아까 손을 빼려 했던 상아는 사라지고 그녀는 진혁의 손을 잡고 언덕배기 바람개비가 많이 모여 있는 곳으로 걸어갔다.

"저기 봐요, 바람개비 진짜 많다."

"그러게요. 진짜 많네요."

바람개비가 돌아가면서 만드는 풍경은 눈을 뗄 수 없는 광경이었다. 빨간, 파란, 노랑, 흰색의 바람개비가 바람에 돌 때마다 사람들은 즐겁게 웃고 있었다.

바람개비 동산에서 한참이나 시간을 보낸 두 사람은 식사를 하러 차에 올랐다. 차에 올라서도 아까 본 풍경이 마음에서 지워지지 않는 상아가 진혁을 향해 전매특허 반달 눈웃음을 선보였다.

"진짜 고마워요. 바람개비 진짜 최고였어요."

"상아 씨가 좋아하니 저도 좋네요."

진혁이 상아에게 부드러운 웃음으로 화답했다.

진혁이 도토리 국수라 적힌 식당 앞에 차를 세우더니 안으로 들어갔다. 식당 안은 앉을 자리도 없을 만큼 인산인해를 이루고 있었다. 산을 올라갔다 바로 내려왔는지 등산복 차림의 사람들부터 해서 양복을 입은 직장인들까지, 여러 차림의 사람들이 북적이고 있었다.

상아와 진혁도 줄을 서서 기다리다 자리를 잡았다. 자리에 앉은 상아가 주위를 두리번거렸다. 진혁이 메뉴판을 들고 상아에게 물었다.

"여기가 요즘 완전 핫하다는 맛집이에요. 상아 씨, 뭐 먹을래요?"

"그래요? 여기는 뭐가 맛있을라나. 그냥 진혁 씨가 알아서 시켜 줘요."

진혁이 검색해서 알아낸 맛있다는 메뉴들을 기억해 내고 여러 가지 메뉴를 주문했다. 기다리는 동안 간단한 밑반찬들이 나오고 도토리 국수가 가장 먼저 후다닥 나왔다.

배가 고팠던 두 사람은 동시에 젓가락을 들고 국수를 입으로 넘겼다. 고소한데 매콤하고 상큼하기까지 한 도토리 국수는 별미였다.

맛있는 음식을 먹을 때마다 흥분을 주체하지 못하는 상아는 연신 감탄을 터트렸다. 상아가 국수를 한 젓가락 더 음미하고는 심각하게 진혁에게 말했다.

"아니, 국수에 무슨 짓을 한 거죠?"

자신에게는 맛있는데 혹시나 그녀 입에는 맞지 않나 싶어 진혁은 짐짓 마음이 철렁했다.

"왜요? 입에 안 맞아요?"

"아뇨. 완전 내 스타일이에요. 쫄깃쫄깃한 면발. 입속에서 감동의 웨이브가 몰려오네요."

그녀가 이렇게 맛있게 먹어 주다니! 아침부터 장소를 찾고 맛집을 찾아낸 수고는 아무것도 아니었다.

국수를 반쯤 먹었을 때 큰 접시에 담긴 도토리 무침이 등장했다. 면발을 흡입하고 있던 상아가 눈을 빛내더니 빨간 양념에 무쳐진 묵과 야채들을 함께 집어 입으로 가져갔다. 사각사각하고 씹히는 배는 시원하고 달큰했다. 양념도 맛있고 입이 호강한다. 쉼 없이 가는 젓가락을 멈출 수가 없다.

한창 잘 집어 먹던 그녀는 고개를 들어 자신이 먹는 것만 바라보고 있는 진혁과 눈을 마주쳤다.

"안 드세요?"

"네, 먹어요. 솔직히 안 먹어도 배가 부르네요."

"전 그 말을 이해할 수가 없어요. 안 먹는데 어떻게 배가 부를 수 있는 건지. 어서 먹어요."

상아는 이해할 수 없다는 듯이 고개를 흔들며 그의 앞 접시에 묵과 야채를 덜어 주었다. 먹는지 안 먹는지 보겠다는 듯이 빤히 쳐다보는 그녀의 시선에 어쩔 수 없이 진혁이 수저를 들었다.

그 때 마지막으로 시킨 도토리버섯전이 나왔다. 커다랗고 넓적한 접시에 따끈하게 구워져 나온 거대한 도토리버섯전에서 고소한 냄새가 진동을 했다. 상아가 재빠르게 쭉 찢어서 맛을 봤다. 쫄깃한 식감과 바삭함이 공존하는 전은 담백하기까지 했다.

"음, 행복해."

진혁은 앞의 접시가 바닥이 드러날 정도로 깨끗하게 음식을 먹어치운 상아를 보고는 저절로 아빠웃음이 나오는 것을 멈출 수가 없었다.

다 먹고 밖으로 나오니 해가 지고 있었다. 벌써 그녀와의 첫 번째 데이트가 끝나 가고 있다. 상아의 집으로 향하는 차 안에서 진혁은 초조함을 감추지 못했다.

어느새 그녀의 집 앞. 상아가 인사를 하고 차에서 내렸다.

"오늘 감사했습니다. 안녕히 가세요."

진혁이 안으로 들어가려 몸을 돌린 상아를 돌려세웠다. 상아의 동공이 팽창했다. 진혁이 떨리는 가슴을 진정시키면서 그녀를 당겨 품에 안았다.

"아, 참으려고 했는데. 그게 잘 안 돼요. 상아 씨만 보면 내가 내 자신이 아닌 것만 같아요."

진혁의 품에 안긴 상아는 그의 쿵쿵거리는 심장소리를 들었다. 진혁이 품에 안긴 그녀를 떼어 내고는 이마에 살짝 입 맞췄다.

"잘 자요. 내 꿈 꿔요."

이 낯간지러운 말을 굿바이 인사로 하다니. 내 꿈꾸라는 닭살이 돋게 만드는 말도 그에게서 들으니 아주 멋들어진 말로 들린다.

진혁의 차가 그녀의 시야에서 벗어날 때까지 그 자리에 우두커니 서 있던 상아는 그가 보이지 않자 몸을 돌렸다. 집으로 들어가려고 발을 떼는 순간 그녀의 다리가 후들거렸다. 그리고 그 자리에 주저앉지 않으려고 다리에 안간힘을 주고 엘리베이터에 올랐다.

상아는 후들거리는 다리로 집으로 잘 걸어들어 가는가 싶더니만 떨리는 손으로 열쇠를 열고 들어간 현관에서 주저앉아 버렸다.

그리고 떨리는 가슴을 진정시키느라 현관 바닥의 찬 기운을 온

몸으로 느꼈다. 바닥의 차가움이 더 이상 느껴지지 않을 때 상아는 주방으로 들어갔다.

차가운 물 한 컵을 따라서는 원샷 하고는 넋이 나간 얼굴로 추리닝으로 갈아입고 대충 씻고는 방으로 들어갔다. 그리고 침대에 고이 누워 계신 곰 인형 지수의 배로 입을 막고 소리쳤다.

"으아, 아아."

한참을 괴성을 지르다가 지수를 바로 앉히고는 상아가 지수를 향해 물었다.

"지수야, 어떻게 해. 왜 이렇게 설레니, 내 나이가 지금 몇인데."

곰 인형 지수가 상아를 빤히 쳐다만 봤다.

"아, 어쩌니, 다음번에 그 남자 얼굴을 어떻게 보니?"

아무 말 없는 지수를 상아가 세게 흔들었다.

"왜 말을 못 하니? 말 좀 해 봐."

지수와 침대에 나란히 앉아 상아는 떨리는 가슴에 두 손은 얹고 두 눈을 감았다.

상아는 어제 잠을 제대로 자지 못하기도 했고 오늘 하루 종일 걸어 다녔기에 피곤하기도 했다. 상아와 나란히 앉은 지수는 꿈나라로 향했다.

과연 꿈나라에서 내 꿈꾸라던 진혁이 등장했을까?

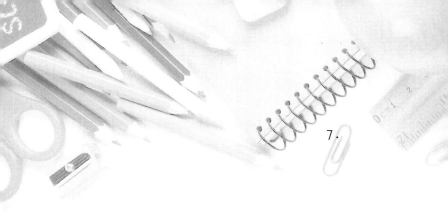

7.

다음 날 아침, 해가 중천에 뜨고 밖이 환하게 밝아져 빛이 쏟아
지는 침실에는 상아가 지수의 배에 다리를 올린 채 압사시키는
장면이 연출되고 있었다. 핸드폰이 울리는 소리에 상아가 일어났
다.

"여, 여보세요?"

— 상아야?

상아가 떠지지 않는 눈을 겨우 떠서 핸드폰을 들어 발신자를
확인했다. 선이었다.

"어, 선이야? 무슨 일 있어?"

— 무슨 일은 내가 아니라 네가 있지. 어땠어? 첫 번째 데이
트?

그때서야 상아는 어제 있었던 진혁과의 데이트가 기억났다. 갑

자기 잠이 확 달아났다. 완전히 일어나서 제대로 전화를 받았다.

"음, 그냥. 좋았나? 잘 모르겠는데."

선은 어제부터 궁금해서 죽는 줄 알았다. 친구에게 전화를 기다렸지만 오질 않자, 기다리다 지친 선이 먼저 전화를 걸었다. 친구의 입에서 약한 긍정의 말이 나온다.

— 좋다고 하는 거 보니 맘에 들었나 보네.

"그냥, 조금 설레었나? 다시 그 남자 얼굴을 못 볼 것 같아."

상아의 얼굴이 살짝 홍조를 띠었다.

— 호호. 잘해 봐. 그 남자 진짜 괜찮아 보였단 말이야. 너도 남자 친구 생기고 하면 우리 둘이 커플 데이트하면 되겠다. 나 너랑 커플 데이트하는 거 로망이었단 말이야. 응?

"야, 너는 애도 두 명이나 되면서, 애들까지 여섯 명이서 데이트가 가능하냐?"

— 애들은 어머님께 맡기면 되지. 하여튼 잘해 봐. 알겠지?

상아와의 전화를 끊은 선은 웃었다. 조만간 사랑에 빠진 봄날의 친구를 볼 수 있을 것 같았다.

상아를 아는 사람들은 그녀가 성격이 쿨해서 연애도 쿨하게 할 거라 생각하지만 그건 잘못된 생각이다.

예의 바르고 친절하게 다른 사람을 대하는 듯하지만 그렇게 대한다는 것은 상아가 맘을 완전히 주지 않았다는 것이다. 정작 친하고 신뢰가 있는 사람에게 상아는 그녀의 모든 모습을 오픈하고 함께 관계를 만들어 간다.

큰 키에 시원시원한 이목구비에 미인이기까지 한 자신의 친구 상아는 자기가 예쁜 줄 모른다. 여자라면 꾸미는 것이 기본이지만 그녀는 도통 몸치장에는 관심이 없다.

그런 상아의 쿨한 성격과 예쁜 외모에 남자들이 자주 작업을 걸어왔지만 그녀는 별다른 반응이 없었다.

그래, 자신의 친구 상아는 은근 철벽녀였다. 그래서 그 철벽같은 마음을 흔들고 있는 그 남자와 자신의 친구가 잘됐으면 좋겠다.

❖

법무법인 한율, 진혁의 사무실.

아침부터 출근해 열심히 일을 하다 보니 어느새 점심시간이 다가오고 있었다. 시계가 열두 시를 가리키자 진혁이 사무실 방문을 열고 나왔다.

"김 부장님, 점심 제가 사겠습니다. 드시고 싶으신 거 있으세요?"

"네?"

"김 부장님 덕분에 제가 첫 데이트를 잘했습니다."

갑자기 점심을 사겠다는 이유가 자신 때문에 데이트를 잘했기 때문이라고 한다. 하지만 김 부장은 정말 이게 다 무슨 말인지 몰라 어리둥절해했다.

"네? 무슨 말씀이신지?"

"부장님 따님이 파주 다녀왔다고 해서 저도 갔다 왔거든요. 거기 정말 좋더군요."

김 부장의 대화를 듣고 있던 김 비서가 놀라 진혁에게 물었다.

"최 변호사님 여자 친구 생기셨어요?"

"아, 아직은 아니고 지금 열심히 작업 중입니다."

"……네."

옆에서 듣고 있던 김 비서는 절망했다. 그래, 못 오를 나무라는 것도 알고 있었다. 하지만 이제 정말 마음을 확실히 접어야 할 때가 온 것이다.

세 사람은 근처에서 가장 맛있는 해물탕집으로 향했다. 누가 사랑을 하면 여자는 예뻐진다고 했는가? 여자도 아닌 진혁이 평소와는 다른 예쁜 웃음을 지었다.

점심을 먹고, 법원에서 재판을 마치고 사무실로 돌아온 진혁은 남은 서류를 보고 있었다. 그리고 시간은 흐른지도 모르게 흘러 벌써 시계가 일곱 시를 향하고 있었다. 이제 슬슬 퇴근해야겠다.

진혁이 가방을 챙기고 나서는데 핸드폰이 울렸다. 어머니 한 여사였다.

"여보세요? 어머니?"

— 그래, 나다. 오늘은 전화를 받는구나. 계속 누나네 집에서 지낼 거니?

"네, 당분간만요. 매형 출장 자주 가셔서 기원이가 쓸쓸해서요."

— 핑계는. 내 저번 네가 선 자리에서 했던 짓을 용서하노라.

"정말이세요? 어머니."

— 단, 조건이 있다. 이번 주에 한 번 더 만나 봐.

어머니께서 다시 행동 개시하셨다. 진혁이 순순히 어머니께 자백했다.

"아, 사실 어머니. 저 만나는 여자 있습니다."

— 뭐야? 있으면서 말도 안 한 거야? 그래, 언제 집에 데리고 올 거니?

사실은 아직 사귀는 사이까지는 아닙니다. 거기다가 어머니 아들이 지금 열심히 매달리고 있는 중입니다라고 절대 말할 수 없다.

"그게 아직 만난 지 얼마 안 돼서요. 조만간 데리고 가겠습니다."

— 그래. 알겠다.

어머니와의 통화를 마치니, 여태껏 느긋했던 그의 마음이 갑자기 급해졌다. 무슨 일이 있어도 그녀를 잡아야 한다.

사무실을 나와 차에 오른 그가 향한 곳은 상아의 오피스텔이었다. 그리고 그녀에게 전화했다. 그녀의 당황한 목소리가 흘러나온다.

— 여, 여보세요?

"상아 씨, 저 지금 상아 씨네 오피스텔 앞이에요. 잠시만 내려

와요."

— 지금요? 저 지금 완전 무방비 상태인데요?

"내려올 때까지 기다리겠습니다."

진혁이 그 말을 끝으로 전화를 끊어 버렸다.

휴대폰을 들고 있던 상아는 당황했다. 지금 몰골이 말이 아닌데. 단발머리의 짧은 머리를 하늘 높이 사과처럼 묶고 있고 거기다 김치볶음밥을 먹다 흘려 묻은 김치 자국이 선명한 추리닝까지.

그 차림 그대로 나가려던 상아는 현관 거울에 비친 모습에 다시 방으로 들어왔다.

"그래, 사람이 사람답게 하고는 다녀야지."

상아가 묶은 머리를 풀고 흰색 티셔츠와 깨끗한 추리닝 바지를 갈아입고 모자를 눌러쓰고 밑으로 내려갔다.

입구에서 그녀를 기다리고 있던 진혁이 상아가 보이자 성큼성큼 걸어와서는 그녀의 손을 잡고 주변의 공원으로 향했다. 어버버 끌려가던 상아가 정신을 차리자 둘은 어느새 벤치에 앉아 있었다. 조용한 가운데 갑자기 진혁이 먼저 물어 왔다.

"잘 지냈어요?"

"네, 무슨 일 있어요?"

"상아 씨 얼굴이 갑자기 너무 보고 싶어서요."

이 낯간지러운 말에 상아는 무슨 말을 해야 할지 몰라 머릿속에 순간 떠오르는 말을 내뱉고 말았다.

"으아, 닭살. 대패가 필요해."

급하고 초초했던 진혁의 마음이 또 아무렇지 않게 풀려 버렸다. 이 여자만 보면 저절로 웃을 수밖에 없다.

"하하하."

크게 소리 내서 웃는 그를 보고 상아가 혹시나 자신이 잘못했나 싶어 재빨리 사과했다.

"아, 죄송해요."

"아닙니다. 사실 저도 말하고 나서 너무 무리수가 아닌가 생각했으니까요. 하지만 보고 싶었다는 말은 진심입니다."

진혁이 상아를 뚫어져라 쳐다봤다. 눈싸움에 일가견이 있는 상아였지만 그의 눈을 계속 쳐다볼 수가 없었다.

상아의 얼굴이 빨갛게 익어 갔다. 컴컴한 밤이 아니었다면 그에게 자신의 두근거리는 마음을 들켰을지도 모르겠다. 민망해진 분위기를 없애려 상아가 물었다.

"이게 우리 두 번째 데이트인가요?"

이 소리에 진혁이 자리에서 벌떡 일어났다. 그리고 큰 소리를 냈다.

"아니죠, 이건 데이트가 아닙니다. 아, 물론 데이트가 맞지만 짧은 만남 정도라고 할까?"

흥분한 그를 보는 상아의 입에서 웃음이 터져 나온다.

"크크, 알았어요. 진정해요."

그때서야 상아가 장난친 거란 걸 안 진혁이 안도의 한숨을 쉬고는 다시 자리에 앉았다.

"분명히 말하지만 이건 두 번째 데이트가 아닙니다. 두 번째 데이트, 혹시 가고 싶으신 곳 있어요?"

"글쎄요. 남자랑 데이트다운 데이트를 해 본 적이 너무 억만 년 전이어서."

"하하, 그냥 상아 씨가 가고 싶은 곳을 생각해 봐요."

상아가 눈을 굴리며 한참 생각을 했다. 그러고는 뜻밖의 장소를 말했다.

"음, 동물원?"

동물원이라. 뻔하지 않고 괜찮을 것 같았다. 아이들을 좋아하는 그녀이니 아마 아이들이 좋아하는 동물들도 좋아하지 않을까?

"동물원 좋네요. 우리의 두 번째 데이트는 동물원입니다. 이번 주말에 동물원 가요."

당연히 상아는 동물, 동물원 좋아한다.

어렸을 때 엄마, 아빠 손을 잡고 간 동물원은 정말 별천지였다. 만화에서만 보던, 책에서만 보던 동물들을 실제로 봤을 때 그 감격이란.

어렸을 때 봤던 동물들은 그저 귀엽다, 예쁘다, 신기하다 정도의 단편적인 것들이었다면 나이가 들어서 본 동물들은 사뭇 다른 느낌이었다. 초등학교 체험학습으로 가기도 하지만 아직 상아는 동물원으로 아이들을 데리고 간 적이 없다. 허구한 날 그냥 동네에서 가장 가까운 공원으로 가곤 했으니까.

상아가 들뜬 표정을 감추지 못하고 재빨리 대답했다.

"크크 , 좋아요. 동물원 기대되는데요. 이번 주말."

❖

주말 두 번째 데이트 장소인 동물원.

하늘이 살짝 흐렸다. 하지만 상아는 기분이 좋아 보였다. 그녀가 기분이 좋으니 당연히 진혁 역시 기분이 좋았다. 상아가 진혁의 팔을 잡고 발을 동동 굴렀다.

"얼른 들어가요."

오늘 비 소식이 있어서인지 동물원은 사람이 그리 많지 않았다. 듬성듬성한 사람들 사이로 표를 끊고 들어가자 상아는 아이처럼 동물 구경을 시작했다.

처음 들어가서 만난 동물은 산림에 사는 기린이었다. 기린을 보고 나니 동물원에 온 것을 실감했다. 상아가 기린을 보며 진혁에게 질문했다.

"기린의 혀가 몇 센티인 줄 알아요?"

"글쎄요, 한 30센티?"

"땡! 50센티나 된다고요, 얘네는 목이 길 뿐만이 아니라 혀도 길답니다."

진혁이 대단하다는 듯이 상아의 얼굴을 쳐다보자 상아가 이쯤이야 하는 어깨를 으쓱하고 말았다.

재빨리 그녀는 다음 동물을 보러 방향을 틀었다. 두더지같이 생기긴 했는데 더 귀엽게 생긴 동물이 바위 위에 서서 동상처럼 꼼짝도 않고 서 있었다. 진혁이 앞 팻말을 보니 미어캣이라는 이름을 가진 동물이었다.

상아가 박수를 치며 미어캣을 불렀지만 돌석상이 된 것처럼 꼼짝도 않고 미동이 없었다. 상아가 고개를 갸웃했다.

"이상하다."

"뭐가요?"

"쟤는 라이온 킹에 나오는 티몬의 역할을 맡은 동물이란 말이에요. 영화에서 티몬이 얼마나 활발한데 저기 쟤는 저렇게 가만히만 있다니 실망이다."

진혁은 상아의 아이 같은 모습에 웃음이 나오려 했다. 나이도 서른이 넘었는데도 불구하고 아이들과 같이 생활해서인지 언뜻 보이는 이런 천연기념물 같은 모습에 자꾸 실실 웃음이 나온다.

오늘 동물원의 동물들이 컨디션이 별로인지 재주를 잘 부리던 원숭이도 가만히 자리에 앉아 움직이지 않았다.

유일하게 쇼맨십을 보여 준 반달가슴곰은 사람들이 막 부르니깐 어슬렁어슬렁 다가와서는 주변을 싹 살피더니 벌떡 일어나서 고개를 도리도리했다. 그 모습에 상아가 박수를 치면서 환호했다.

"와아."

"그렇게 좋아요?"

"네. 하하."

상아가 더 큰 소리로 곰을 부르며 앵콜을 요청하니 곰이 간 보는 듯하면서 주위를 둘러보고는 한 번 더 일어나서 상아를 보며 재롱을 떨었다. 분명히 다른 사람이 아닌 상아를 향해 재롱부리며 윙크하는 것 같았다. 진혁은 곰을 보며 코웃음을 쳤다.

'너도 수컷이라는 거냐?'

상아는 반달곰의 재주에 깔깔깔 웃으며 좋아했다. 그러고는 이제 자연스럽게 그의 팔을 붙잡고 핫도그가 파는 곳으로 향했다. 그러더니 핫도그 앞에 서서 당당하게 외쳤다.

"이모, 핫도그 두 개 주세요. 진혁 씨도 먹을 거죠?"

"네? 네."

"이모! 케첩이랑 머스터드 두 개 다 뿌려 주세요."

먹음직스러워 보이는 핫도그보다 그녀가 무의식중으로 잡은 팔에 그는 더 신경이 쓰였다. 그녀가 잡은 부분이 불에 덴 듯 뜨거웠다.

바삭하게 튀겨진 빵에 소스까지 뿌려진 핫도그 두 개를 건네받은 상아가 그를 향해 하나를 건네었다. 그제서야 정신을 차린 그는 그녀가 계산을 하기도 전에 재빨리 계산을 마쳤다.

"이건 제가 사겠습니다. 명색이 데이트인데."

상아는 고개를 끄덕이고는 핫도그를 한 입 크게 베어 물었다. 그리고 자신이 먹는 모습만 멀뚱멀뚱 바라보고 있는 그에게 권했다.

"드세요. 맛있어요. 동물원 와서는 이런 것도 먹어 주고 해야 기분이 나죠."

진혁도 벤치에 앉아 핫도그를 먹기 시작했다. 벤치에 앉은 상아의 발이 달랑달랑거렸다. 흥얼거리며 핫도그를 먹는 그녀가 사랑스러워 보였다.

"이런 데이트도 괜찮네요."

"그죠? 저도 처음인데 괜찮은 거 같아요."

핫도그 시식을 마친 후 두 사람은 너구리 판다가 있는 곳으로 향했다. 눈에는 판다처럼 검정 멍이 들어서는 짧은 다리로 걸어 다니는 모습이 나름 귀여웠다. 그녀는 판다가 있는 우리 속으로 들어갈 것처럼 가까이 다가서서는 판다에게 인사했다.

"안녕? 네가 쿵푸팬더의 스승인 시푸구나. 너 되게 귀엽다. 우리 반 얘들이 너 보면 완전 좋아하겠다."

"시푸? 아니, 그런 건 어떻게 그렇게 잘 알아요?"

"이 정도쯤이야, 가끔 학기 말이나 시험이 끝나고 하면 아이들한테 영화도 보여 주고 하거든요. 그때 저도 열심히 시청하다 보니."

동물원의 마지막을 장식한 동물은 동물의 꽃! 야수, 맹수 호랑이였다.

하지만 호랑이 역시 그날따라 컨디션이 별로였는지 누워서 일어날 생각이 없어 보였다. 상아가 겁도 없이 계속해서 호랑이를 불렀다.

"호랑아, 일어나 봐, 응? 어훙! 입을 크게 벌려서 이빨 좀 보여 줘 봐 봐."

"아니. 호랑이 이빨은 봐서 뭐하게요?"

"아, 월요일 날 아이들한테 가서 얘기해 주려고요."

진혁은 이 엉뚱한 여자의 모습에 이제 놀랍지도 않았다. 호랑이가 꿈쩍하지 않자 실망한 상아와 발걸음을 돌리는 순간 일기예보대로 비가 내리기 시작했다.

"아, 비가 오네요."

한 방울 한 방울 가볍게 내리는 듯하더니 점점 빗줄기가 무거워지고 있었다.

결국 두 사람은 근처에 있던 정자에서 비를 피하고 있었다. 금방 그칠 비가 아닌 것 같았다. 진혁이 결심한 듯 말했다.

"비가 그칠 것 같지 않네요. 이리 가까이 와요."

진혁이 입고 있던 재킷을 벗었다. 그러고는 상아를 가까이 오게 해서는 어깨에 팔을 두르고 재킷을 머리 위로 올렸다.

"괜찮은데."

"얼른요, 감기 걸려요. 뛰어요."

재킷을 두른 두 사람은 빗속을 함께 뛰어갔다. 내리는 빗속을 달리는 두 사람의 어깨가 닿아 있었다.

주차장까지 달려 차에 올랐을 때 진혁도 상아도 내리는 비에 흠뻑 젖어 있었다. 진혁은 재빨리 전원을 켜고는 히터를 틀었다.

차 안이 조금 따뜻해지자 진혁이 옆에 앉아 있는 상아를 바라봤다. 물에 젖은 머리카락이 얼굴에 붙어 있었다. 긴 속눈썹 사이에 물방울이 걸려 있었다.

자신도 모르게 손을 들어서 그녀의 얼굴에 붙은 머리카락을 만지고 말았다. 얼굴에 닿은 손에 그녀의 눈이 왕방울만 하게 커졌다. 진혁이 헛기침을 하며 차를 출발시켰다.

"흠흠, 얼굴에 뭐가 붙어서요."

"……."

자신의 얼굴에 닿는 진혁의 따뜻한 손에 상아의 심장이 콩닥거렸다. 어떻게 해야 될지, 어떻게 대답해야 될지 몰라 고개만 숙이고 손만 만지작거리고 있었다. 차 안에 부는 따뜻한 바람에 상아의 정신이 멍해졌다.

한참을 달리고 있는 차 안에서 멍하니 있던 상아는 진혁이 자신을 부르는 소리에 겨우 정신을 차렸다.

"상아 씨? 먹고 싶은 거 있어요?"

"아뇨, 옷이 이렇게 젖어서."

말과는 상관없이 두 사람 배에서 꼬르륵 소리가 들려왔다. 동물원을 신나게 둘러보고 빗속을 뛰기까지 했으니 배가 고플 만도 하지.

"하하하."

진혁과 상아는 서로를 쳐다보며 웃었다. 하지만 두 사람 다 물에 빠진 생쥐 꼴을 해서는 어디 식당을 들어가서 밥을 먹을 수 있겠나 싶었다.

진혁이 잠깐 차를 세우더니 편의점으로 뛰어 들어갔다. 잠시 후 나온 그의 손에는 흰 봉지와 컵라면 두 개가 들려 있었다. 상아가 놀라 몸을 늘여 반대편 운전석을 열어 줬다. 상아는 진혁이 건네는 컵라면을 받았다.

그러자 진혁이 멋쩍게 웃으며 말했다.

"다음번에는 좋은 곳에서 비싼 것 사 줄게요. 오늘은 둘 다 홀딱 젖어서."

"아니에요, 컵라면도 좋아요."

비에 젖어 몸이 으슬으슬한데 따뜻한 라면 국물이 들어가니 살 것 같았다. 상아가 라면 국물을 한 모금 마시고는 면발까지 후후 불어 먹고 있었다.

"후후, 맛있다."

그래도 데이트인데 분위기 있고 비싼 곳에서 맛있는 걸 사 주려고 했던 진혁은 내심 미안한 마음을 감출 수가 없었다. 그런데 자신의 맘에 쏙 드는 여자는 컵라면뿐이지만 맛있게 먹어 주고 있었다.

"먹을 만해요?"

"그럼요. 비 오는 날에는 라면이죠."

비가 차를 때리고 빗소리가 울리는 가운데 차 안에서 두 사람은 소리 소문 없이 삼각 김밥과 컵라면을 먹어 치웠다.

마지막으로 따뜻한 캔 커피를 마시며 비 오는 도로를 달렸다. 진혁이 옆에 앉은 상아를 힐끔거리며 바라봤다. 자신에게 계속 닿는 시선에 상아도 진혁을 바라봤다.

"왜 그래요? 내 얼굴에 뭐 묻었어요?"

"아뇨, 예뻐서요."

"네?"

갑작스런 고백 때문인지 차 안의 따뜻한 기운 때문인지 상아의 귀까지 빨갛게 물들었다. 진혁은 진짜 비에 젖었던 머리가 말라서 부스스해 보이는 여자의 모습까지도 예뻐 보였다. 세 번의 기회 가운데에서 벌써 두 번을 써 버렸는데 그녀는 오늘 어땠는지 궁금해졌다.

"오늘 동물원 재밌었죠?"

동물원이 괜찮았는지 그녀가 눈을 초승달처럼 휘면서 웃었다.

"네. 재밌었어요!"

진혁이 다시 용기 내어 물었다.

"상아 씨, 제가 오늘 한 발자국 더 다가갔는데. 우리 조금은 가까워졌죠?"

한참을 뜸들이던 그녀의 입에서 긍정의 대답이 나왔다.

"……네."

작은 목소리도 대답하고 부끄러워진 그녀가 재빨리 운전석 문을 열려고 하자 진혁이 그녀의 손을 잡았다.

"잠깐만 기다려요, 아직 밖에 비가 많이 내려요."

진혁이 내려서는 뒤 트렁크에서 우산을 꺼내 펼치고는 그녀 쪽 좌석의 문을 열었다.

"조심해서 내려요."

비가 많이 내렸지만 상아는 오피스텔 입구까지 가는 동안 비를 맞지 않았다. 그것을 오피스텔 입구에 다다라서야, 진혁을 보며 인사할 때야 알아차렸다. 그의 한쪽 어깨가 다 젖어 있다는 것을.

상아의 마음 한쪽이 서서히 젖어 들었다. 빗소리 속에서 진혁의 근사한 음성이 들려왔다.

"상아 씨, 마지막 세 번째 데이트 때 나한테 얘기해 줄래요?"

"네?"

"날 받아 줄 수 있는지."

"……."

세 번째 데이트 때에는 당연히 정확한 대답을 해 줘야겠지. 장난으로 받아들인 세 번의 데이트 중 벌써 두 번이 지났다. 그녀의 마음을 정해야 할 때가 다가오고 있다.

상아의 고개가 끄덕였다.

상아가 들어가서 엘리베이터 안으로 사라지는 것을 보고 나서도 빗속의 진혁은 움직일 생각이 없어 보였다.

한쪽 어깨가 비에 흠뻑 젖어 축축한 것은 아무것도 아니라는 듯이 장대비 속에서 그는 그녀의 집에 불이 들어올 때까지 계속 그 자리에 멈춰 서 있었다.

8.

상아네 반. 점심을 먹고 들어온 아이들은 교실 탁자에 놓인 커다란 꽃바구니를 보고 그곳으로 몰려들기 시작했다.

교탁을 가득 채울 만한 크기의 꽃다발에 아이들이 궁금증을 참지 못했다. 하지만 꽃을 계속 쳐다만 볼 뿐이지 섣불리 만지거나 꽂혀 있는 카드를 읽지는 못했다.

그 때 문이 열리며 담임선생님인 상아가 들어왔다. 궁금증에 물어보고는 싶지만 묻지 못하고 서로 눈치만 보던 아이들이 창식이를 향해 무언의 눈빛을 보내기 시작했다. 결국 총대를 멘 창식 어린이가 상아를 향해 물어 왔다.

"선생님, 오늘 생일이세요?"

상아가 미역국을 얻어먹을 수 있는 날은 아직 한 달하고도 삼일이나 남았다. 상아가 고개를 저었다.

"아닌데."

"그럼 이 큰 꽃바구니는 뭐예요?"

그때서야 아이들이 옹기종기 모여 있는 곳 교탁 위의 커다란 꽃바구니가 보였다. 점심시간 동안 누가 갖다 놓고 갔나 보다. 상아가 감격한 표정으로 아이들을 봤다.

"오, 고마워요. 여러분의 선생님을 향한 열렬한 사랑은 알겠지만 선생님의 생일은 아직 멀었답니다."

반 아이들 모두 거의 동시에 고개를 흔들었다.

"선생님, 우리가 준비한 거 아니에요."

"그래? 그럼 누가 보냈지? 이렇게 비싸기만 하고 먹지도 못하는 꽃 같은 거 보낼 사람이 없는데?"

보다 못한 창식이 꽃바구니에 꽂혀 있던 카드를 가리켰다.

"선생님, 카드가 같이 있어요. 어서 읽어 보세요."

많이 꽃송이들 사이에 숨바꼭질하듯 숨어 있던 카드를 집어 들고 상아가 읽어 내려가기 시작했다. 카드를 읽는 상아의 얼굴이 조금 당황한 것처럼 보였다.

상아 씨,

이번 주, 토요일 저녁 6시에 레스토랑 피렌체에서 만나요.

기다릴게요. 그리고 상아 씨 마음이 가는 대로 하셔도 괜찮아요.

— 진혁

아이들은 선생님의 저런 모습은 처음 본다. 언제나 침착하고 단정한 선생님이시고 가끔 장난스러운 표정을 지으시기도 하시지만 선생님의 저런 당황한 모습은 처음인 것 같다. 설마 무슨 큰일이라도 난 거 아닌지 창식이 선생님을 걱정스럽게 바라봤다.

"선생님, 누가 보낸 거예요? 무슨 일 있어요?"

알고는 있었지만 이젠 정말 코앞으로 다가온 선택의 갈림길 앞에서 당황한 상아는 저도 모르게 멍하니 말했다.

"어, 누가 선생님한테 답을 원하네."

창식은 갑자기 머릿속에 영화의 한 장면이 떠올랐다. 영화 속에서는 한 아저씨가 억울한 일이 있는지 다른 아저씨를 열심히도 쫓아가더니 나는 답을 원한다라고 했다. 그러곤 결투를 신청했다. 설마 선생님도?

"그럼 누가 선생님한테 결투를 신청한 거예요?"

그때서야 잠깐 가출했던 정신이 돌아왔다. 아이들의 수많은 눈동자가 자신을 걱정스럽게 쳐다봤다. 상아가 웃었다.

"결투 신청은 맞지만, 그런 쪽의 결투는 아닌 거 같은데. 자, 자리로 돌아갑시다."

상아가 큰 꽃바구니를 들어 구석, 안 보이는 곳에 가져다 놓았다. 아이들은 물음표 얼굴을 하고는 수업종이 치자 마지못해 자리로 돌아가 앉았다. 평소와 다름없이 상아는 수업을 이어 갔다. 그러나 누구도 눈치채지 못했으나 그녀의 목소리는 조금 떨리고 있었다.

✧

　　대망의 토요일, 진혁은 아침 일찍부터 일어났다. 오늘이 상아의 대답을 듣는 날이다.

　　아마 그녀는 '예스'는 물론이고 '노'라는 대답을 할 경우에도 분명히 약속 장소에 나타날 것이다. 그 여자는 거절도 기본 예의를 갖춰 직접 얼굴을 보고 할 것이다. 그의 마음이 설레고 떨리기도 하지만 조금 두렵기도 하다. 그의 얼굴에 비장감이 흘렀다.

　　생각을 정리하고 있을 때 방문이 벌컥 열리며 국자를 들고 서 있는 누나가 보였다.

　　"밥 먹으라고 할 때 재깍재깍 나오라고 했지! 너 아주 날 한번 잡을까? 응?"

　　얼마나 집중해서 생각하고 있었으면 누나의 기차 삶아 먹은 듯한 그 큰 소리가 그에게 들리지 않다니.

　　진혁이 날아오는 누나의 국자를 피해 재빨리 몸을 일으켰다.

　　"어, 미안 지금 나갈게."

　　국자를 들고 씩씩거리며 앞을 걸어가는 누나의 뒤를 진혁이 따라 나갔다. 식탁에는 벌써 매형과 조카 기원이 착석해 있었다. 배식을 기다리는 군인들처럼 두 사람은 누나를 기다리고 있었다.

　　지각한 군인 진혁이 조심히 자리에 앉았다. 출장 갔다 언제 돌아왔는지 모르지만 아침부터 매형이 진혁을 '나는 너의 마음을 안다' 는 눈으로 쳐다봤다.

"그러게, 한 번 부를 때 나왔어야지."

"못 들었어요. 근데 언제 오셨어요?"

"어제 저녁 늦게 들어왔지. 나도 잠든 지 얼마 안 돼도 누나가 밥 먹어라 하면 이렇게 한 번에 나오잖아."

진혁이 무서운 누나의 눈을 피해 매형의 귀에다 대고 속삭였다.

"아니, 매형이 정말 존경스럽습니다. 솔직히 우리 집 식구들은 매형한테 큰절이라도 해야 된다니깐요."

두 사람이 하는 양을 보고 있던 미주가 국그릇을 탁 하고 소리 나게 두 사람 앞에 내려놓았다.

"그만 못 해? 그리고 너 오늘 기원이 좀 봐."

"왜? 누나, 어디 나가?"

"나 오랜만에 친구들이랑 약속 있어. 매형 피곤하니깐 네가 기원이 좀 봐."

진혁이 곤란한 듯 눈을 굴리며 누나의 시선을 피했다.

"어? 나도 좀 곤란한데, 오늘 정말 중요한 일이 있어서."

어림없다는 듯이 미주가 도끼눈을 떴다.

"너 주말마다 너무 밖으로 나다니는 거 아냐? 아주 중요한 일 아니면 웬만하면 집에 있지?"

"오늘은 진짜 중요한 일이야. 내 인생이 걸린 일이라고."

남매의 핑퐁 같은 대화를 밥상 앞에서 듣고 있던 매형이 끼어

들었다.

"내가 보면 되지. 나도 기원이랑 좀 놀아 보자. 만날 지 외삼촌만 좋아하고."

밥 잘 먹고 있던 기원이 자신에게 돌아온 공에 고개를 흔들었다.

"내가 언제 외삼촌만 좋아했어? 외삼촌이 나랑 정신연령이 맞아서 내가 놀아 준 거지."

"뭐? 외삼촌 상처받았어!"

믿었던 조카 기원의 배신에 진혁이 부러 시무룩해진 표정을 지었다. 그러자 미주가 그의 등을 소리 나게 때렸다. 기원과 기원의 아빠는 진혁을 불쌍한 눈으로 쳐다봤다. 그러든 말든 이 식탁의 절대 권력자 미주는 유유히 밥을 먹고는 일어났다.

"설거지는 알아서 처리할 것, 난 지금 준비하고 나가서는 친구들과 시간을 좀 보내고 오겠어!"

미주가 나가자 밥 먹던 매형이 재빨리 따라 나갔다. 결국 설거지는 진혁이 해야 하나 보다. 기원이 자신이 아끼는 비엔나소시지를 케첩에 찍어 진혁에게 건넸다. 기원이 다 안다는 표정을 지으며 외삼촌의 등을 두드렸다.

"그래, 너밖에 없다."

밥을 다 먹고 열심히 설거지를 하고 있던 진혁은 거실에서 들리는 소란 아닌 소란에 고무장갑을 끼고 밖을 빼꼼 내다봤다. 집에서는 아줌마 티를 팍팍 내던 누나가 딴사람으로 변해 있었다.

집에서 머리카락 날린다고 꽉 붙들어 매던 머리는 웨이브가 져서 풀려 있었고 얼굴에 화장이라는 어마무시한 기술로 잡티와 푸석함은 잠시 동안 안녕했다. 거기다 세련된 검정 원피스는 누나가 처녀 시절로 돌아간 듯한 착각마저 들게 했다. 역시 여자라는 생물은 대단한 존재이다. 매형의 칭얼거림이 들려왔다.

"그래서 언제 들어올 건데?"

누나가 가방을 정리하고 구두를 신고 있었다. 매형의 물음에 누나는 대수롭지 않게 받아쳤다.

"밤늦게요?"

"저녁까지 밖에서 뭐하고 놀 건데?"

"글쎄요, 오랜만에 친구들 만나니 기분이 좋으면 술 한잔할 수도 있고."

"안 돼. 당신, 밤늦게까지 술까지 마시겠다는 게 말이 되냐고."

오, 웬일로 매형이 세게 나가고 있다. 하지만 가만히 있으면 누나가 아니지. 누나의 눈썹이 올라가고 목소리가 한 음 올라간다.

"한 달에 한 번 하는 외출인데, 당신 정말 이럴 거예요?"

그럼 그렇지, 매형이 누나를 이길 리가 없지. 바로 꼬리 내린 매형이다.

"아니, 나는 당신이 너무 예쁘게 하고 나가니깐. 혹시나 밖에서 누가 채어 갈까 봐 그러지."

"호호, 나 아줌마예요. 당신만 날 그렇게 예뻐하지요. 갔다 올게요."

누나가 매형의 입에 살짝 뽀뽀해 주고 유유히 현관문을 열고 나갔다. 뽀뽀 한 번에 매형은 웃으며 손까지 흔들고 있었다. 매형은 아까 화낸 사람은 누구요, 나는 그저 좋아 웃지요, 하는 바보 같은 표정으로 웃고 있었다.

딱한 눈으로 옆에 같이 서 있던 조카를 쳐다봤다. 조카가 이제는 익숙하다는 듯 어깨를 으쓱할 뿐이었다. 진혁이 기원의 어깨를 툭툭 쳤다.

'네 인생도 그렇게 쉽지만은 않겠구나!'

설거지를 마친 진혁은 방으로 들어가 옷을 고르기 시작했다. 정장을 입긴 해야겠지만 어떤 옷을 입어야 할지 몰라 옷이란 옷은 다 꺼내 놓고 거울에 대고 계속 맞춰 보고 하느라 시간이 흐르고 있는 것도 몰랐다.

거실에서 아빠와 열심히 칼싸움하면서 놀고 있던 기원은 외삼촌이 방에서 한동안 꼼짝도 안 하자 궁금증을 참지 못하고 방문을 열어젖혔다. 방 안은 정말 어린이인 기원이 여태껏 본 방 중에 가장 엉망인 난장판이었다.

"외삼촌 뭐해?"

"어? 어, 옷 좀 고르려고."

말을 마친 외삼촌은 재킷을 들어 입고 거울에 비친 모습을 보는 듯하다가 다시 벗고는 다른 걸 집어 들고 있었다.

늘 깔끔한 외삼촌이 방을 저렇게나 어질고, 거기다 옷 정리하려고 하는 것도 아니고 가끔 엄마가 하는 것처럼 옷을 고르려고 했다는 사실을 안 기원이 조용히 방문을 닫고 거실에 칼싸움하다 방전되어 누워 있는 아빠에게 달려갔다.

"아빠, 외삼촌이 좀 이상해."

"왜?"

"외삼촌이 엄마가 하는 거랑 똑같이 하고 있어."

"당연하지, 두 사람은 피가 섞였는데. 가끔 보면 완전 둘이 판박이야."

아빠의 태평한 소리를 듣고 있던 기원이 아빠를 억지로 일으켜 외삼촌의 방으로 데리고 갔다. 아들의 손에 이끌려 방문을 열고 본 광경에 기원의 아빠는 사태의 심각성을 파악했다.

"처남, 뭐하는 거야?"

"아, 그게. 입고 갈 옷 좀 고르느라고요."

"무슨 중요한 일 있어?"

진혁의 눈동자가 당혹감으로 물들었다.

"그게……."

"아니, 무슨 일인 줄 알아야지, 도와주지."

그러자 진혁이 여차 저차 하고 이차 저차 한 상아와의 간략한 이야기를 들려주었다. 당연히 상아의 이름은 거론하지 않았고 학부모 회의에 간 이야기도 생략했으니 기원은 자기 반 담임선생님인 줄 꿈에도 모르겠지.

눈치가 제법 빠른 조카는 다행히도 눈치채지 못한 것 같았다. 진혁은 오늘이 지나고 나서 조카에게 말해 주어야겠다 생각했다.

매형이 두 손을 걷어붙였다. 매형이 널려 있는 옷들 사이에서 정장 한 벌을 꺼내 들더니 그에게 권했다.

"지금도 충분히 멋져. 처남은 나랑 다르게 옷걸이가 좋아서 뭘 입어도 멋져 보여. 아! 잠시만 기다려."

방을 나갔던 매형은 파란색 넥타이와 딱 봐도 고급스러운 넥타이핀을 가지고 들어왔다.

"이거 내가 누나한테 고백할 때 한 거야."

"매형?"

"사실 누나처럼 예쁘고 멋진 여자가 내 고백을 받아 줄까 걱정도 많이 했는데, 누나는 내 어리숙한 고백에도 한 번에 오케이 했지. 그 후로 이 넥타이랑 넥타이핀은 나한테 행운의 부적이라고나 할까? 중요한 일 있을 때마다 하곤 했지. 지금 행운이 필요한 사람은 처남인 거 같은데?"

진혁이 감격한 눈으로 매형을 바라봤다. 그리고 진심으로 인사했다.

"감사합니다."

"잘될 거야, 우리 처남 같은 남자를 차 버린다면 그 여자 아마 평생 후회할 거라고."

"그래. 외삼촌 힘내."

기원도 주먹을 불끈 쥐고 응원해 주고 있었다. 든든한 지원군들의 응원에 마음 한구석에 도사렸던 불안감이 조금 진정되는 느낌이었다.

진혁은 재빨리 어질러진 방을 치우고는 매형이 골라 준 양복을 꺼내 입고, 그리고 마지막으로 매형의 행운을 빌렸다. 그리고 두 사람의 열화와 같은 응원을 받고 그는 결전의 장소로 향했다.

같은 날 토요일 아침, 상아는 일찍 일어나 목욕탕으로 향했다. 그리고 따뜻한 탕에서 오랜 시간 때 빼고 광내고 나서 항상 먹는 요구르트를 입에 물고 집으로 돌아왔다. 그리고 시계를 쳐다봤다. 아직 저녁 6시까지 시간이 많이 남아 있다.

상아는 처음에는 청바지에 하얀 셔츠를 꺼내 입었다. 그리고 거울을 봤다.

'아, 무슨 합창단 같아. 그래도 피렌체에서 만나기로 했는데. 좀 갖춰 입고 가야 하지 않을까?'

그녀가 다시 방으로 들어가 옷장을 뒤지다가 언젠가 엄마가 사 준 옷을 꺼내 들었다. 하얀 레이스 원피스는 몸에 달라붙는 에이치라인의 원피스였다.

이 원피스로 말할 것 같으면, 엄마와 같이 쇼핑을 갔을 때 엄청난 고민 끝에 포기했던 옷이다.

불편한 걸 참지 못해 잘 입지도 않는 그녀지만 이 옷은 탐이 날 정도로 자기에게 잘 어울렸었다. 거울로 보이는 원피스 입은 그녀는 자기가 봐도 좀 괜찮았다.

하지만 가격이 만만치 않아 포기했던 옷인데 엄마가 생일 선물로 사 주신 것이다. 예쁘지만 딱히 입고 갈 곳이 없었기 때문에 원피스는 아직 세상 구경을 한 번도 해 보지 못했다.

그 사연 많은 원피스를 상아가 꺼내 입었다. 그러고는 머리를 드라이하고는 얼굴에 화장품을 찍어 바르기 시작했다. 맨얼굴이어도 뚜렷한 이목구비가 매력적인 그녀가 화장으로 더 세련되고 섹시해 보이기까지 했다.

마지막으로 신발장에 놓여 있던 새로 산 검정 토오픈 힐을 꺼내 신었다. 처음 개시하는 신발이어서 그런지 조금 불편했다. 높인 힐에 위태로운 걸음으로 문을 잠그고 상아는 약속 장소로 향했다.

택시에서 내린 상아는 약속 장소인 피렌체를 올려다봤다. 여기는 두 번 정도 와 본 적이 있는 곳이다. 가격은 조금 비싸지만 조용한 분위기나 음식 맛도 훌륭하고 좋은 와인이 준비되어 있기로 유명한 레스토랑이다. 그러니까 조금 이따가 여기에서 그에게 대답을 해 줘야 한다.

상아가 크게 숨을 한 번 들이마시고는 안으로 들어섰다. 입구부터 직원이 상냥하게 웃으며 인사했다.

"어서 오십시오. 혹시 예약하셨습니까?"

"아, 혹시 최진혁이나 이상아로 예약이 되어 있는지 확인해 주시겠습니까?"

"잠시만 기다려 주십시오, 손님."

"네, 최진혁 씨로 예약이 되어 있으십니다. 일행분은 벌써 와

계십니다. 제가 자리로 안내해 드리겠습니다."

안내하는 직원 뒤로 상아가 따라 들어갔다. 그리고 걸음을 옮겨 창가 구석 자리로 움직이던 그녀가 진혁을 발견했다.

그런데 그는 혼자가 아니었다. 검정 원피스의 예쁜 여자가 그의 옆에 서 있었다. 여자가 뭐라고 귀에 대고 속삭이니 그가 웃었다. 그리고 그의 넥타이를 친밀하게 만지고 있었다.

"……!"

그 모습을 본 상아의 심장이 정지하고 머릿속이 텅 비었다. 그자리에 굳어서 어쩔 줄 모르겠는 순간, 진혁과 눈이 마주쳤다. 그순간 상아는 바로 몸을 돌려 빠른 걸음으로 밖으로 향했다. 그러고는 할 수 있는 한 최대한 멀리 달아나려 했다.

레스토랑 밖에 깔려 있는 자갈밭을 걷던 상아가 자잘한 돌에 걸려 넘어졌다. 익숙하지 않은 높은 굽에 그녀가 무릎을 꿇었다. 넘어져서 무릎이 까져서 아픈 것 때문인지 아까부터 멈춘 심장 때문인지 모르지만 그녀의 눈에 눈물이 맺혔다.

일어나려 했지만 넘어진 게, 눈물이 나고 있다는 게 쪽팔려서 일어날 수가 없었다. 순간 그녀를 누군가 안아 일으켰다.

"괜찮아요?"

자신을 일으켜 안은 사람이 진혁이라는 걸 안 상아가 그의 품에서 발버둥 쳤다. 하지만 진혁은 더 단단하게 그녀를 고쳐 안고 조금 떨어진 아무도 없는 구석의 벤치로 향했다.

벤치에 다다라서는 그녀를 조심히 내려놓았다. 그리고 바닥에 무릎을 굽혀 그녀의 무릎을 살피며 걱정스러운 눈으로 그녀를 올려다봤다.

"무릎이 많이 까졌어요, 많이 아파요?"

"……."

진혁의 따뜻한 음성에 상아는 눈물샘이 고장이라도 난 듯이 주르륵 흐르기 시작한 눈물을 멈출 수가 없었다. 그리고 그녀는 아무 말도 할 수가 없었다.

"눈물이 날 정도로 그렇게 많이 아파요?"

진혁이 상아의 구두를 조심히 벗겨 냈다. 처음 신기라도 했는지 높은 힐에 그녀의 뒤꿈치가 까져 있었다. 그가 양복 재킷을 벗어 바닥에 깔고 그녀의 발을 올려놨다. 그리고 진지한 표정으로 그녀를 올려다봤다.

"이렇게 굽 높은 신발은 왜 신어요. 발뒤꿈치가 다 까졌잖아요. 상아 씨는 이런 거 안 신어도 예뻐요."

조용히 눈물만 흘리던 상아가 이제는 소리 내서 울더니 자신 앞에 무릎을 꿇고 있는 진혁의 어깨를 툭툭 치다가 점점 세게 때리기 시작했다.

"엉엉. 이, 이 바, 바람둥이야. 여자가 있으면서 나한테 그렇게 잘해 주면 안 되지. 이 나쁜 놈아, 엉엉. 내가 엉, 너 같은 바람둥이한테 빠지게 하면 안, 안 되지. 엉엉, 억울해."

상아가 서럽게 울기 시작했다. 자신이 좋아하는 여자가 엉엉 우는데 이상하게 들릴지 모르지만 진혁은 지금 이 순간이 좋았다.

그러니깐 상아가 자신한테 오늘 '예스'라고 허락의 대답을 하기 위해 왔던 것이다. 그녀의 마음을 알아차린 그의 심장이 거세게 요동치기 시작했다.

진혁이 울고 있는 상아의 얼굴을 끌어당겨 살포시 입술을 겹쳤다. 그녀는 자신에게 닿은 그의 입술에 놀라 밀어냈다. 하지만 그가 머리를 잡은 손에 힘을 줘 더 깊게 그녀를 파고들었다.

계속된 입맞춤에 숨이 막힌 그녀가 입술을 열었을 때, 그의 혀가 더 깊이 파고들어 도망가는 그녀의 혀를 잡아챘다. 더 깊게 더 깊게 그녀를 맛보던 그가 한참이 지나서야 그녀에게서 떨어졌다. 키스가 끝난 후에도 상아의 정신은 돌아오지 않았다. 진혁이 다시 가볍게 입 맞추고 그녀의 두 손을 잡았다.

"상아 씨 처음 만났을 때도 말했지만 난 바람둥이가 아닙니다. 그리고 여자도 없어요."

상아는 아직도 눈물을 매달고는 그를 바라봤다.

"그, 그럼 아까 그 여자는 누구예요?"

"내 하나뿐인 누나예요."

"무, 무슨 누, 누나가 그렇게 예뻐요?"

"하하, 우리 누나 그 소리 들으면 좋아하겠는데요. 누나가 친구들이랑 식사하러 왔다가 날 발견하고 인사하러 온 거예요."

약속 시간보다 1시간이나 일찍 도착한 진혁은 초조하게 입구만 쳐다보고 있었다. 그런데 약속 시간 10분을 남겨 두고는 익숙한 얼굴의 무리가 들어오더니 점점 자신을 향해 다가오고 있었다. 자신을 향해 손을 흔드는 사람은 바로 아침에 나간 누나 미주였다. 친구들과 논다고 하더니 여기 저녁을 하기로 했나 보다.

인사만 하고 가면 되지 무슨 일로 쫙 빼입고 여기까지 왔나부터 시작해서 결국은 매형의 넥타이와 넥타이핀까지 알아보고는 취조에 들어갔다. 나중에 집에 가서 설명해 준다고 했지만 누나는 꼼짝도 않았다. 그리고 그 모습을 상아가 들어오다 보고는 오해했나 보다.

아까 본 여자가 누나라는 사실은 안 상아는 어디 쥐구멍에라도 숨고 싶었다. 아, 이 얼마나 황당한 시추에이션인지. 이게 다 드라마 때문이다. 하도 드라마에서 이런 상황을 많이 봐 놔서 또 멋대로 상상의 나래를 펼치고 말았다.

그녀가 멋쩍어져서 그녀를 계속 바라보는 그의 시선을 마주치지 못하고 눈을 이리저리 굴렸다. 진혁이 이 순간을 놓치지 않고 다시 진지하게 그녀에게 고백했다.

"상아 씨, 내가 당신을 많이 좋아하고 있어요. 그냥 당신만 보면 즐겁고 나도 모르게 나오는 웃음을 막을 수가 없어요. 그러니 이제 그만 애태우고 내 맘을 받아 줘요."

화려한 수식어가 붙지 않은 단순한 말들이었지만 그 진솔한 말들이 상아의 마음에 꽂혔다. 눈을 들어 본 그의 눈동자가 진심을 담고 있었다. 상아가 고개를 끄떡였다.

그녀의 얼굴만 쳐다보던 진혁이 허락의 제스처를 보자마자 감격해서 그녀의 손을 들어 입을 맞췄다.

"고마워요, 상아 씨 진짜 고마워요."

멋진 곳에서 다시 한 번 고백하고 그녀의 대답을 듣고 싶었던 그였지만 오히려 이렇게 그녀의 진심을 듣게 돼서 더 좋았다.

어느 시작하는 연인들처럼 두 사람은 설렘의 눈으로 서로를 쳐다봤다. 그러다가 진혁이 손을 잡고 일어섰다. 시간이 흘러 몸의 감각까지 전부 돌아온 상아가 일어서다가 까진 무릎에서 오는 고통을 이제야 느꼈는지 자신도 모르게 신음했다.

"아야."

그때서야 아까 상아가 넘어진 것이 생각난 진혁이 잠시만 기다리라 하고 어디론가 뛰어갔다. 다시 앉아서 뛰어가는 그의 모습을 바라보고 있던 상아의 얼굴에는 미소가 자리 잡았다.

잠시 후 흰 봉투를 들고 뛰어온 그는 빨간약을 꺼내 무릎을 소독하고는 호호 불었다. 무릎에 불어오는 간지러움에 상아가 웃었다.

"크크, 내가 어린이도 아니고. 그냥 약 줘요. 내가 바를게요."

진혁이 재빨리 약을 자기 뒤로 감추었다.

"이제 내가 상아 씨 남자 친군데, 이건 남자 친구가 해야 하는 일이라고요."

"음, 그런 거예요?"

진혁이 상아의 손을 말리고는 조심히 약을 바르고 호호 불었다. 그리고 봉투에서 커다란 밴드를 꺼내서 붙였다. 밴드까지 다 붙인 그가 상아를 바라보며 웃었다.

"배 안 고파요? 저기로 다시 들어가는 건 좀 그렇죠?"

상아가 아무리 부끄러운 게 없다지만 그 난리를 치고 어떻게 다시 거기로 들어가겠는가. 상아의 고개가 끄덕인다. 진혁이 웃으며 그녀의 머리를 쓰다듬었다.

"잠시만 기다려요."

진혁이 그녀를 두고 다시 어디론가 뛰어갔다. 아직도 자신의 발아래에 혹사당하고 있는 그의 재킷을 보고 있던 그녀는 얼른 그의 재킷을 들어 올려 묻은 흙과 먼지를 털었다.

그 때 그가 주차장에서 차를 가지고 왔는지 차를 몰고 벤치 앞으로 다가왔다. 그녀가 일어서기도 전에 차 문을 열고 온 그는 단번에 그녀를 안아 차에 태웠다. 처음 받아 보는 공주 대접에 그녀의 볼이 사과처럼 붉게 물들었다.

"다시 저 구두를 신으면 당신 발이 더 아플 거 같아서."

진혁이 자연스럽게 그녀에게 말을 놓았다. 로맨스 영화에서만 일어날 법한 장면들이 계속되자 상아는 지금 기분이 착지하지 못하고 붕 떠 있다.

"괜찮은데."

"추리닝을 입어도 당신은 나한테 예쁘니깐, 저런 구두 안 신어도 돼요."

다시 한 번 액션에 들어간 그의 로맨틱한 말에 상아의 붕 떠 있던 기분이 우주 어딘가에 위치한 로맨틱 행성을 찾아 날아갔다.

로맨스 영화 같던 모든 장면이 끝나고 엔딩 자막까지 마무리한 두 주인공은 퇴장했다. 그렇게 새로 시작하는 그들을 태운 차는 그곳을 벗어났다.

한편 그들이 사라지자 어둠 속에서 음흉하게 미소 지으며 걸어 나온 사람이 있었으니. 바로 두 주인공이 연기한 영화를 처음부터 끝까지 관람한 관객, 그 이름도 찬란하다! 최진혁의 하나뿐인 누나 최미주였다.

9.

밤이라 컴컴하기도 하고 구석진 곳이라 살짝 분위기가 으스스
하기도 했다. 어디선가 하이톤의 마녀 웃음소리가 들려왔다. 어둠
을 헤치고 나온 여자는 검정 옷을 입고 긴 머리는 풀어 헤치고 섬
뜩하게 씩 웃는 모습이 마치 사악한 흑마녀 같았다. 바로 최미주
마녀 되시겠다.

그녀는 동생이 여자를 따라 나갔을 때부터 조심히 따라 나와
근처의 수풀에 쪼그려 숨어서 모든 장면을 놓치지 않고 두 눈 부
릅뜨고 지켜봤다.

처음 레스토랑에서 동생을 봤을 때는 인사만 하고 지나가려 했
으나 동생이 하고 있는 넥타이를 보는 순간, 그녀의 좋은 머리가
회전을 하더니 바로 감을 잡았다.

예리한 추리력으로 동생을 추궁했으나 꿈쩍도 하지 않았다. 오

호라. 결국 미주는 착하게 말로 타이르는 심문에도 버티는 최진혁 용의자의 넥타이를 잡아당겨 협박했다. 그런데 끝까지 묵비권을 행사하던 진혁이 다가오던 웬 예쁜 여자를 보더니 자신의 손을 뿌리치고 밖으로 튀어나가는 게 아닌가.

모든 장면을 목격한 그녀가 서둘러 핸드폰을 들어 번호를 눌렀다. 신호음이 한참이나 울리고 난 후 누군가 전화를 받았다.

— 여보세요?

"한 여사? 나야."

— 네가 이 시간에 무슨 일이냐?

"한 여사, 저번에 선물 받은 접시세트 나한테 주시오."

요리를 좋아하지만 너무 독특한 요리법으로 식재료의 본연의 맛을 잃게 하는 미주의 엄마 한 여사는 첫 번째 취미가 요리하기이고 두 번째 취미가 예쁘고 독특한 접시나 컵 같은 그릇을 모으는 일이다. 시집간 딸은 다 도둑이라더니 한 여사의 자랑스러운 딸 미주는 가끔 친정집을 어택해서는 한 여사의 컬렉션을 탐내곤한다.

하지만 요리 클래스에서 만나 친구가 된 김 여사가 선물해 준 접시세트는 절대 양보할 수 없다. 이 접시가 비싸고 구하기 힘든 한정판이라는 것은 둘째 치고라도 김 여사 같은 친구를 만나고 나서 처음 받은 선물인데 절대로 딸에게 줄 수 없다.

한 여사의 음성이 칼로 무 자르듯 단호했다.

— 안 된다. 야, 이 딸아, 딸아. 네가 접시를 사다 바쳐도 모자

라는데 감히 나의 컬렉션 중에 가장 아끼는 것을 탐낸다는 게 말이 되냐?

"한 여사, 내가 지금 무슨 장면을 봤는지 아시오?"

― 무슨 장면을 봤던지 나는 관심이 없네요.

미주의 마녀보다 더 사악한 웃음이 들려왔다.

"으하하하하. 후회하실 텐데, 내가 방금 한 여사의 하나뿐인 아들 최진혁이가 어떤 여자랑……."

중요한 순간 미주의 말이 끊겼다. 관심 없던 한 여사가 즉각적으로 반응했다.

― 뭐시라? 여자랑? 계속 얘기해 봐.

"아, 지금까지는 예고편이었습니다. 다음 편부터는 유료입니다."

한 여사가 선택의 기로에 섰다. 접시세트를 포기하고 계속되는 다음 편을 시청할 것인지 아님 예고편에서 만족해야 할 것인지. 그녀의 마음이 갈팡질팡했다. 하지만 원체 궁금한 건 못 참는 성격인 데다 아들 진혁이 여자랑, 까지 들은 상황에서 다음이 궁금해서 미칠 것 같았다.

― 야, 이 불효막심한 딸아! 주면 되잖아. 세트.

"오호호, 한 여사. 사랑하오."

― 시끄러, 얼른 얘기해 봐.

"진혁이가 어떤 여자한테 고백하는 장면을 내가 두 눈으로 똑똑히 봤어. 아, 글쎄. 우리의 최진혁이 의외로 로맨티스트더라고.

아니 내가 눈꼴셔서 못 봐 주겠더라니깐."

— 진짜야? 그래, 여자는 괜찮더냐?

미주가 진혁의 그녀의 얼굴을 떠올렸다. 하지만 머릿속에 지우개라도 들었는지 정확히 기억나지가 않는다. 고개를 돌려 눈에 쌍심지를 켰을 때는 벌써 아가씨의 뒷모습만 보였었고 수풀 속에서는 너무 컴컴하고 들킬까 봐 숨도 멈추고 있었던지라 얼굴을 자세히 보지는 못했다. 그런데 이상하게 어디서 본 거 같기도 하고. 아무튼 키도 크고 날씬하고 하게 보였으니깐. 뭐, 예쁘겠지.

"응, 예쁘게 생겼더라."

— 그래, 그렇단 말이지.

"엄마, 그럼 나 접시세트 가지러 언제 갈까?

— 좋은 정보 고맙다. 주말에 찻잔세트 가지러 오렴.

"아니 찻잔세트 말고 접시세트잖아요."

— 오호호, 내가 세트 준다는 말만 했지. 접시세트 준다는 말은 안 했다. 싫으면 말아라.

"이씨, 엄마! 엄마. 한 여사 진짜 이러실 거유?"

— 끊는다.

한 여사는 딸의 비명을 무시하고 전화를 끊었다. 아무리 미주가 영악하고 꾀가 많다고 하지만 그 성격이 어디서 나왔겠는가. 바로 우리의 한 여사의 피를 물려받은 미주는 아직 그녀를 이기려면 한참의 수행이 필요할 듯싶다.

자동차 타고 가는 놈 위에 비행기 타고 가는 놈 있는 짝인 게지.

한 여사는 아들이 여자에게는 관심이 도무지 없기에 혹시나 다른 쪽으로 생각도 해 보고 걱정이 이만저만이 아니었다. 하지만 걱정하지 말라며 전에 만나는 여자가 있다고 하더니…… 어련히 소개시켜 줄까 싶어 그때까지 기다리려고도 해 봤지만 만나는 여자가 어떤 여자인지 궁금해지는 건 어쩔 수가 없다. 사람 볼 줄 아는 미주가 괜찮다면 괜찮은 아이겠지.

전화를 끊은 한 여사는 이 엄청난 소식에 미주보다 더 사악한 웃음을 지었다. 대마녀 한 여사의 등장이었다.

❖

그 시간, 차에 앉아 있는 진혁과 상아는 어색함의 웅덩이에서 허우적대고 있었다.

방금 전까지의 상황을 요약하자면 진혁이 고백했고 상아는 받아들였으니 이제 사귀는 사이가 된 것 같기는 한데 뭔지 모를 이 어색함을 어찌한단 말인가.

계속 앞만 향해 가고 있던 진혁이 어색함의 얼음을 깨기 위해 먼저 말을 걸어왔다.

"배고프죠? 우리 뭐 좀 먹을까요?"

진혁의 물음에 상아가 고개를 끄덕였다. 언제나 당당하고 엉뚱해서 어디로 튈지 몰랐던 그녀에게 이런 부끄러운 요조숙녀 같은 모습이 있었다니. 진혁은 다시 벌어지는 입을 다물 수가 없다.

그가 조심히 한 손으로 그녀의 손을 잡았다. 그녀의 따뜻한 손의 온기가 전해지자 그제야 그가 그녀와 진지한 사이가 된 것을 실감했다. 진혁이 핸들을 틀어 한 식당 앞에 차를 주차시켰다. 그리고 내리려는 그녀를 말렸다.

"여기 있어요. 내가 포장해서 올게요."

"그냥 들어가서 먹어요."

"아, 물론 나한텐 다 예쁘지만. 지금 상아 씨 상태가 엉망이라 그래요. 지금 모습으로 돌아다니면 신고당할지도 몰라요."

내 몰골이 어때서. 니 몰골도 만만치 않은 게…… 아니구나.

상아가 본 진혁의 모습은 꽤 괜찮았다. 파란 셔츠를 입고 팔을 걷어 올린 그는 멋있어 보이기까지 했다. 하지만 상아는 패션이란 뭘 입어도 지 맘에 들면 장땡이라는 태도로 당당하게 말하며 진혁에게 눈을 흘겼다.

"뭐라고요? 내가 어때서요. 이것도 패션이에요."

"하하하, 이제 상아 씨 같네요. 여기 잠시 있어요."

차가 떠나가게 웃던 진혁이 차에서 내려 식당으로 뛰어갔다. 진혁이 시야에서 사라지자 상아가 차 안의 거울을 내려 자신의 몰골을 확인했다. 거울에 비친 여자를 본 순간 상아는 거울 속의 그녀에게 꽃을 선물할 뻔했다.

정성스럽게 한 올 한 올 올렸던 마스카라는 눈물에 녹아내려 그녀의 눈을 시커멓게 만들었고 사랑스럽게 보이려 시도했던 붉은색의 립스틱을 바른 입술은 키스로 번져 엉망이었다. 머리는 산발이었고 밴드를 붙인 무릎에는 피가 묻어 있었다. 그래, 꽃만 꽂으면 상아는 완벽한 '광년이'였다.

"그래, 웃을 만하네, 아주 퀸 오브 광년이구나."

상아가 재빨리 휴지를 꺼내 립스틱을 깨끗하게 지우고 번진 마스카라를 닦아 냈다. 흐트러진 머리를 단정히 정리하고 구겨진 원피스도 정리하고 아무 일 없던 것 같은 표정을 하고 진혁을 기다렸다.

잠시 후 종이백을 두 개를 들고 그가 차에 올랐다. 그러고는 바로 차를 출발시켰다. 뱃가죽이 등가죽과 인사할 만큼 배가 고팠던 상아는 진혁이 뒷좌석에 놔둔 맛있는 냄새가 유혹하는 종이백으로 계속해서 몸을 돌렸다.

"조금만 참아요. 다 왔어요."

"알았어요."

하지만 상아는 계속해서 입맛을 다시며 뒷좌석을 하염없이 바라보고 있었다. 진혁이 웃으며 그녀의 손을 다시 잡았다. 그때서야 멋쩍어진 상아가 마지못해 몸을 앞으로 향했다.

차가 도착한 곳은 한강둔치였다. 차를 세우고 뒤에 놓인 종이백을 들고는 내렸다. 상아도 높은 힐에 발을 끼워 넣고 문을 열었다. 진혁이 재빨리 와서 그녀를 말렸다.

"발 안 아파요? 있어 봐요."

진혁이 또 그녀를 안아 들려 했다. 상아가 단호히 고개를 저었다.

"이제 괜찮아요. 사람들이 욕해요."

상아가 웃으며 진혁을 말리자 그도 할 수 없이 한 발짝 뒤로 물러났다. 하지만 내리는 그녀를 중병환자처럼 부축하는 것까지 말릴 수는 없었다.

두 사람은 인적이 드문 벤치에 자리를 잡고 늦은 저녁 식사를 시작했다. 그가 포장해 온 음식은 간단하게 먹을 수 있는 초밥과 각종 롤 종류였다. 아직 따뜻한 미소 된장국을 흔들어 한 모금 목구멍으로 넘기자 저녁때를 한참 넘겨 쓰리기까지 하던 속이 국물 한 모금에 달래졌다. 그리고 먹을 게 들어가서 그런지 슬슬 긴장이 풀렸다.

정말 배가 고팠던 상아는 연신 롤을 집어 먹기 시작했다. 연어 롤만 계속 집어 먹는 상아를 보며 진혁이 자신의 롤을 그녀에게 옮겨 주었다.

"배 많이 고팠어요? 연어 잘 먹네요. 많이 먹어요."

배가 고프면 눈에 뵈는 게 없는 상아는 정신없이 롤을 집어 먹다가 그제야 주위의 풍경이 눈에 들어왔다.

밤 한강 둔치에는 밤 마실 나온 가족들, 열심히 칼로리를 불태우려 운동하는 사람들, 각양각색의 사람들이 많았지만 역시나 가장 눈에 띄는 사람들은 닭살 행각에 여념이 없는 연인들이었다.

그중 도시락을 싸 온 커플들은 음식을 서로 입에 넣어 주고 있었다. 무드라고는 모르는 상아는 연신 자신의 입으로만 음식을 날

랐으니, 그때서야 상아가 마지못해 초밥 하나를 들어 진혁의 입으로 가져갔다.

"먹어 봐요."

"지금 설마 나 주는 거예요?"

"네, 어서 먹어요. 어서요. 지금 부끄러워서 한강에 몸이라도 던지고 싶으니깐."

상아가 얼른 먹으라는 듯이 그를 향해 초밥을 들이댔다. 다른 커플들이 이런 행동을 할 때 항상 욕하던 사람이 다름 아닌 자신이라는 것 때문에 민망해진 상아는 젓가락을 들고 있는 손을 부들부들 떨었다. 진혁이 얼떨결에 그녀가 주는 초밥을 냉큼 받아먹었다.

"맛있네요. 아, 이번엔 저기 저 장어 초밥이 먹고 싶네요."

진혁이 아예 젓가락을 놓고 능청스럽게 상아를 향해 말하자, 결국 그녀는 장어를 들어 입을 벌리고 있는 그의 입에 장어를 냉큼 골대에 골을 넣는 듯 힘껏 던져 넣었다. 포물선을 그리며 갑자기 들어온 장어에 사레가 걸린 진혁이 기침을 해 댔다.

"아! 어떡해……."

"켁켁, 아, 아니에요."

진혁이 연신 기침을 하며 물을 들이마셨다. 어디 음식을 자신의 입에 넣어만 봤지 남자 입에 넣어 준 적이 없는 상아는 잘못하면 진혁을 골로 보낼 뻔했다. 상아가 연신 미안해하며 사레에 걸려 기침을 하고 있는 그의 등을 두드렸다.

159

"미안해요, 괜찮아요?"

"괜찮아요."

물도 마시고 어느 정도 진정된 그가 걱정하며 바라보는 그녀를 진정시켰다. 사귀기로 하고 나서 처음 함께하는 식사는 달콤하기도 했지만 살벌하기까지 했다.

식사를 마친 두 사람은 커피를 들고 차에 앉아 자동차 앞의 한강 풍경을 바라봤다. 멀리 영동대교의 불빛이 보이고 많은 차들의 빛이 강물에 빠져 있는 것 같았다. 낮과는 다르게 밤에는 화려하게 빛나는 건물들이 아름답게 보이기까지 했다. 밤이어서 그런지 뭔가 더 아련하고 더 분위기 있었다.

진혁이 한강을 보다 그녀에게로 눈을 돌렸다. 그런데 옆의 그녀는 한강은 구경하지 않고 옆 창문으로 몸을 돌려 손까지 모아서는 창밖으로 뚫어져라 쳐다보고 있었다.

"상아 씨, 뭐하는 거예요?"

그때서야 상아가 빛나는 눈동자로 그를 쳐다봤다. 그러고는 차 안이라 아무도 듣지 못하는데도 그의 귀에다 아주 작게 속삭였다.

"저기, 저 차 보여요? 원민이 타고 있는 것 같아요."

진혁의 귀에 속삭이며 말을 마친 상아가 다시 창문으로 붙었다. 아까 잠시 고개를 돌리는 데 하얀 외제 차에서 창유리가 내려가더니 얼핏 보인 얼굴은 다름 아닌 상아가 완전 좋아하는 영화배우 원민이었다. 상아가 계속해서 창가에서 떨어질 줄 모르는 모습을 보니 진혁이 점점 질투가 나기 시작했다.

"원민이 그렇게 좋아요? 우리 지금 데이트 중이잖아요."

하지만 창가에 눈과 몸이 고정되어 있는 상아의 영혼 없는 대답만 들려왔다.

"당연히 데이트 중이죠. 근데 원민이잖아요."

보다 못한 진혁이 창가에 껌딱지처럼 붙어 있던 상아를 떼어내고는 그녀의 얼굴을 두 손으로 잡고 그를 향하게 했다. 어버버 놀란 상아의 얼굴을 붙잡고 쪽 하고 가볍게 입 맞췄다.

"상아 씨, 나만 봐요."

원민을 향해 눈을 고정하고 있던 상아가 그제야 진혁을 눈에 담았다. 낯간지러운 말에 아직은 면역이 없는 상아가 얼굴을 붉혔다. 데이트 중에 다른 데 시선을 뺏긴 건 솔직히 상아가 잘못했다. 하지만 다른 연예인도 아니고 원민인데 이건 정상참작이 돼야 하는 거 아닌가?

"그래도, 음음."

상아의 다음 말은 다가오는 진혁의 입술에 묻혀 버렸다. 진혁이 오로지 자신만 느낄 수 있게 정성을 다해서 그녀의 입술을 두드렸다.

부드럽고 달콤한 입술을 한참 맛보던 그가 결국은 그녀의 입술이 열리자 참지 못하고 조금은 성급하게, 조금은 난폭하게 안을 헤저었다. 처음 받아 보는 열기 띤 키스에 상아가 놀라 그의 어깨를 밀어내자 진혁이 그녀 얼굴을 잡은 손에 힘을 줘 놀란 그녀의 혀를 조심히 감았다.

다시 부드러워진 키스에 상아가 그의 목을 끌어안았다. 그의 입맞춤에 원민이 그려진 머릿속의 공은 진혁이 뻥 차 버렸다.

계속된 키스에 차 안이 열기에 휩싸이고 상아가 호흡 곤란으로 넘어가기 전에 진혁이 키스를 멈추었다. 그리고 품에 그녀를 당겨 안았다. 그의 가슴이 오르락내리락하고 있었다.

"아, 미안해요. 나도 모르게……."

너무 불같이 뜨거운 키스에 놀라기도 했지만 지금 상아의 가슴도 그와 같이 오르락내리락하고 있다. 자신의 감정에 솔직하고 당당한 상아의 마음이 들려온다.

"아니에요, 나도…… 좀 좋았어요."

다른 남자를 보며 관심을 보이는 그녀를 보는데 왜 이렇게 불안하고 속에서 화가 나는지 진혁은 본능적으로 그녀에게 입을 맞췄다. 너무 난폭하게 입을 맞춘 거 아닌가 싶어 혹시라도 그녀가 놀라서 다시 겁먹고 도망가면 어떡하나 걱정부터 됐다. 하지만 안긴 채 들려오는 그녀의 솔직한 발언에 미친 듯이 뛰는 심장이 더 아플 정도로 심하게 뛰기 시작했다.

"그러니깐 나 말고 다른 남자한테 눈길도 주지 마요."

"알았어요. 근데 눈길은 안 줄 테니 원민 사인 한 장 받아도 돼요?"

"상아 씨!"

진혁이 차가 울리게 소리쳤다. 상아가 반달눈을 만들어 보이며 웃고 있었다. 진혁이 한 수 위인 것 같지만 결국의 이 관계에서 절대적 갑은 상아인가 보다.

상아가 진혁이 몰래 눈동자를 굴려 원민의 차를 다시 찾았지만 두 사람이 열렬한 키스에 빠져 있던 동안 원민의 차는 소리 소문 없이 사라지고 보이질 않았다.

❖

상아와 진혁이 서로의 마음을 확인하고 사귀기 시작한 뒤로는 상아의 삶이 아주 조금은 변했다.

첫째, 연애를 시작하면 여자들은 머리나 옷차림 등 스타일에 변화를 준다던 말처럼 한 달에 한 번씩 미용실에 가서 짧은 단발머리로 잘랐던 그녀가 미용실에 가지 않았다. 근 20년이 넘게 고수해 온 단발머리와 작별을 고하고 머리를 길러 보려 노력 중이다. 그와 함께한 시간만큼 자란 그녀의 머리가 어깨에 닿을락 말락 한다.

둘째, 시도 때도 나오는 웃음을 멈출 수가 없다. 밥을 먹다가도, 드라마를 볼 때도, 심지어 수업 중에도 실실 나오는 웃음을 막을 도리가 없다.

하루는 평소처럼 추리닝을 입고 슬리퍼를 끌고 마트를 다녀오던 길, 그녀가 들에 보이는 하얀 꽃을 한 송이 꺾어서 손에 들고 흐흐 웃자 그녀 주위로 홍해가 갈라지듯 사람들이 그녀가 가는 길을 비켜 줬다. 평소에는 붐비던 길이 이상하게 사람이 없어 자유롭게 노래를 부르며 집으로 돌아왔지. 한동안 상아네 동네에 정신이 좀 이상한 여자가 산다는 소문이 돌았었다.

마지막으로 혹시라도 진혁에게서 전화가 올까 봐 핸드폰을 항상 가까이에 둔다. 그리고 화면에 그의 이름이 뜨면 그녀는 목소리를 가다듬고는 옥쟁반에 구슬 굴러가는 소리로 전화를 받는다. 아리따운 목소리로 여보세요 하고.

이런 변화들이 상아에게는 익숙지 않은 것들이었고 전과는 다른 자신의 모습이었지만, 그녀는 점점 그가 주는 설렘에 익숙해져 가고 있고 변해 가는 자신의 모습도 맘에 들어 가고 있다.

토요일, 아침 일찍부터 상아의 핸드폰이 울린다. 습관이라는 게 무서운 건지 잠결에도 상아는 상냥하고 아름다운 목소리로 전화를 받았다.

"여보세요?"

김 여사가 배 아파 낳은 딸은 토요일 아침 이렇게 일찍 일어날 리 없다. 거기다 전화기가 고장이라도 난 건가? 이렇게 여자다운 목소리라니 전화를 잘못 걸었나 보다.

— 아, 잘못 걸었나? 내 딸 목소리가 아닌데?

상아가 침대에서 일어나 핸드폰에 뜬 발신자 표시를 확인하고는 걸려온 전화가 엄마의 전화라는 것을 알고는 평소의 그녀로 돌아왔다.

"엄마? 아침부터 웬일이세요?"

— 내 딸 맞네. 아까는 목소리가 왜 그랬어? 엄마 간 떨어지는

줄 알았다.

"아니, 엄마는 딸 목소리도 못 알아듣슈? 그나저나 아침부터 무슨 일 있어요?"

— 너 집에 좀 오고 그래야 하는 거 아니냐? 아버지가 너 보고 싶어 하셔. 언니도 없는데 네가 자주 들르고 해야지.

늦게 배운 도둑질이 날 새는 줄 모른다더니 상아는 진혁과의 연애에 빠져 자주 뵈러 가던 사랑하는 아버지를 안 본 지 너무 오래된 것을 깨달았다. 효녀 심청이 부럽지 않던 상아가 불효녀가 된 건 순식간이었다.

하나밖에 없는 언니는 자신과 달리 여성스럽고 단아하며 착하기까지 한 데다 모든 남성들의 로망 피아노까지 전공했다. 그런 언니는 지금 결혼해서 남편과 독일로 유학길에 오른 지 1년이 넘어가고 있다.

그리고 상아도 초등학교 발령을 집과 좀 떨어진 곳에 받아서 어쩔 수 없이 독립을 할 수 밖에 없었다.

딸들을 너무나 사랑해 마지않는 아버지가 두 딸을 다 내보내고 나서 적적해하시는 걸 알아서 더 자주 집에 들르려고 노력했었는데, 그와 만나고부터는 집에 한 번도 간 적이 없다.

"엄마, 저 지금 준비하고 출발할게요. 아빠 좋아하시는 족발 사가지고 갈게요. 우리 이슬 한잔해요."

— 으이고, 알았어. 그리고 빨리 와. 너희 아빠 숨넘어가기 전에.

전화를 마친 상아는 욕실로 뛰어 들어가서는 초스피드로 씻고 나와 머리도 말리지 않고 깨끗한 추리닝으로 갈아입었다. 그러고 는 의자에 걸린 야상 점퍼와 지갑만 들고 집밖으로 나왔다. 가는 길에 '먹다가 울어 버린 불족발'에 들러 아버지가 좋아하시는 족 발을 사서는 부모님 댁으로 향했다.

초인종을 누르자마자 아버지가 버선발로 뛰어 나오셨다.

"아이고, 우리 선생님 오셨어요."

"아빠! 그렇게 부르지 말라니깐요."

"그래, 그래. 잘 지냈어?"

딸내미 얼굴을 격하게 반기시는 아버지의 모습에 어머니는 또 눈을 흘기셨다.

상아가 사 온 족발을 식탁 중앙에 두고 오랜만에 세 식구는 조 촐한 파티를 열었다. 구수한 된장찌개와 딸을 위한 어머니의 정성 이 들어간 갖은 반찬들, 식탁은 진수성찬이었다. 거기다 오랜만에 만난 어머니의 밥은 그녀의 입에 착착 달라붙었다.

상아가 숟가락을 들고 허겁지겁 먹기 시작했다. 어머니가 물을 따라 주면서 잔소리를 하셨다.

"천천히 좀 먹어라. 걸신들린 것도 아니고 니 밥 먹는 모습 보 고 오던 남자도 놀라 도망가겠다."

상아가 입 안에 밥과 반찬을 다 넘기지도 않고 작은 소리로 우 물우물거렸다.

"아, 아닌데, 나, 나 좋다는 남, 남자 있어."

입에 음식물을 넣은 채로 말하는 딸의 등짝을 김 여사가 소리
나게 내리쳤다.

"뭐라고? 더럽게 다 먹고 얘기하지. 누가 데리고 갈지 그놈 참
불쌍하다."

밥 먹는데 개도 안 건드린다는데, 오랜만에 온 딸이 밥 먹는데
등짝을 때리는 상아 엄마를 아버지가 말리셨다.

"그만해요. 밥 먹는데. 근데 뭐라고 했어? 남자가 있다고?"

상아가 놀라 손을 저으며 부인했다.

"아니에요."

"남자 친구 생기면 아빠한테 먼저 데리고 오는 거 알지?"

지금 진지하게 사귀고 있는 진혁이 있긴 하지만 아직 그에게
물어보지도 않았고 사귄 지 얼마 되지도 않았는데 부모님께는 조
금 더 있다가 말씀드려야겠다. 상아가 재빨리 대답하고 대화의 주
제를 돌렸다.

"네, 밥 다 먹었으니 우리 오늘 오랜만에 설거지 당번?"

"그래, 너 오늘 잘 왔다. 만날 두 사람이서만 치니깐 너무 재미
가 없더라고."

상아네는 가끔 청소나 빨래, 설거지 같은 집안일을 온 가족이
고스톱을 쳐서 당번을 정하곤 했다. 어머니를 편하게 해 드리기
위해 딸들이 낸 아이디어였다.

왜냐, 어머니는 신을 한 분 모시고 계시는데. 빨간 옷을 입고
우산을 들고 계신 고스톱의 신 되시겠다. 어머니는 지금까지 한

번도 고스톱에서 패배해 보신 적이 없으시다. 그러니 자연스럽게 집안일은 고스톱에서 진 아버지와 두 자매의 몫이었다.

어머니께서 재빨리 빨간 동양화를 들고 나오셨다. 현란한 손으로 패를 섞으신 어머니가 무서운 속도로 패를 돌리셨다.

"시작해 볼까?"

이 소리로 시작된 고스톱의 전투에서 상아는 처참하게 패배했다. 어머니는 쓰리 고에 판을 한 번 흔들고 나서야 만족하시듯 씩 웃으며 판을 접으셨다.

설거지 내기였지만 한 판씩 질 때마다 그녀의 손에 맡겨진 임무는 점점 더 늘어 갔다. 패잔병인 상아는 집에서도 안 하는 설거지에 빨래까지 해서 널고는 녹초가 된 몸으로 어머니가 싸 주시는 반찬을 들고 터덜터덜 오피스텔로 향했다.

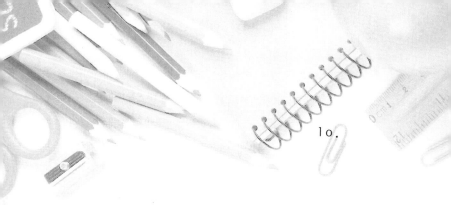

10.

상아의 오피스텔 앞, 오랜 시간 동안 그곳을 서성이며 상아를 기다리고 있는 남자가 있다. 바로 누나 미주의 시달림에 지쳐 집 밖으로 나온 진혁이다.

그날 레스토랑에서 모든 걸 목격한 미주는 진혁이 밤늦게 집으로 들어가자마자 그의 목덜미를 잡아 앉히고는 추궁하기 시작했다.

"전부 다 실토해."

"어차피 매형한테 들어서 대충 알고 있는 거 아니야?"

하긴 미주는 대충의 정황은 남편에게 들어서 알고 있다. 친구들과의 저녁 약속을 다음으로 기약하고 집으로 재빨리 귀가한 그녀는 남편에게 은근히 옆구리를 찌르며 물었다.

아내 바보 남편은 그녀에게 진혁이 한 모든 이야기를 토씨 하나 틀리지 않고 고대로 전했지. 거기다 행운의 넥타이까지 빌려 줬다고 칭찬을 바라는 아이처럼 자랑스럽게 미주에게 자랑했다. 그러니깐 여자가 생겼다는 건 알겠는데 대체 그 여자가 누구냐? 라는 가장 기본적인 질문의 대답은 그 누구도 모르고 오직 당사자 진혁만 알고 있었다.

"알지 당연히. 그러니깐 아까 그 여자랑 정식으로 사귀는 거야?"

"응, 누나 나 피곤해. 다음에 이야기하면 안 돼?"

미주가 본격적으로 물으려고 하는데 진혁이 재빨리 자신의 방으로 쏙 하고 들어가 버렸다. 그의 뒤로 미주의 외침이 들려오고 있었다.

"이걸로 끝날 거라 생각하면 착각이야."

정말 자신의 누나는 한 번 한다면 하는 여자였다. 그것으로 끝날 거라 생각하지는 않았지만 정도를 넘어 그를 시도 때도 없이 괴롭혔다. 아침 일찍부터 잠긴 문을 소리 소문 없이 열쇠로 따고 들어와 자고 있는 그의 귀에다 대고 음침하게 속삭였다.

"그래서 그 여자 이름이 뭐야?"

진혁은 꿈을 꾸는 줄 알았다. 하마터면 잠결에 조용히 들려오는 질문에 엉겁결에 순순히 대답해 버릴 뻔했다. 잠이 단번에 깬 그는 침대에서 일어나 누나를 향해 단호히 고개를 저었다.

"그만 좀 해. 어련히 소개시켜 줄까 봐. 좀 느긋하게 기다릴 수 없어?"

"응. 난 인내라는 덕목은 안 키워."

"그럼 이번 기회에 인내 좀 키워. 그리고 절대 못 가르쳐 줘."

얼마나 대단한 여자이기에 이름 석 자도 가르쳐 줄 수 없단 말인가. 미주의 머리가 굴러가는 소리가 들린다. 어디서 분명히 본 것 같았는데 말이야. 최진혁이 여자를 만날 곳이야 뻔하지. 당연히 회사밖에 더 있겠냔 말이다. 그렇다면 전에 우연히 한 번 본 그 변호사라는 여자인가? 미주의 음성이 한 옥타브 올라갔다.

"아니, 설마! 그 같이 일한다는 변호사, 현지? 걔는 아니지?"

"아니야. 박 변호사랑은 아무 사이도 아니야."

미주가 진혁의 목에 헤드락을 걸며 그를 압박하며 강경한 수단을 사용했다.

"그럼 누구야, 빨리 말해. 빨리 실토하란 말이야."

"누나 좀, 계속 이러면 나 한 여사 집으로 돌아간다?"

진혁이 그러든 말든 미주는 가소롭다는 웃음을 지으며 그의 맨 등짝을 소리 나게 때렸다.

"풋, 너는 아직 멀었어, 한 여사한테 벌써 말했어. 여기에 있는 게 네 신상에 이로울 거다."

진혁은 절망했다. 한 여사는 누나 미주보다 더하면 더했지 덜하진 않을 것이다. 누나는 이렇게 대놓고 물어보며 괴롭히지만 한 수 위인 그의 어머니는 은근히, 은밀히 물밑 작업을 마치시고 그를 꼼짝달싹하지 못하게 옭아매신다.

사귄다는 여자가 있다고 말씀드리긴 했지만 아직 자세한 건 모르시는 어머니께서 더 많은 것을 알아내기 위해 작정만 하신다면 자신은 상아에 대해 모든 걸 다 털어놓고 말 거다. 어머니의 물음에 제 발 저려 그가 순순히 넘어간 적이 한두 번이어야지. 차라리 몸은 좀 괴롭더라도 미주의 집에 있는 게 낫겠다.

오늘도 계속된 공격을 막다 막다 지친 지혁은 저녁이 될 무렵 공격자를 피해 집을 벗어났다. 막상 나오니 갈 곳이 없었고 핸드폰을 들어 상아에게 전화를 했지만 받질 않았다. 연락이 닿지는 않았지만 자연스럽게 진혁의 발은 그녀에게로 향했다.

주위가 컴컴해지고 가로등 불빛이 켜져 있는 밤거리는 전과는 달리 그에게 이제는 저 은은한 불빛마저 낭만적으로 보였다. 전에는 무심하게 아무런 감상 없이 지나쳤던 것이라도 이제는 그녀와 관련 있는 것이 그에게는 소중하고 의미 있는 것들이 되어 가고 있었다. 그냥 무작정 그녀를 기다리는 이 시간이 그에게는 그저 행복할 뿐이다.

진혁이 센티멘털한 감성에 젖어 그 자리를 감상하고 있을 때 그의 이름이 조용히 울렸다.

"진혁 씨?"

자신을 부르는 소리에 진혁이 눈을 들었다. 상아가 그에게로 걸어오고 있었다. 그가 반갑게 손을 흔들었다. 이 시간에, 그것도 자신의 오피스텔 앞에 낯익은 실루엣이 그라는 사실을 확인한 상아가 걸음을 점점 빨리하다가 그에게 뛰어왔다. 반찬통을 들고 잘 뛰어오던 그녀가 뒤뚱했다. 재빨리 다가선 진혁이 걸려 넘어지려는 그녀를 잡았다.

"조심해요! 괜찮아요?"

"헤헤, 네. 괜찮아요. 근데 이 저녁에 무슨 일 있어요?"

"그냥요. 어디 갔다 오는 거예요?"

"부모님 댁에요. 요즘 진혁 씨랑 놀러 다니느라 나 완전 불효
녀 됐어요. 예전에 세웠던 효녀 비석 허물어야 될지 몰라요."

"부모님께 잘해 드려요. 그리고 걱정 마요. 내가 열녀비 세워
줄게요."

웃는 그녀를 바라보며 그가 바람결처럼 부드러운 목소리로 물
었다.

"우리 바람도 좋은데 산책이나 할까요?"

"좋아요."

진혁이 상아가 들고 있는 무거워 보이는 짐을 뺏어 들고는 그
녀의 손을 잡았다. 이제는 그와 손잡는 것이 익숙한 상아는 그에
팔에 매달려 예쁜 웃음을 눈에 매달았다.

두 사람은 손을 잡고 서늘한 바람이 불어오는 거리를 천천히
걸었다. 진혁이 상아의 보폭에 맞춰 옆에서 같은 곳을 향해 걸어
갔다. 손을 꼭 잡고 걷는 상아를 사랑스럽다는 눈으로 바라보는
진혁의 눈빛이 따스했다.

두 사람은 한참을 걷다 가까운 위치에 있는 벤치에 자리를 잡
았다. 밤늦은 공원은 한적했고 상아의 얼굴 위로 달빛이 쏟아지고
있었다. 그 얼굴이 너무 예뻐 보여 그가 잡고 있는 그녀의 손을

들어 손에 입을 맞췄다. 그의 눈에 상아의 달빛에 반사된 그녀의 놀란 얼굴이 들어온다.

"상아 씨, 내일도 학교 출근하겠네요?"

"아뇨, 내일 학교 개교기념일이라 쉬어요. 완전 좋겠죠?"

"좋겠네요. 나는 내일도 일하러 가야 하는데. 그럼 내일 나 일하는 데 한번 와 볼래요?"

마음 같아서는 진혁도 회사를 땡땡이치고 상아와 내일을 함께 보내고 싶었지만 그럴 수 없었다. 두 사람 다 일이 바빠서 평일에는 얼굴 보는 게 전부이고, 주말에 몰아서 데이트를 하는데. 내일이 다시 오질 않을 절호의 기회인데 같이 시간을 보내고 싶은데.

그의 머리에 좋은 생각이 떠올랐다. 전부터 그녀에게 자신의 사무실을 보여 주고 자신이 일하는 모습도 보여 주고 싶었다.

"진혁 씨 일하는 곳에요?"

"나는 상아 씨 일하는 학교에 몇 번 갔었잖아요. 상아 씨도 내가 일하는 곳에 한번 와 봤으면 좋겠어요."

"방해되지 않을까요?"

"내일은 큰일이 없어서 한가할 거예요."

상아는 그가 변호사라는 것만 알지 그의 일에 대해서는 솔직히 잘 모른다. 이렇게 그가 막상 이야기를 꺼내니 한번 가 보고 싶어졌다. 상아의 고개가 끄덕였다.

"알았어요, 근데 뭘 사 가야 하는 거 아니에요?"

"아니에요. 점심이나 같이해요. 음, 아니면 상아 씨가 간단하게 도시락을 싸 와요. 나도 여자 친구가 싸 주는 도시락 받아 보고 싶어요."

진혁의 갑작스런 도시락 요구에 상아가 고개를 떨어뜨렸다.

솔직히 상아는 요리와 그리 친하지 않다. 지금은 시집간 친구 선이 매주 서울에 강의가 있는 날 올라오면 일주일 동안 먹을 반찬을 해 놓고 가기도 했고 어머니도 열심히 음식을 갖다 주시니 그녀는 밥만 하면 됐다. 그래, 모든 여자가 요리를 다 잘할 수는 없는 거니깐. 먹고 난 뒤처리는 자신 있지만.

상아가 난처한 듯 대답했다.

"그냥 사 먹으면 안 돼요?"

"어라? 상아 씨, 요리 못하는구나. 그럼 말을 하지요."

"아니에요. 나 요리 잘해요. 안 할 뿐이죠. 그까짓 도시락 제가 임금님 나들이 갈 때처럼 아주 잘 만들어 줄게요."

자존심은 있어 가지고 그녀는 섣불리 또 장담했다. 하지만 한 번 뱉은 말을 주워 담을 수도 없어 지금 후회막급이다.

그때부터 상아의 머릿속에는 도시락이라는 세 글자만 돌아다녔다. 도시락의 그 텅 빈 빈칸들을 무엇으로 채울 것인가 그것이 문제로다.

진혁이 오피스텔 앞까지 데려다 주고는 이마에 키스까지 하면서 작별을 고했지만 상아는 잘 가란 말 한 마디 없이 돌아섰다.

진혁은 그의 키스에 부끄러워 상아가 아무 말 못 하고 돌아섰다고 생각했지만 상아는 이마에 닿은 그의 입맞춤은 기억하지도 못했다.

아침 일찍부터 일어난 상아는 마트로 향했다. 메뉴는 도시락하면 가장 먼저 떠오르는 김밥이었다. 하지만 상아는 김밥을 입으로 집어넣을 줄만 알았지 그 안에 정확히 뭐가 들어가는지 상세하게는 알지 못했다. 그녀는 먹어 봤던 김밥을 떠올리며 재료를 고르기 시작했다.

우선은 단무지, 햄, 계란 또 뭐가 있더라.

바구니를 들고 가장 먼저 햄이 있는 쪽으로 향했다. 그 때 그녀의 눈에 띈 것은 세트로 묶어 놓은 김밥 재료였다.

심봤다!

상아가 재빨리 산삼이나 다름없는 재료 세트를 집어 들었다. 무사히 장을 다 보고 집으로 돌아온 상아는 재료를 식탁에 펼쳐 놨다.

"세상 참 좋아졌단 말이야."

앞치마를 두르고 상아가 본격적인 요리를 시작했다. 처음에는 순조로웠다. 쌀도 표시된 금까지 물을 적당히 맞춰 밥통에 넣고 취사 버튼을 누르니 전기밥솥이 저절로 밥을 해 주었다. 그러고는 김밥 재료 포장 겉면에 나와 있는 만드는 법을 보며 상아는 지시하는 대로 차근히 만들어 나갔다.

햄을 프라이팬에 굽고 맛살도 적당하게 썰고 계란도 잘 부쳐냈다. 전기밥솥에서 소리가 나더니 밥도 다 된 것 같고 재료를 펼치고 마지막으로 말아만 내면 되는 거였다.

까이꺼 김밥 이거 아무것도 아니네.

그래도 엄마가 소풍 갈 때마다 김밥 싸 주시는 걸 유심히 지켜 보기도 했던 상아는 기억을 더듬어 맨 먼저 김을 놓고 그 위에 밥을 얹고 만든 재료들을 놓고는 엄마가 했던 것처럼 돌돌 말았다.

그런데 웬걸! 김밥이 하얀 옆구리를 드러냈다. 안에 든 재료가 너무 많아서 그런가 싶어 상아가 다시 김을 깔고 밥을 얇게 펴고 재료를 올리고 조심히 말았다.

하지만 역시나 김밥은 부끄러운 하얀 속살을 내비쳤다. 시계를 보니 약속한 점심시간은 다가오고 상아의 마음이 급해졌다. 마는 족족 터져 버리는 통에 그녀의 마음이 초조해지기 시작했다. 결국 가장 먼저 떠오른 친구 선이에게 SOS를 쳤다.

"선이야, 나야."

— 너 학교 안 갔어?

"응, 나 오늘 개교기념일이야. 나 지금 김밥 싸고 있는데 계속 옆구리가 터져."

— 무슨 김밥? 김밥 말 때 밑에 깔고 마는 김발 있어?

"아니, 없어. 그냥 손으로 마는데 예쁘게 안 나와."

아침부터 자신의 친구 상아가 김밥을 만든다는 것도 놀라운데 예쁜 김밥까지 원하고 있다. 자신이 아는 친구는 입으로 들어가면 다 똑같은데 뭐 하러 음식에 장식까지 하냐고 하는 아주 실속적인 여자다. 친구가 수상하다.

— 뭐야. 너…… 혹시?

상아가 제 발 저려 선의 질문이 끝나기도 전에 스스로 자백했다.

"그래, 나 연애한다."

— 진짜? 누구랑? 전에 봤던?

"어, 그 변호사. 그렇게 됐어."

선이는 결국은 두 사람이 이렇게 잘될 줄 알고 있었다. 그녀는 상아가 그랬던 것처럼 자신의 일처럼 좋아했다.

— 우와, 잘됐다. 근데 김밥은 왜?

"흠흠, 나도 도시락 싸서 애인 일하는 데 가 보려 그런다."

— 호호. 우리 상아, 여자 됐네?

웃으며 선이 김밥이 계속 옆구리가 터지거나 모양이 예쁘게 안 나오면 차라리 주먹밥을 만드는 게 더 빠르겠다고 제안했다. 더불어 김밥재료를 잘게 썰어서 밥과 잘 섞어서는 동그랗게 뭉쳐만 주면 된다고, 아주 쉽다고 가르쳐 줬다.

상아는 전화를 끊고 다시 심기일전해서 들어갈 재료를 칼로 다져서는 밥과 섞어서는 동그랗게 모양을 잡고 주먹밥을 만들기 시작했다. 다 만든 주먹밥과 엄마가 주신 반찬, 그리고 사 온 과일을 잘 깎아 통에 담고는 부엌에 김밥과의 사투의 흔적을 고스란히 남겨 둔 채 밖으로 나왔다. 그리고 상아는 룰루랄라 노래까지 부르며 진혁의 사무실로 향했다.

'법무법인 한율' 사무실.

진혁은 출근하고 나서부터 사무실에서 한 발자국도 나오지 않았다. 점심시간에 상아가 온다고 했으니 오늘 할 일을 다 끝내 놓고 일찍 퇴근할까 생각 중이다.

진혁이 다니는 한율 법률 사무소는 각자의 스케줄에 따라 소송을 진행하고 재판을 진행하면 되기 때문에 다른 회사보다는 출퇴근이 자유롭다는 점이 좋은 점이다. 그는 오늘은 다음 주에 있을 재판만 준비하면 되기 때문에 지금 작성하는 소장만 작성하면 일찍 퇴근할 수 있었다.

컴퓨터 자판을 두드리는 진혁의 손이 **빨라졌다**. 점심시간이 다가올 무렵 노크 소리가 들려왔다.

"최 변호사님, 손님 찾아오셨는데요?"

진혁이 하던 일을 멈추고 벌떡 일어서서는 밖으로 나갔다. 하늘색 블라우스와 9부 검정바지를 입고 다소곳이 서 있는 상아가 보였다.

진혁이 재빨리 그녀의 손에 든 짐을 받아 들고는 그녀의 어깨를 감싸 안았다. 처음 보는 진혁의 다정한 모습에 김 부장과 김 비서가 귀신이라도 본 듯한 놀란 얼굴을 하고 두 사람을 **빤히** 바라봤다. 궁금한 건 못 참는 김 비서가 물어 왔다.

"최 변호사님, 애인이세요?"

"네, 상아 씨 인사해요. 여기는 제 일을 가장 많이 도와주시는 김 부장님, 여기는 우리 사무실에 활력소 김 비서예요."

상아가 아까부터 어깨를 감싼 진혁의 팔을 내리고는 앞의 두 사람에게 허리 숙여 인사했다.

"안녕하세요. 이상아입니다. 진혁 씨 잘 부탁드려요."

상아가 공손히 인사하는 모습을 보고 있던 진혁의 얼굴에서 미소가 떠날 줄 모른다. 점심시간이 되려면 아직 20분 정도 남았지만 누구의 방해도 없이 두 사람만 오붓이 있고 싶던 진혁이 김 부장님과 김 비서에게 권했다.

"자, 그럼, 두 분 식사하고 오세요."

진혁이 상아의 손을 잡고 안으로 들어가려 할 때 그녀가 그가 쥐고 있는 짐 중에서 하나를 빼어 들고는 두 사람에게 건넸다.

"이거 드세요. 제가 아직 솜씨가 부족해서 맛있는 데서 사 왔어요. 다음에 제 요리 솜씨가 늘면 그때는 꼭 손수 대접해 드릴게요."

상아는 오는 길에 유명한 도시락 전문점에 들러 부러 준비해 왔다. 친구 선이는 남편 비서실 식구들에게 찬합 도시락을 안기면서 잘 부탁한다고 했다던데 상아는 자신이 직접 싼 도시락을 주는 것보다 사서 드리는 게 받는 사람의 건강과 안녕을 위하는 길이라 생각했다. 김 부장과 김 비서는 진심으로 감사해했다.

"아닙니다. 잘 먹겠습니다."

진혁이 상아를 데리고 사무실로 들어섰다.

사무실은 진혁의 성격을 그대로 보여 주고 있었다. 깔끔한 인테리어에 사무실은 쾌적하고 티끌 하나 없이 깨끗했고 큰 유리창 너머로 도시의 풍경이 한눈에 들어왔다. 거기다 곳곳에는 크고 작은 화분이 자리 잡고 있었다.

두리번두리번 구경하고 있는 상아를 이끌어 진혁이 자신의 의자에 앉혔다.

"우와, 진혁 씨 여기서 일하는 거예요?"

상아가 그의 의자에 앉아 등받이에 기대며 의자를 빙그그르 돌렸다. 진혁이 돌아가던 의자를 멈추고 그녀를 빤히 쳐다봤다. 상아가 또 의자를 돌리면서 장난쳤다. 계속 도는 의자를 아예 움직이지 못하게 붙잡고는 그가 한 손으로 그녀 얼굴을 감쌌다.

"고마워요. 무리한 부탁 들어줘서, 거기다 이렇게 도시락도 싸 오고…… 또 사무실 사람들도 신경 써 주고. 정말 고마워요."

"지금 감동받은 거예요? 이 정도에 감동받으면 다음에는 아주 이상아 전용 감동 웨이브에 헤어 나오지 못할걸요. 마음 단단히 먹어요."

상아가 가볍게 이야기하며 그의 가슴을 손으로 건드렸다. 그의 가슴이 쿵쾅거리며 뛰기 시작했다. 이 여자가 좋다. 이 여자의 웃음이 나의 심장을 뛰게 한다.

차오르는 마음을 감추지 못하고 진혁이 의자에 앉아 있는 상아에게 고개 숙여 키스를 하자 상아가 진혁의 목을 끌어안았다. 서로에게로 향하는 마음을 담은 부드럽고 감미로운 키스가 계속됐다. 사무실에는 따뜻하고 부드러운 바람이 감돌았다.

잠시 키스로 열량을 소모한 두 사람은 부족한 칼로리를 채우기 위해서 상아가 싸 온 도시락을 먹기로 했다. 상아가 가져온 찬합을 차례로 칸칸이 펼쳤다. 제일 먼저 과일, 그리고 반찬과 마지막으로 상아가 최선을 다해 만든 주먹밥까지.

"마지막으로 짠! 주먹……밥이 왜 이래?"

마지막으로 펼친 찬합에는 동그랗고 예쁘던 주먹밥이 다 흩어지고 지들끼리 뭉쳐져 형체를 알아볼 수 없었다. 아마 약하게 뭉친 주먹밥이 상아가 신나게 흔들었던 스윙에 볶음밥으로 메뉴를 변경했나 보다.

"주먹……밥이 아니라 볶음밥이에요."

"후훗, 맛있겠네요. 잘 먹을게요."

진혁이 웃으며 수저를 들었다. 상아가 열심히 만들어 온 볶음밥을 맛보았다. 그러고는 게걸스럽게 먹어 치웠다.

처음 만들어 본 도시락인데 진혁이 맛있게 먹어 주니 상아는 나름 요리에 소질이 있나 보다 하고 의기양양해졌다. 얼마나 맛있나 싶어 상아도 수저를 들어 조금 들어 맛보았다.

"으아, 맛이 왜 이래. 진혁 씨 그만 먹어요. 내가 먹어도 이건 아니네."

요리는 할 줄 모르지만 선이 해 주는 요리 먹고 입만 하늘을 찌르는 상아에게 볶음밥을 가장한 주먹밥은 맛이 정말로 없었다. 밥은 질고 느끼하고 안에 든 당근은 덜 익었고 간혹 씹히는 계란은 짰다.

상아가 도시락 통을 뺏어 들었다. 하지만 진혁이 다시 통을 뺏어 들었다.

"아니에요. 상아 씨가 해 준 거면 난 뭐든 맛있어요."

하지만 진혁의 입에는 정말 이 정도면 충분히 맛있었다. 그의 어머니 한 여사는 실험정신이 강하셔서 언제나 다양한 방법으로 식재료 본연의 맛을 소리 소문 없이 바꿔 버리는 능력을 가지고 계셨다. 그렇기에 어머니의 요리에 비하면 상아의 도시락은 괜찮은 정도가 아니라 맛있었다. 거기다 애인이 만들어 온 첫 번째 도시락인데 모래알이라도 맛있게 먹어 주는 게 남자 친구의 기본자세가 아닌가?

그의 감동적인 말에 상아가 감격에 찬 눈으로 그를 우러러봤다.

"진혁 씨, 흑흑. 나는 전생에 나라를 구했나 봐요."

"하하, 그럼 상아 씨를 얻은 나는 세계를 구했나 보죠."

누가 보면 돌팔매 맞을 커플은 닭털을 펄펄 날리며 닭살 짓을 맘껏 하고 있었다. 사무실은 갑자기 닭 두 마리만 사는 닭장이 되었다. 진혁이 웃었다. 상아도 웃었다. 두 사람 모두 행복하게 웃었다.

다 먹고 난 후에도 두 사람은 여전히 사랑의 줄다리기를 하며 서로 치우겠다고 싸우고 있었다.

그 때 노크 소리도 없이 갑자기 누군가 불쑥 들어왔다. 뒤따라서는 김 비서가 곤란한 표정으로 서 있었다.

"죄송합니다. 변호사님, 안에 손님이 있다고 말씀드렸는데…….”

몸에 딱 맞는 **빨간 펜슬 스커트**에 하얀 남방을 입고 있는 여자
는 진혁과 상아를 보고는 표독스러운 표정을 감추지 못했다. 박
변호사였다. 진혁이 갑자기 들이닥친 불청객을 알아보고는 인상
을 찌푸렸다.

“박 변호사, 내 사무실에 함부로 들어오지 말라고 했던 것 같
은데.”

현지가 주먹을 꽉 쥐었다. 지금 회사는 진혁의 얘기로 시끌시
끌했다. 그의 여자 친구가 왔다는 사실을 회사 내 소식통인 김 비
서가 다른 비서들에게 떠벌리는 바람에 지금 온 사무실에는 그와
그의 여자 친구에 대한 무성한 이야기만 가득했다.

진혁의 여자 친구가 도시락까지 싸 들고 그의 사무실에 있다는
소리에 현지는 초초한 마음으로 달려와 그의 사무실 문을 열어젖
혔다. 다정한 두 사람의 모습에 현지는 열이 올랐다.

“누구야?”

“네가 알 필요 없다고 했을 텐데…….”

처음 보는 진혁의 차가운 모습에 상아가 잡고 있던 그의 손을
힘주어 잡았다. 그러자 진혁이 시선을 돌려 상아를 따뜻한 눈빛으
로 바라봤다. 진혁이 먼저 소개시켜 주기도 전에 상아가 나서 자
기소개를 했다.

“안녕하세요. 이상아입니다.”

현지는 자기소개를 하며 손을 내미는 여자를 자세히 훑어봤다.

자신이 입고 있는 명품과는 달리 옷차림도 지극히 평범했고 단발머리에 거의 화장기 없는 얼굴이 자신과 너무 비교됐다. 아무리 생각해 봐도 자신보다 나은 게 하나도 없어 보이는데.

현지가 입술에 경련이 일어나도록 웃으며 그녀의 손을 힘주어 마주 잡았다.

"안녕하세요. 박현지 변호사입니다. 진혁이 눈이 생각보다 낮네요."

현지의 무례한 말에 듣고 있던 진혁이 으르렁거렸다.

"박현지, 그만해."

상아가 흥분하는 진혁의 팔을 조심히 잡고 고개를 흔들었다. 그리고 웃으며 현지에게 말했다.

"박 변호사님이 맞기도 하고 잘못 알고 계신 것도 있어요. 이 사람은 겉모습 보는 눈은 낮은데 안을 보는 눈은 하늘을 찌를 듯 높답니다."

그 말에 현지가 더 힘을 줘서 손을 잡았다. 그녀의 잘 손질된 긴 손톱이 상아의 손을 파고들었다. 상아가 손을 빼려 하기도 전에 진혁이 현지의 행동을 눈치채고 악수하던 손을 빼내 상아의 손을 살펴봤다.

"괜찮아요?"

상아가 고개를 끄덕였다. 진혁의 눈은 언제나 상아만을 향해 있었다.

"그만 나가 줘. 다음부터는 용건 있으면 김 비서를 통해 약속부터 잡아."

화가 난 현지는 얼굴이 빨개진 채 쾅 하고 문을 닫고 나가 버렸다.

갑자기가 분위기가 이상해졌다. 현지가 제멋대로 하는 건 알고 있었지만 처음 보는 사람에게 이 정도까지 무례할 줄은 몰랐다.

진혁의 표정이 굳어지기 시작하자 어색해진 분위기를 전환하기 위해 상아가 진혁에게 농담을 했다.

"우리 애인, 인기가 많네요?"

"……."

"그만 맘 풀어요. 응? 응?"

상아가 진혁의 팔에 매달려 큰 눈을 동그랗게 뜨고는 어울리지 않는 애교를 선보였다.

솔직히 방금 같은 상황에서는 상아가 화를 내고 지혁이 달래줘야 하는 게 아닌가. 그런데 지금 이 여자는 나빴던 시간을 좋은 시간으로 물들이고 있다.

애교 넘치는 고양이 같은 상아를 보자 진혁의 마음에 도사리던 아까의 불쾌한 마음은 바로 사라졌다.

진혁이 상아의 머리를 끌어당겨 품에 안았다. 그의 마음에 그녀에게서 나는 향기로운 꽃내음이 가득했다.

자신의 사무실로 돌아온 현지는 책상에 있는 물건들을 쓸어버렸다. 그리고 손에 잡히는 대로 던지기 시작했다. 크리스털 명패가 문에 부딪쳐 큰 소음이 사무실 안을 울렸다. 그리고 초초하면 나오는 습관인 손톱 물어뜯기를 시작했다.

"어떡하지. 무슨 수를 내야 해."

현지는 사무실을 왔다 갔다 하면서 생각했다. 그리고 이내 현지의 영악한 머리에 좋은 수가 떠올랐다. 진혁에게서 그 여우 같은 년을 떼어 내는 수가. 현지는 핸드폰을 들어 누군가에게 전화를 걸었다. 수화기 너머로 음성이 들려왔다.

— 박 변호사님 아니십니까? 이번에는 무슨 일로?

가끔 현지가 누군가를 뒷조사할 필요가 있을 때 사용하는 사람인 박형팔이다.

"누굴 좀 알아봐 줘야겠어."

— 그런데 이번 건부터는 돈을 더 올려 주셔야 할 거 같습니다요.

"돈은 상관없어. 최대한 빨리 알아봐."

— 흐흐, 물론입죠. 제가 최대한 빨리 연락드리겠습니다.

두고 보라지. 최진혁. 너는 나한테 올 수밖에 없을 거야. 나를 너무 쉽게 봤어.

전화를 끊은 현지의 눈이 사악하게 빛났다.

11.

 상아네 반. 1교시 수업이 시작되기 전, 상아는 아침을 아이들에게 안 좋은 말을 하는 것으로 시작하려 한다.

 오전 아침 회의를 마치고 나가는 길에 만난 영어 전담 선생님께서 상아를 부르셨다. 상아네 반 아이들이 영어 시간에 발표 태도도 안 좋고 수업 시간 중에 친구들과 잡담까지 하는 등 수업태도가 너무 안 좋다고 주의를 주셨다.

 다른 수업시간에는 잘하는 것 같은데 꼭 영어 시간에만 이러니 담임인 상아의 마음이 그리 좋질 않다. 아이들에게 주의를 주겠다고 죄송하다고 영어 선생님께 사과를 하고 돌아선 상아였다.

 아침부터 그러고 싶지는 않았지만 결국 아이들에게 한 소리를 할 수밖에 없겠다.

 "수업 시작하기 전에 우선 너희 영어 시간에 떠들고 집중 못

한다고 영어 선생님이 걱정하신다. 아니, 얼마나 수업 태도가 안 좋았으면 그 착한 영어 선생님이 경고를 주시니? 응? 다시 한 번 수업 태도 안 좋다는 말 들려오면 선생님 화낸다?"

짐짓 무서운 목소리로 아이들을 혼냈지만, 아이들에게 선생님 화낸다는 말은 이미 약발이 다 떨어졌는지 아무렇지도 않아 했다. 상아와 아이들이 함께한 시간이 늘어나면서 조금은 선생님의 성향을 파악한 아이들에게는 선생님이 화내시는 건 그리 무섭지 않았다.

"에이."

"뭐? 에이? 선생님 화내는 게 안 무서워? 그럼 잔소리한다?"

"헉, 선생님 잘못했어요. 영어 시간에 말 잘 들을게요."

"그럼, 그래야지."

선생님이 화내는 것보다 잔소리하는 것이 더 무서운 아이들. 아이들은 상아표 잔소리의 위력을 한 번씩은 직접적으로 아니면 간접적으로라도 체험해 보았다. 차라리 혼이 나는 게 낫지 잔소리라니.

꾸중보다 무서운 잔소리한다는 말로 영어 시간에 다시는 안 그러겠다는 아이들의 다짐을 들은 그녀는 의기양양하게 책을 펼쳐 들었다.

"사회 120쪽. 오늘은 조선 시대에 있었던 전쟁에 대해 배워 볼게요."

상아가 파워포인트로 만들어 온 자료를 화면에 띄웠다. 오늘

배울 단원의 제목과 학습 목교를 큰 소리로 읽고 나서 준비해 온 그림과 사진을 보여 주며 그녀가 설명을 시작했다.

"자, 조선 시대 1592년에 일본이 먼저 쳐들어와 시작된 임진왜란에 대해 배워 보도록 하겠습니다. 가장 먼저 임진왜란의 대표적인 3대 대첩이 있습니다. 박스 안에 든 큰 글자, 누가 한번 읽어 볼까?"

아이들이 너도 나도 손을 들고 있었다. 상아 눈에 가장 먼저 띈 정중앙에 앉은 정민이를 가리켰다. 일어난 정민이 화면의 큰 글자를 보고 큰 소리로 읽기 시작했다.

"한산도대첩, 진주대첩, 행주대첩입니다."

"잘했어요. 첫 번째로 한산도대첩은 우리가 흔히 알고 있는 이순신 장군께서 이끈 조선수군이 한산도 앞마다로 왜군을 유인하는 작전으로 크게 승리한 전투입니다."

수업시간마다 집중하고 수업 태도가 좋아 항상 반에서 1등을 도맡아 하는 똘똘이 형빈이가 손을 들고 물어 왔다.

"선생님, 왜 한산도 앞바다였어요?"

형빈이의 날카로운 질문에 상아가 잘했다고 칭찬하고는 지도의 지형을 짚어 가며 이유를 설명했다.

"왜 한산도로 유인할 작전을 세웠냐 하면 거제도와 고성 사이에 있어 사방으로 막혀 있고 근처에는 섬밖에 없기 때문에 섬으로 도망간다 하더라도 왜군은 굶어 죽을 수밖에 없기 때문이죠."

상아는 역사를 정말 좋아하고 역사가 매우 중요하다고 생각한다. 고등학교 때 역사 선생님께서 하신 말씀이 아직도 그녀의 마음에 깊이 새겨져 있다. 과거를 정확히 알지 못하고 반성하지 못하는 민족은 미래가 없다고. 그 가르침을 받은 상아도 이제 가르치는 선생님이 되었다. 매 수업을 재밌게 가르치기도 하지만 역사를 가르칠 때만큼은 진지하고 정확하게 가르치려 노력하고 있다.

아이들도 똘망똘망한 눈으로 잘 따라와 주고 하면 이 보람된 직업을 선택한 것에 사명감을 느끼며 최선을 다해 가르치려 노력한다. 진지한 수업의 열기가 더해 가고 길기도 하고 짧기도 한 수업이 끝나는 종이 울렸다. 그녀의 1교시 사회 수업이 마쳤다.

하루의 수업이 다 마치고 아이들을 집에 보내고 남은 잡다한 업무까지 순식간에 다 처리하고 퇴근 시간만 기다리고 있던 그녀는 시곗바늘이 다섯 시를 가리키자 교문을 서둘러 나섰다. 퇴근하면 총알같이 집으로 향하던 상아의 발걸음이 오늘은 다른 곳으로 향했다.

오늘은 진혁과 영화를 보기로 했다. 솔직히 진짜 오랜만에 영화를 보러 간다. 영화관 데이트를 해 본 게 한 일억만 년 전이었던가?

항상 먼저 나와 그녀를 기다리는 진혁이기에 상아는 그를 만나러 가는 길을 항상 서두르게 된다. 역시나 약속 시간보다 10분이나 일찍 도착했건만 멀리서 손을 흔들며 진혁이 그녀에게 다가오고 있었다.

"또 나보다 일찍 왔네요."

상아가 예쁘게 툴툴거렸다. 어쩜 살짝 토라진 모습도 이렇게나 예쁘다니. 진혁의 입꼬리가 절로 하늘로 상승한다.

"누가 먼저 오면 어때요? 이렇게 만났으면 됐지요."

진혁이 웃으며 상아의 손을 잡고 표를 사기 위해 안으로 들어 갔다.

평일 저녁 영화관은 생각 외로 영화를 보러 온 사람들이 꽤 있 었다. 붐비는 사람 틈 사이로 진혁이 지나가는 사람들에 부딪히지 않도록 상아를 끌어당겨 어깨를 감싸 안았다. 그리고 매표소 앞에 서는 다른 연인들처럼 어떤 영화를 볼지 고민하기 시작했다.

연인이랑 같이 보는 영화니깐 그렇다면.

진혁은 요즘 흥행하고 있다는 로맨스 영화의 포스터를 손짓했 다.

"음, 상아 씨. 어떤 거 볼까요? 로맨스 영화 좋아해요?"

"로맨스요? 로맨스보단 우리 액션이나 스릴러 어때요?"

"그래요. 난 상아 씨가 좋으면 다 좋아요."

진혁은 상아에게 줏대 없이 흔들리는 갈대였다. 상아가 좋으면 그만인 그는 요즘 대흥행 중이고 거기다 화려한 CG와 액션으로 볼만하다는 역사 속 왜란을 배경으로 하는 영화를 선택했다.

영화 시간이 애매하게 삼십 분 정도 남은 그들은 대기석에 앉 아 시간을 그냥저냥 때우려고 했다.

그 때 상아의 눈에 들어온 것은 다름 아닌 일렬로 정렬해 있는 타로 점집, 사주팔자 점집이었다. 상아가 호기심을 이기지 못하고 진혁의 손을 이끌고 그중 한 곳으로 들어갔다.

"상아 씨? 설마 이런 걸 믿는 건 아니겠죠?"

"당연하죠. 그냥 우리 재미로 봐요."

비녀로 머리를 올리고 단정한 개량한복을 입은 채 부채질을 하던 할머니는 두 사람이 들어오자 앞에 있는 작은 의자에 앉기를 권했다.

항상 논리적이고 이성적이며 모든 일에는 원인과 결과가 분명하다고 믿는 진혁은 이런 점 같은 건 믿지 않는다. 자신이 이 자리에 앉아 있다는 것도 살짝 못마땅하다. 하지만 옆에 있는 상아는 그저 즐거운가 보다.

"할머니, 저희 좀 봐 주세요. 저희 잘 사귈 수 있을까요?"

생년월일에 태어난 시각까지 물은 할머니는 앞에 있는 낡고 한자로 쓰인 책을 뒤지기 시작했다.

"전생에 처자가 장군이었어. 나라를 구한 장군. 이번 생에 남자로 태어났으면 천하를 호령했을 상이야. 처자가 아주 괜찮구먼. 어이, 총각. 총각은 전생에 책사였어, 책사. 처자 밑에서 일한 책사. 그런 두 사람이 만났으니 당연히 궁합은 좋겠지. 옛날에도 총각이 처자를 잘 보필했어."

무심하게 듣고 있던 진혁이 들려오는 말에 귀를 쫑긋했다. 왠지 정말 전생에 그녀는 말을 타면서 쏘는 화살까지 백발백중으로 맞히는 장군이었을 것 같다.

방금 전까지만 해도 점 같은 건 미신이니 어쩌고 하면서 믿지 못하겠다던 그가 자세를 바로 하고 공손히 질문을 던졌다.

"그럼, 저희 궁합도 좋고 하니 결혼은 할 수 있을까요?"

"삶이 항상 좋을 순 없어이. 좋은 날이 있으면 안 좋은 날고 있는 게지. 전쟁 같은 일이 펼쳐지더라도 두 사람이 서로를 믿어야 해. 알겠지?"

이 무슨 강아지 풀 뜯어 먹는 소리란 말인가. 그런 점이면 나도 볼 수 있겠다. 결혼은 할 수 있겠냐는 말에 할머니는 흔한 명언 책에서 나올 법한 대답을 내놓았고 진혁은 역시나 점에 대한 편견을 버리지 못했다.

반면 그러든 말든 상아는 자신이 전생에 나라까지 구한 장군이라는 소리에 기분이 좋아져서 할머니께 복채까지 지불하고서는 밖으로 나왔다. 진혁이 볼멘소리를 했다.

"상아 씨, 봐요. 당연히 삶에는 좋은 날과 나쁜 날이 있지요. 거기다 서로를 믿고 있으면 당연히 불행을 이겨 낼 수 있겠지요. 안 그래요? 이건 나도 할 수 있는 말이라고요."

"설마 진혁 씨 지금 전생에 내 밑에서 일했다고 막 기분 나빠서 이러는 거 아니지요?"

당연히 그런 거 맞지. 솔직히 전생에 아주 사랑했던 부부였다든가. 아님 신분 차이로 헤어진 연인 정도는 돼야 되는 거 아닌가? 나라를 구한 장군과 그 밑에 머리 쓰던 책사라니. 그런 쓸데없는 걸 알려고 돈을 내다니.

진혁의 기분이 영 아닌 것 같아 보여 상아가 그의 허리를 안았다. 갑자기 느껴지는 그녀의 포근한 온기에 진혁은 또 상아에 흔들리는 갈대가 되어 나쁜 기분이 순식간에 좋은 기분으로 바뀌었다. 상아에 의해 이렇게 자주 왔다 갔다 변하는 걸 보니 그는 아마도 상아패스인가 보다.

"아니에요. 그냥⋯⋯."

상아가 그의 허리를 더 힘주어 안았다.

"알아요. 그래도 덕담 들었다고 생각해요. 네? 할머니가 밖에서 하루 종일 저렇게 고생하시는데. 네?"

그때서야 상아가 부러 그 많은 점집들 중에 그곳에 그의 손을 잡고 들어간 이유를 알았다. 할머니가 하루 종일 앉아 손님을 기다리고 있는 모습을 본 상아는 그냥 지나칠 수 없었던 것이다.

아까 점 본 할머니가 맞는 것 같다. 상아는 분명 전생에 나라를 한 번도 아닌 여러 번 구한 대장군이었을 거다. 아마 전생에서부터 이런 예쁜 마음을 가지고 환생한 게 분명하지.

이런 고운 마음으로 가진 여자를 옆에 둔 진혁은 첫눈에 그녀를 알아본 자신이 대견했다. 허리를 안고 있던 상아가 그를 올려다봤다.

"근데 진혁 씨 나랑 그렇게 결혼이 하고 싶었어요?"

"흠흠, 그럼 점집 가서 결혼까지는 물어봐야죠. 그리고 나는 전쟁이 나면 당신을 믿을 뿐만 아니라 당신 따라 죽을 각오도 돼 있으니깐 무조건 우리는 함께예요."

"하지만 우리 만난 지도 얼마……."

상아의 입에서 부정적 말이 나오기도 전에 그가 말을 잘랐다.

"지금 당장은 아니지만 얼마든지 기다려 줄 수 있어요. 그래도 적당한 때가 되면 내게 알려 줘요. 그러면 내가 프러포즈할게요. 알겠죠?"

상아의 고개가 끄덕였다. 수줍게 긍정적으로 끄덕이는 상아의 손을 이끌고 진혁이 영화 시간에 맞춰 상영관으로 들어섰다.

커플석에 앉아 팝콘을 먹을 야무지게 집어 먹고 있던 상아가 진혁에게도 팝콘을 권했다. 그러자 직접 팝콘을 집어 먹지 않고 진혁이 입을 벌렸다.

"아, 넣어 줘요."

"저번처럼 사레 걸리는 거 아니에요?"

"계속 연습해야 이런 것도 늘죠."

"아이참."

상아가 전에 던지듯 입에 넣어 줬던 것과는 달리, 팝콘 하나를 집어 진혁의 입으로 조심히 넣어 줬다. 상아가 먹여 줘서 더 좋은 달달하고 고소한 팝콘은 진혁의 입에서 살살 녹았다.

진혁이 부끄러워하는 그녀의 어깨를 감싸자 불이 꺼지고 검은 막에서 영화가 시작됐다. 영화가 시작되자 상아가 팝콘을 집어 먹던 손까지 멈추고 화면을 뚫고 들어갈 것처럼 집중했다.

어깨에 둘렀던 그의 팔이 그녀의 어깨에서 떨어졌다. 왜란을 배경으로 하고 이순신 장군이 주인공인 영화는 역시나 커다란 스케일을 자랑하면서 흥미진진했다.

하지만 웅장한 소리와 화려한 화면에도 진혁은 영화보다 상아만 눈에 들어왔다. 무언가를 집중해서 보고 있는 그녀의 옆모습이, 초롱초롱한 눈이 예뻤다. 영화에 집중하고 있던 상아가 갑자기 옆으로 고개를 돌려 그를 보고는 그에게 다가와 조용한 목소리로 속삭였다.

"혹시 나 전생에 이순신 장군이었을까요?"

"아마도 그런 거 같아요."

진지하게 물어 오는 상아. 이런 말을 하는 상아가 이젠 조금 독특한 게 아니라 특별한 게 되어 버린 진혁.

진혁은 자신의 귀에 속삭이는 상아의 손을 잡았다.

그리고 영화가 끝나 자막이 다 올라가고 불이 켜질 때까지 진혁은 상아의 손을 놓지 않았다.

저녁 시간이 되어 밖이 어두컴컴해지자 영화관을 나온 두 사람 눈에 띈 것은 다름 아닌 트럭에서 파는 서서 먹는 떡볶이였다. 두 사람의 눈이 마주쳤고, 잠시 후 둘이 정신을 차렸을 때는 매콤한 냄새와 빨간 비주얼을 자랑하는 떡볶이가 앞이었다.

"우와, 맛있겠다. 이모 저희, 잠시만요. 진혁 씨 뭐 먹을래요? 영화는 진혁 씨가 보여 줬으니깐 이건 내가 쏠게요. 맘껏 즐겨요."

상아가 가방에 있는 지갑을 꺼내 진혁의 눈앞에서 흔들었다.

"어묵 먹을까요? 어묵이면 될 거 같은데?"

"아이, 진혁 씨 맘껏 즐겨요. 이모 떡볶이, 어묵, 순대, 튀김 다 1인분씩 주세요."

평일 마감 시간이 다 돼서 넉넉한 주문을 받은 인상 좋은 아주머니는 기분이 한껏 좋아져서 두 사람을 향해 주문한 것보다 더 많이 떡볶이를 담아 내밀었다. 그리고 커플 손님을 향해 칭찬을 아끼지 않았다.

"둘이 아주 잘 어울려, 선남선녀가 따로 없네."

잘 어울린다는 말에 기분이 좋아진 진혁이 그릇을 받으며 너스레를 떨며 감사의 인사로 고개를 숙였다.

"감사합니다. 저희 잘 어울리죠? 상아 씨 여기 떡볶이 완전 맛있어 보인다."

능글거리는 진혁의 입에 상아가 계속 연습해서 익숙해졌는지 태연하게 떡볶이를 하나 집어 넣어 줬다.

"먹어 보니 더 맛있죠?"

"그러네요. 이거 먹어 봐요."

진혁이 꼬치에 꽂힌 어묵을 들어 그녀에게 건넸다. 매콤한 떡볶이도 맛있었고 시원한 어묵 국물도 끝내줬다.

젓가락이 멈추지 않고 쉴 새 없이 움직인다. 비싼 레스토랑이 아니라 이런 길거리 음식을 먹더라도 누구와 함께 먹고 누구와 함께 시간을 보내느냐에 따라 기억하는 음식의 맛은 달라진다.

비록 만 원 조금 넘는 금액의 싼 음식을 먹고 있는데도 두 사람이 함께 먹으니 산해진미에 비할 바가 아니었다.

하나도 남김없이 배부르게 먹고 나온 둘은 화려한 네온사인이 켜져 있어 낮보다 더 밝은 거리를 걸었다. 목적지 없이 두 사람은 손을 잡고 열심히 걸었다.

시간이 흘러 상아의 다리가 아픈지 슬슬 걸음이 느려졌을 때 진혁이 그녀를 근처 쉴 수 있는 커피숍으로 안내했다. 들어가자마자 밖이 보이는 자리에 그녀를 앉히고는 마실 것을 주문하러 가며 상아에게 당부하는 말을 잊지 않았다.

"어디 가지 말고 여기 있어요. 사서 금방 올게요."

자리 잠깐 비운 사이 아이가 어디 가지 못하게 단단히 주의를 주는 엄마처럼 진혁이 말했다. 아이들이야 에너지가 넘쳐나서 잠시도 가만 못 있고 돌아다니지만 이렇게 늦은 저녁까지 밖에서 연애놀음을 하기에는 상아는 저질 체력이었다.

"연애도 체력이 있어야 하지. 나 힘이 없어 도망가고 싶어도 움직이지도 못하네요."

상아가 지친 음성으로 푸념했다. 그런 그녀가 흙장난하다 지쳐 집으로 돌아온 한 마리 고양이처럼 보여 진혁이 또 실없이 웃었다.

커피를 주문하러 가는 그의 뒷모습을 지켜보고 있던 상아가 계속 걸어서 아픈 종아리를 주먹으로 콩콩 치고 있을 때 그녀의 머리 위로 그림자가 드리워지며 어떤 이의 음성이 들려왔다.

"이상아?"

자신의 이름이 불리자 그녀는 고개를 들었다. 누군가 싶어 계속해서 쳐다봤지만 도통 누군지 기억이 나질 않는다.

"누구신지?"

반가워하며 남자는 자신의 소개를 했다.

"나야, 나. 김민혁."

그때서야 상아는 남자가 누군지 알았다. 상아가 대학 때 잠깐 사귀었던 사이였나? 솔직히 사귀었다 하기에는 별로 한 게 없고, 밥 한 번 먹고 차 한 번 마신 게 다인데 어느 날 학교에 갔는데 사귄다고 소문이 나 있었다. 둘이 밥 먹는 것을 본 친구가 민혁에게 둘이 사귀냐고 물었을 때 제멋대로 고개를 끄덕였던 게 소문의 원인이었다.

상아는 자신이 김민혁과 사귄다는 소문을 다른 사람이 말해 줘서 알았다. 아니라고 말해 봤지만 진짜인 듯 행동하던 민혁 때문에 소문이란 게 점점 커지더니, 어느새 상아는 민혁과 사귀는 사이가 되어 있었다.

그 후로 그녀는 민혁을 피해 다녔고 결국 그가 군대를 간 사이 상아가 고무신을 거꾸로 신어 헤어지게 되었다라고까지 말이 나왔다. 그 후로는 민혁을 본 적이 없다.

"어, 어. 안녕? 오랜만이다."

"여기서 다 보네? 반갑다. 여기는 무슨 일로?"

민혁이 물으며 은근슬쩍 상아의 앞자리에 앉으려 했다. 하지만 상아가 먼저 선수 쳤다.

"어, 커피숍에 뭐하러 오겠어? 커피 마시러 왔지. 애, 인이랑."

의자에 앉으려다 두 글자를 한 음 한 음 힘주어 하는 상아의 말에 민혁이 의자에 앉으려다 엉거주춤한 자세로 굳었다. 뻘쭘해진 민혁이 다시 일어나 손을 내밀며 누구나 만나서 헤어질 때 흔하게 하는 말을 꺼냈다.

"다음에 만나면 우리 밥이나 한번 먹자."

"아니야. 됐어, 나 집에 밥 많아."

민혁이 처음에 다가와 말을 건네게 된 걸 후회하게 되는 순간이었다. 시간을 5분 전으로만 돌릴 수 있다면 상아를 보고도 모른 척 지나갔을 텐데. 곧 민혁이 줄행랑을 쳤다.

커피를 사서 상아에게 오고 있던 진혁은 멀리서 어떤 남자가 그녀에게 말을 거는 걸 발견한 순간 쟁반을 던져 버리고 싶은 충동을 억제하며 무조건 직진해서 그녀 앞에 당도했다. 진혁의 음성이 다급했다.

"저 남자 누구예요? 설마 지금 작업 건 거예요? 설마 차 한 잔 하자고 그러진 않았죠? 설마 전화번호까지 주고 그런 건 아니죠?"

진혁이 지레짐작에 북 치고 장구 치고 드럼까지 치고 있었다. 일을 할 땐 그래도 나름 냉정하고 멋지게 일을 처리하는 차도남의 범위에 속하는 그는 상아와 관련된 일에는 어찌 이리도 팔도남(팔불출 도시 남자!)이 되어 버린단 말인가? 상아가 고개를 저었다.

"밥 한 번 먹자고 했는데 내가 집에 밥 많다고 거절했어요."

"진짜죠?"

재차 확인하며 물어 오는 말투에 조바심과 질투가 묻어났다. 진혁의 토라짐에 직방 효약인 상아가 그에게 약을 발랐다.

"네, 이렇게 멋진 애인이랑 밥 먹으면 되지요."

"그래요. 딴 남자랑은 물도 마시지 마요."

십년감수했다. 처음 봤을 때는 수수함에 감춰져 있어 다른 사람들은 진흙 속에 숨겨진 진주 같은 그녀를 못 알아봤지만 요즘 들어 자신과 데이트할 때는 너무 예쁘게 입고 다니니 불안해서 못살겠다.

손잡고 연인인 티를 그렇게 팍팍 내고 다니는데도 남자들이 지나가면서 그녀를 한 번씩 쳐다보고 간다. 그럴 때마다 눈을 부라려 봤지만 그건 임시방편일 뿐이지.

상아의 마음의 준비가 될 때까지 기다리겠다고 한 그의 마음이 이럴 때마다 조급하고 초조해진다.

"이제 추리닝만 입고 다녀요."

"호호, 우리 엄마는 추리닝 입고 밖에 돌아다니면 완전 화내시는데? 추리닝 입은 것도 예뻐 보일 만큼 내가 그렇게 예뻐요?"

상아는 가벼운 마음으로 이야기했지만 쌓아 올린 그녀를 향한 마음의 무게만큼 진혁은 진심이었다. 그녀의 눈을 바라보는 그의 눈빛이 깊어졌다.

"네. 혹시나 누가 채 갈까 봐 걱정이 될 정도로 나한테는 예뼈요."

진짜 누가 상아를 뺏어 가기라도 할까 봐 그의 심장이 쿵쾅거렸다. 이렇게 불안해서야 옆에 묶어 놓기라도 해야지.

생각이 거기까지 미치자 그의 머리에 종이 울렸다. 평생 살면서 소리 내서 크게 웃게 된 것도 그녀 때문이었고 질투라는 불을 지핀 것도 그녀였다. 마지막으로 함께 시간을 보내고 싶은 것도 평생에 이 여자뿐일 거란 것에 티끌만큼의 의심할 여지가 없다.

마음을 정하고 나니 앞에서 웃는 그녀를 보는 그의 마음이 두근거렸고 머리가 명확해졌다. 당장이라도 이 여자와 결혼해 같이 살고 싶다.

하지만 기다리겠다고 그렇게 멋들어지게 자신이 먼저 말해 버렸으니. 그에게 아까의 시간으로 돌아가는 타임머신이 필요한 순간이었다.

차가 밀릴까 봐 차를 가져오지 않은 진혁이 상아와 버스를 타고 정류장에서 내려서부터는 천천히 걷고 있었다. 점점 상아네 집이 다가올수록 그의 걸음이 더 느려졌다. 그녀의 집이 다가올수록 그녀와 헤어져야 할 시간도 다가오고 있다는 것이었다. 진혁의 걸음이 멈췄다. 상아가 진혁을 바라봤다.

"다 왔어요. 잘 가요."

상아가 손을 흔들며 인사를 고하자 진혁이 들어가려고 돌아선 그녀를 끌어당겨 안았다. 껴안은 그녀의 머리 위로 담담한 그의 목소리가 내려앉았다.

　"정말 들여보내기 싫다."

　조용히 담담하게 이야기한 것 같았지만 품 안에서 느껴지는 그
의 빠른 심장 소리에 그가 담담하지 않다는 것을 느꼈다. 다시 진
혁의 목소리가 울렸다.

　"나, 상아 씨가 상상도 못 할 만큼, 당신을 많이 좋아해요."

　담담하게 다시 한 번 울리는 그의 목소리에 상아의 심장도 그
와 같은 속도로 뛰기 시작했다. 그의 진실한 고백에 그녀의 이성
도 막지 못한 진실한 고백이 흘러나왔다.

　"사실 나도 진혁 씨 좋아해요."

　가로등 아래에서 두 사람은 그렇게 오랫동안 서로의 심장 소리
를 들으며 껴안고 있었다.

12.

일주일 동안 모든 직장인들이 나라 경제발전을 위해 열심히 일을 하고 지친 몸으로 주말을 맞이하는 금요일 저녁, 우리의 진상 커플은 오늘은 웬일로 데이트가 없다. 이유인즉 상아가 학년 단체 회식이 있기 때문이다.

요즘 들어 누가 누가 일 빨리 하나 대회에 나가면 일등은 당연히 먹을 진혁이 재빨리 일을 처리하고 상아에게 전화를 걸었다.

"여보세요? 상아 씨? 오늘도 5시에 마치죠? 퇴근 시간 맞춰서 데리러 갈게요."

— 아, 어쩌지요? 오늘 학년 회식이 잡혔어요.

"그래요? 연극 보러 가려 했는데. 전에 보고 싶다고 얘기한 연극표 구했거든요."

상아가 전에 지나가다 본 연극 포스터를 보고 재밌겠다고 한

적이 있어 그 표를 구해 보겠다고 대답했던 진혁이다. 진혁과 연극 데이트를 위해 슬쩍 빠져나오고 싶지만 상아가 신규 선생님을 제외하면 나이가 제일 어리기 때문에 당연히 회식이라는 조직의 문화를 거스를 수가 없다. 상아가 아쉬운 목소리를 냈다.

— 잉. 보고 싶었는데. 미안해요.

"괜찮아요. 우리 다음에 봐요. 회식이라면 술 많이 마셔요?"

— 술도 많이 마시지만, 고기를 많이 구워야 해요.

"고기를 많이 먹는 게 아니라 굽는다고요?"

요리의 '요' 자도 모르는 상아이지만 요리와 고기 굽는 것은 엄연히 다른 영역이란 말씀, 고깃집으로 회식을 가는 날이면 테이블에서 제일 어린 상아가 가위와 집게를 들고 고기를 구워야 했기 때문에 이제는 정말 고기 굽기의 달인 포스를 막 풍긴다.

집게를 잡고 고기를 올리고는 알맞게 익으면 한 번만 뒤집는 신공, 거기다 고기를 알맞게 잘라서는 가지런히 줄 세우고 한 구석에 김치를 구워 내고 이제는 마늘과 양파까지 줄을 세우는 지경에 이르렀으니.

— 네, 나는 아직 누가 구워 준 고기를 집어 먹을 만큼 경력이 쌓이지 않았어요. 진혁 씨 우리 다음에 고깃집 한번 가요. 내가 친히 구운 고기를 맛볼 수 있는 영광을 당신에게 드리지요.

"하하, 알았어요. 그나저나 너무 술 많이 마시지 마요."

— 술 조금 마신다는 얘기는 못 하겠네요. 주는 잔을 한 잔씩 받기만 해도 꽤 되니깐. 그리고 진혁 씨 나 웬만해서는 취하지 않

는 부모님께 우월한 유전자를 물려받았으니 걱정 안 해도 돼요.

"그래도 조금만 마셔요, 알겠죠? 그리고 무슨 일 있으면 무조건 전화하구요."

— 알겠습니다. 진혁 할아버지, 걱정은 넣어 둬! 넣어 둬!

"하하, 저녁에 전화할게요. 술 조금만 마셔요."

혹시나 상아가 술을 많이 마실까 봐 당부에 당부를 더한 진혁이다. 그나저나 데이트할 생각에 너무 빨리 일을 마쳐 버려서 어떡하나. 사무실에 남아 있을까, 아님 집으로 퇴근할까 고민하던 진혁은 재킷을 들고 일어섰다.

집으로 가는 길, 그가 누나집 근처 큰 마트에 차를 세웠다. 넥타이는 풀어 버리고 재킷까지 벗은 그는 셔츠 차림으로 마트로 들어섰다.

카트를 끌고 가장 먼저 고기 코너에 들른 그는 세심히 관찰한 후 빨간 고기 사이로 마블링이 우수한 한우를 집어 들었다. 상아와 통화를 마친 후도 상아의 마법에서 헤어 나오지 못한 진혁은 이상하게 고기가 당겼다.

누나네 가족들이 모두 배불리 먹을 수 있을 만큼 넉넉하게 고기를 산 그는 긴 팔로 카트를 밀며 야채 코너로 향했다. 고기와 쌈 싸 먹을 야채를 고르는 그의 손놀림이 대한의 주부들처럼 예사롭지 않았다.

싱싱하고 파릇파릇한 채소를 하나하나 골라 비닐에 넣고는 다음 목적지로 카트를 밀기 시작했다. 곳곳에 마련된 시식 코너에서 소리치며 손님을 끌고 있었다.

진혁의 발이 멈춰 선 곳은 묵을 팔고 있는 시식 코너. 아주머니가 잘라 놓은 묵을 그에게 권했다.

"한번 드셔 보세요. 쫄깃하고 맛이 좋아요. 오늘 특별히 세 개 묶어서 싸게 드립니다."

그가 작게 잘라 놓은 도토리묵을 간장에 찍어 입에 넣었다. 쫄깃하면서 살짝 쌉쌀한 맛이 일품이었다. 묵무침 해 먹으면 맛있겠다.

진혁이 세 개를 하나로 묶은 묵을 카트에 담았다. 물건을 하나 팔아 기분이 좋은 아주머니의 음성이 들려왔다.

"아이고, 총각이 장도 이렇게 잘보고. 나중에 부인 될 사람한테 예쁨받겠어."

난중에 부인될 사람에게 예쁨받는다? 나중에 부인 될 사람은 상아라는 공식은 진혁에게 만고불변의 진리이므로 그렇다면 부인이 된 상아한테 예쁨받는다? 라는 사실에 기분이 좋아진 그는 묵을 하나 더 집어 카트에 집어넣었다.

하나 더 집어 가는 진혁을 향해 하는 아주머니의 인사에 정중히 인사하고 그곳을 벗어났다. 나중에 부인이 될 상아와 어서 빨리 같이 장도 보고 같이 저녁도 만들어 먹고 싶어 조바심이 더 들고 있다.

마지막으로 그의 카트가 멈춰진 곳은 바로 케이크 전문점.

조카 기원이 여기 마트의 초코 케이크를 그렇게나 좋아한다. 근래 상아와 데이트한다고 팬 관리에 너무 소홀했다. 거기다 이제 조카에게 네가 초코 케이크보다 더 좋아해 마지않는 선생님을 외삼촌이 찜콩 했다는 말을 하려면 케이크보다 더 한 걸 사 가야 했지만 무엇을 사 가야 할지 생각이 안 난다. 그래서 그냥 지나치려다 미운 누나 롤 케이크 하나 더 준다는 심정으로 누나가 좋아하는 롤 케이크까지 집어 들었다.

마트에서 나온 그의 한 손에는 케이크 상자가 들려 있었고 다른 손에는 마트 로고가 박힌 커다란 봉투가 들려 있었다.

진혁은 오늘 누나와 기원에게 여태까지의 의문의 그녀가 상아라고 말하려 한다. 그래서 부러 마트에 들러 장을 봤다. 본래 사람이라는 동물은 배불리 먹고 난 뒤는 어느 정도 관대해지기 마련이니깐.

진혁이 두 손 가득 뇌물을 들고 집 안으로 들어섰다. 오랜만에 일찍 집으로 들어온 것도 수상한데 뭔가를 잔뜩 사 온 진혁의 행태는 놀랄 노 자였다. 미주의 눈의 날카롭게 빛났다.

"뭐야? 무슨 일 있지? 설마 그새를 못 참고 헤어진 거야?"

"아니야. 우선 밥부터 먹자. 아직 안 먹었지? 내가 누나네 식구들 좋아하는 것 사 왔어."

"수상한데……."

미주가 진혁이 장 봐 온 물건들을 식탁에 내려놓으며 정리하다 마지막으로 보인 굉장한 자태를 자랑하는 한우에 말을 바꿨다.

"우와, 한우네. 기원아, 얼른 나와. 외삼촌이 한우 사 왔다. 이 게 얼마만의 한우냐."

외식하면 소 한 마리는 거뜬히 해치우는 미주네 식구들은 소라 면 자다가도 벌떡 일어난다. 한우에 정신이 팔려 정신없이 고기 구울 준비를 하는 누나를 뒤로하고 진혁이 씻으러 욕실로 들어갔 다. 샤워를 마치고 간편한 옷으로 다 갈아입었을 때 밖에서 부르 는 소리가 들렸다.

"빨리 나와. 고기 먹자."

조카 기원은 언제 나왔는지 벌써 자리를 잡고 앉아 있었다. 미 주가 철판 위에 한우를 올리자 지글지글 고기가 구워지는 소리가 먹음직스러웠다.

기원이 고기 익는 소리에 흥분해 식탁 의자에서 발을 동동 굴 렸다. 먹음직스러운 된장찌개와 부풀어 오른 계란찜까지, 고기와 함께 즐기는 데 한상차림이 손색이 없었다.

고기는 다 구워지기 무섭게 순식간에 없어졌다. 미주가 열심히 고기를 굽느라고 먹지 못하고 있는 걸 본 진혁이 집게를 뺏어 들 었다.

"누나 먹어, 내가 구울게."

"어? 어, 고마워. 근데 너 점점 더 수상해."

고기를 얼마 먹지도 않고 수저를 내려놓고 고기를 굽고 있는 동생을 노려보는 미주의 눈이 세모꼴이었다. 하지만 적당히 구워져 노릇한 빛을 띠는 고기가 갈색으로 변하기 전에 먹어 치워야 한다. 진혁이 잘 익은 고기를 들어 밥에 얹어 줬다.

"어서 먹어. 누나가 좋아하는 한우잖아."

어허, 이놈 봐라. 하지만 입에 들어간 순간 살살 녹는 고기에 미주의 마음이 느긋해졌다. 역시 사람은 자고로 고기를 먹여야 해.

진혁이 열심히 고기를 구워 누나와 조카의 접시에 날랐다. 넉넉히 사 온 고기가 바닥을 보일 즈음 소 킬러 모자는 배를 두드렸다. 인생을 십 년 조금 넘게 산 어린이가 어른이 할 법한 소리를 했다.

"아, 잘 먹었다. 역시 고기는 소고기지. 외삼촌, 나 케이크도 먹을래."

"알았어. 누나는 거실에서 쉬고 있어. 내가 정리하고 케이트랑 차 타서 나갈게."

"이봐, 이봐. 아니 무슨 폭탄을 터트리려고. 고기에 이제는 뒷정리까지?"

진혁이 웃으며 의심병이 도진 누나의 어깨를 밀어 거실로 내쫓고 고기를 먹고 난 뒤의 정리를 시작했다.

거실에서도 계속 의심의 눈초리를 쏴 대는 누나를 애써 무시하고 식탁을 치우고 설거지까지 깨끗하게 마친 그가 누나가 좋아하는 홍차와 기원이 즐기는 요구르트를 쟁반에 담고 마지막으로 케이크와 롤을 잘라 담아 거실 탁자에 내려놨다.

집사가 된 것처럼 우아하게 찻잔을 누나에게 건네고 요구르트에 빨대를 꽂아 조카에게 건넸다. 그리고 진혁이 시한폭탄에 불을 붙였다.

"사실 나 사귀는 여자 말이야. 두 사람 모두 아는 사람이야."

첫 번째로 시한폭탄을 들고 있던 진혁이 말을 하고 누나에게 넘겼다. 마시던 차를 내려놓고 받은 폭탄에 미주가 곰곰이 생각했다. 대체 기원과 내가 모두 아는 여자가 누구란 말인가?

"누구? 난 잘 모르겠는데."

다시 폭탄을 받은 그가 심호흡을 하고 조금 있으면 터질 것 같은 폭탄을 들고 결정적인 말을 터트렸다.

"이름은 이상아. 기원이네 반 담임선생님."

다음으로 폭탄을 건네받은 기원에게서 시간이 다 된 폭탄이 터졌다. 기원이 물고 있던 요구르트를 떨어뜨렸다. 기원이 놓쳐 버린 요구르트가 바닥을 적시고 있었다. 자신이 좋아하는 외삼촌이 담임선생님과 얼레리꼴레리라니.

갑자기 터져 버린 폭탄에 기원이 소리치고 방으로 뛰어 들어가 버렸다.

"외삼촌 오징어 말미잘 똥개야, 미워!"

예상 못 한 반응은 아니지만 막상 기원의 반응을 본 진혁이 고개를 떨어뜨렸다. 미주가 진혁의 어깨를 두드렸다.

"그럴 줄 알았어. 내가 어디서 본 것 같더라니. 그런데 이제 어쩌느냐, 기원이가 담임선생님을 많이 좋아하잖아. 나는 합격이야.

몇 번 안 봤지만 괜찮은 사람 같았어. 그나저나 그러니깐 전에 한 눈에 반해서 선까지 파투 내게 한 여자가 기원이네 담임선생님이란 말이야?"

"응, 사실 그전에 만났었어. 내가 첫눈에 반해서 쫓아다녔어. 어머니는 아직 기원이네 담임선생님인 것까지는 모르셔. 내가 만나는 여자가 있다는 정도만 아셔. 내가 시간 내서 다 말씀드릴게."

엄마인 한 여사에게도 모든 걸 말한다는 것 보니 동생이 기원이네 반 선생님을 향한 마음이 순도 백 프로 완전 진심인가 보다.

진혁은 여태까지 여자를 가족에게 소개시킨 적이 없다. 여자 친구가 없어서가 아니라, 진짜 결혼을 생각할 만큼 진지하게 여자를 만난다면 직접 말하겠다고 진혁이 가족들에게 약속했었다. 진혁이 기원이네 반 선생님 상아와 끝까지 인생을 함께할 생각인가 보다.

"한 여사한테 말한다는 거 보니 결혼까지 생각하고 있구나?"

"응, 나 그 여자가 허락만 하면 결혼하려고."

"네가 좋으면 나도 좋고 한 여사도 좋은 거 알지? 그나저나 기원이는 네가 알아서 달래."

미주가 고개로 기원이 꾹 닫은 방문을 가리켰다.

진혁이 무거운 마음으로 조카의 방 앞에서 문을 두드렸다. 하지만 안에서는 소리가 없었다. 진혁이 다시 조용한 말과 함께 문을 두드렸다.

"기원아, 외삼촌 이제 안 볼 거야? 미리 말 안 한 건 미안해. 정말 미안해. 그래도 외삼촌이랑 제일 친한 기원이가 제일 먼저 축하해 줄 거라 생각했는데. 외삼촌 베스트 프렌드가 이렇게 싫어하니 외삼촌 기원이네 담임선생님이랑 헤어질까?"

계속된 진혁의 음성에 잠겼던 문이 스르륵 열리고 눈이 빨개진 조카가 눈을 비비며 서 있는 모습이 보였다. 진혁이 흘린 눈물을 닦아 주며 조카를 품에 안았다. 기원이 진혁의 목을 와락 끌어안았다.

"흑, 흑, 삼, 외삼촌 미워하려는데 잘 안 돼."

"외삼촌이 진짜 잘못했다. 그지? 기원이한테 제일 먼저 말했어야 하는데. 확 선생님이랑 헤어지고 평생 기원이랑 평생 같이 살까?"

품에 안겨 울던 기원이 울음을 뚝 하고 멈추고 외삼촌의 품에서 벗어나 그를 흘겨봤다.

"우리 선생님이랑 헤어지지 마. 헤어지자마자 다른 사람이 선생님이랑 결혼하면 어떡할래? 응?"

"그럼 기원이는 찬성인 거야?"

기원은 아무 말이 없었다. 사실 담임선생님을 정말 좋아하긴 하지만 어리기만 한 어린이도 알 건 안다. 자신이 선생님과는 절대 결혼할 수 없다는 것을. 제일 친한 친구 창식이가 내가 외삼촌만 한 나이가 되면 선생님은 할머니가 될 준비를 하고 있다고 제법 현실적인 말을 해 줬다. 충격받은 그에게 친구는 세상은 넓고 선생님만이 여자가 아니라 위로하면서 요구르트를 같이 원샷 했다.

다만 오늘 외삼촌이 선생님과 사귄다는 것을 알게 되었을 때 외삼촌에게 화난 이유는 자기는 외삼촌에게 비밀이 하나도 없는데 외삼촌이 자신에게 비밀을 만들었다는 것이다. 하지만 외삼촌이 내가 싫다고 하면 선생님이랑 헤어진다고 하니 조금 화가 풀린다. 거기다 외삼촌이랑 선생님이랑 결혼하면 선생님이 숙모가 되는 것이 아닌가. 조금 좋은데? 다음 학년에 올라가도 선생님을 계속 볼 수 있다는 말씀?

아무 말 없는 기원을 보고 있던 초초한 외삼촌을 향해 기원이 고개를 끄덕였다. 조카에게까지 허락을 받아 낸 진혁의 마음이 기쁨으로 충만해졌다. 이제 한 고개를 넘었으니 몇 개의 고개만 넘으면 된다. 그녀를 차지할 고지가 멀지 않았다.

누나와 조카에게 말하고 나니 그의 마음이 편안해졌다. 그동안 상아와 만나고 있다는 것을 숨기고 있는 것이 나름 고통이었는지 말하고 나니 무거운 짐 하나를 내려놓은 것 같았다.

에너지가 방전된 그가 침대에 누워 핸드폰에 저장된 상아의 사진을 꺼내 보았다. 으아. 보고 싶다. 어제도 보고 아까 전화했는데도 또 목소리가 듣고 싶어졌다.

회식을 마치고 집에 잘 들어갔나 싶어 번호를 누르려고 할 때 그녀의 이름이 화면에 떴다. 진혁이 재빨리 통화버튼을 눌렀다. 수화기 너머로 들려오는 꼬부랑 발음에 침대가 꺼지도록 그가 벌떡 일어났다.

— 열, 볼쎄요? 울리 달링?

"상아 씨? 지금 취한 거예요? 거기 어디예요?"

— 안 취했쪄, 달링, 여끼? 꼬기에 발린 맥주집? 꼬기에 맥주가 발렸어, 히히.

"거기 꼼짝 말고 있어요. 내가 지금 데리러 갈게요."

급하게 전화를 끊은 진혁이 입고 있던 티셔츠에 파자마만 검정 추리닝으로 바꿔 입고는 키만 들고 밖으로 뛰어나갔다.

거실에서 텔레비전을 보고 있던 미주와 기원은 휙 하고 바람처럼 지나간 진혁의 모습에 놀랐다. 미주가 순식간에 현관문을 닫고 나간 진혁의 뒤통수에 소리쳤다.

"누군 연애 안 해 봤냐? 작작 좀 해라."

하지만 벌써 자취를 감춘 진혁에게서는 대꾸가 돌아올 리 없었다. 미주가 잘 있는 어린 아들을 붙잡고 당부했다.

"아들, 너는 커서 여자 사귀면 외삼촌처럼 저러면 안 된다. 알겠지?"

"걱정 마, 엄마. 난 외삼촌처럼 저러진 않을게."

"그래, 넌 꼭 엄마 같은 여자 데리고 와야 해."

미주가 아들을 품에 안았다. 품에 안긴 기원은 엄마 몰래 고개를 흔들었다.

계단을 성큼성큼 뛰어 내려온 진혁이 차에 올라 급하게 차를 출발시켰다. 상아가 말한 고깃집은 자신도 알고 있는 곳이었다.

있는 대로 밟아 가게 앞에 도착했는데 아무리 뒤져도 그녀가 보이질 않는다. 진혁이 주변을 다시 꼼꼼히 살피기 시작했다. 이윽고 가까운 버스 정류장 의자에 앉아 졸고 있는 상아가 보였다. 그가 화난 얼굴로 다가서서 그녀를 흔들었다.

"상아 씨? 괜찮아요?"

머리를 울리는 자기의 이름을 부르는 소리를 들은 상아가 고개를 들어 진혁을 바라봤다.

"히히, 우리 딸링 왔어요? 빨리 왔네요."

"얼마나 마신 거예요?"

"얼마 안 마셨엉. 그리고 나 이젱 술 다 깼얼요."

상아는 주량이 은근이 세기 때문에 웬만해서는 잘 취하지 않는다. 다만 상아가 가장 취약한 술이 있는데 그것은 바로 외국물 먹은 양주 되시겠다. 다른 술에는 안 취하는데 꼭 양주만 마시면 취기가 올랐다.

부장 선생님이 교장 선생님께 선물 받은 양주를 꺼내 잔을 한 잔씩 돌리셨을 때 그 잔을 받아 마신 상아는 한 방에 양주의 위력을 몸소 느꼈다. 한 잔에 취했지만 그녀는 정신을 바짝 차리고 회식이 마칠 때까지 잘 버텼다. 그리고 선배 선생님들이 택시를 타고 들어가는 것을 보고 나서 술도 깰 겸 버스정류장에 멍하니 앉아 있었다.

취기에 빠져 세상이 빙글빙글 돌고 있던 그때, 갑자기 보고 싶은 얼굴은 다름 아닌 진혁이었다. 그래서 핸드폰을 들어 전화를 걸었다. 그리고 여기 자신의 전화 한 통에 급하게 달려온 그가 보인다. 빙글빙글 돌던 동그라미 속에 진짜 그의 얼굴이 있었다.

상아가 술이 깼다고 생각하고 몸을 일으켰지만 몸이 말을 듣지 않고 휘청거렸다. 땅이 코에 닿을 줄 알고 눈을 감은 순간 그가 단단한 팔로 그녀를 잡았다.

"깨긴요. 가만있어요."

진혁이 그녀의 어깨를 감싸고 차가 있는 곳으로 이끌었다. 차에 탄 그녀는 아직도 술에 덜 깼는지 방긋방긋 웃었다.

"우리 달링, 화났쪄? 미안해이."

상아가 술이 깨면 달링이란 말을 내뱉었던 혀를 깨물어 버릴지도 모르겠지만 지금의 그녀는 아무렇지도 않게 달링이라는 낯간지러운 소리를 하며 그에게 애교를 부렸다.

전화를 받았을 때부터 불안하고 화가 나던 마음은 그녀의 애교에 사르르 녹아 버렸다. 그가 그녀에게 안전벨트를 단단히 매어 주고는 차를 출발시켰다.

상아의 오피스텔로 향하는 길, 그녀는 술에 취해 안전벨트를 잡고 술주정을 했다.

"우리 달링, 날 이렇게 꽉 껴안는 걸 보니. 나를 싸랑하는구나. 나도 싸랑해."

그러고는 안전벨트에게 쪽쪽 소리가 나게 입을 맞추고 벨트에 얼굴을 비볐다. 졸지에 안전벨트가 되어 버린 진혁은 그래도 좋다고 입이 벌어졌다. 술기운이긴 하지만 상아가 사랑한다고 고백해 주니 그의 기분이 날아갈 수밖에.

주차장에 주차한 그가 상아를 안아 들고 조심히 걸었다. 상아의 팔이 그의 목을 더 세게 끌어안았다. 그녀의 오피스텔 앞에 다다른 그가 상아를 깨웠다.

"상아 씨? 일어나 봐요. 비밀번호가 뭐예요?"

그에게 안겨서 술과 잠에 취한 그녀가 대꾸했다.

"비밀번호? 알아서 뭐할라꼬? 안 가르쳐 주징."

"알아야 안으로 들어가죠. 상아 씨?"

진혁의 다시 한 번 타이르는 듯한 조용한 물음에 그녀가 그의 귀에 대고 속삭였다.

"우리 딸링한테만 가르쳐 줄게, 빨리빨리야. 그리고 이건 더 큰 비밀인데 내 통장 비밀번호도 그거다?"

진혁이 재빨리 8282를 누르고 집 안으로 들어섰다. 침대로 가서 그녀를 눕히고 나서야 주위의 광경이 눈에 들어오기 시작했다.

아침에 출근 전쟁을 치른 게 확연히 드러나는 흔적들, 옷가지들이 소파에 너부러져 있었고 먹다 남은 과자봉지도 탁자 위에 고이 자태를 드러내고 있었다.

진혁이 쓰레기는 쓰레기통에, 옷은 빨래 바구니에 넣고 나서 그녀가 누운 침실로 들어섰다. 아까 덮어 준 이불을 발로 뻥 차버린 그녀에게 다시 이불을 잘 덮어 주고는 이마에 입을 맞췄다. 이마에 닿는 그의 입술에 그녀가 그를 끌어안았다.

"헉, 이 여자가 정말……."

꿈결에 안겨 오는 상아 때문에 진혁의 몸이 달아올랐다. 아래에서 올라오는 열기에 그의 몸에 바짝 힘이 들어갔다.

진혁이 잠이 든 그녀의 얼굴을 조심히 만졌다. 그가 사랑하는 여자가 지금 눈앞에서 잠들어 있다. 건장한 남자인 진혁이 빳빳이 긴장되는 건 당연한 일이다. 술에 취해 불그스름한 볼도 예쁘고 기다란 속눈썹이 만들어 내는 그늘까지 예쁘다.

거기다 살짝 벌어진 입술도 묘하게 섹시하기까지 했다. 그가 가만히 그녀의 입술을 손으로 쓸었다.

"이상아 씨, 이번이 내가 참을 수 있는 마지막이에요. 다음에는 나도 나를 멈출 수 있을지 모르겠어요."

아무리 그가 상아를 사랑하고 상아도 그를 사랑하는 사이라고 하지만 그녀와 함께하는 처음을 이렇게 하고 싶지는 않다. 멀쩡한 정신에서 그녀가 자신의 눈을 마주하고 고개를 끄덕이는 날에는 최선을 다해, 몸과 마음을 다해 그녀를 안을 것이다.

진혁이 상아의 눈에 한 번 가볍게 입을 맞추고 코에 한 번, 마지막으로 이마에 맞추고는 방을 나섰다.

다음 날 아침. 아침부터 들려오는 도마 소리와 시원한 콩나물국 냄새에 상아가 잠에서 깼다. 어제 마신 그놈의 양주 때문에 그녀의 머리가 깨질 듯이 아파 왔다.

토요일 아침부터 와서 자기에게 해장국을 끓여 줄 사람은 엄마와 선이밖에 없다. 하지만 선이는 시집가서 남편이랑 깨 볶는다고 아침부터 올리는 없고, 아마 엄마가 오셨나 보다.

상아가 일어나 어기적어기적 침대에서 기어 나와 주방으로 향했다. 주방에서 바삐 몸을 놀리고 있는 저 큰 키에 저 듬직한 어깨. 엄마가 그새 살이 찌셨나?

상아가 눈을 비비고 다시 국자로 국물의 간을 보고 있는 사람을 쳐다봤다. 뒤에서 들리는 인기척에 진혁이 돌아선다.

"일어났어요? 속 아프죠? 꿀물부터 마셔요."

"진, 진혁 씨? 진혁 씨가 여기 무슨 일이예요?"

"상아 씨, 해장국 끓여 주려 왔죠."

아침부터 우렁각시처럼 그녀의 주방에서 아침을 준비하고 있는 사람은 다시 봐도 진혁이었다. 상아의 잠이 싹 달아나 버렸다.

"어떻게 들어왔어요?"

"어제 상아 씨가 비밀번호 가르쳐 줬잖아요."

어제저녁 집으로 돌아갔던 진혁은 아침 일찍부터 마트에 들러 장을 봐서 그녀의 집으로 왔다. 그녀에게 모닝 해장국을 끓여 주기 위해서.

"내, 내가요?"

그때야 어제 술 마시고 그에 전화를 걸었던 것부터 진상을 떨었던 것들이 파노라마처럼 모두 머릿속에 지나갔다. 상아가 어디 접시 물에 코를 박고 확 죽고 싶어질 정도로 부끄러워졌다.

머리를 쥐어뜯고 있는 그녀의 손을 잡아 내리고 진혁이 식탁에 그녀를 착석시켰다. 그리고 잘된 밥과 콩나물국을 놓아주고 수저까지 손에 쥐여 주었다.

"어서 먹어요."

추태란 추태는 다 보인 그녀가 아침밥까지 얻어먹기는 염치가 있…… 없다! 쓰린 속에서 얼른 국물을 넣어 달라 아우성이었다.

국을 한 숟가락 떠먹은 그녀는 그 놀라운 맛에 얼른 밥도 한 숟가락 퍼먹었다. 국물이 시원하고 개운하다. 밥은 찰지고 입에 쫙 달라붙는 게, 진정한 고수의 향기가 맡아졌다.

상아가 눈을 들어 진혁을 바라봤다. 밥을 먹고 있는 상아를 바라보던 진혁의 눈과 마주쳤다.

"진혁 씨, 왜 이렇게 요리를 잘해요?"

"맛있어요? 다행이네요."

진혁은 그래, 요리! 나름 잘한다. 이건 아마 어머니인 한 여사의 영향이 제일 클 거다. 그에게 요리란 취미나 특기가 아니라 생존 본능 같은 거라고나 할까?

지금 생각해 보면 집을 나간 아버지 때문에 갑자기 생계를 책임지게 되신 어머니는 집을 자주 비우셨고 누나와 자신은 스스로 밥을 해 먹을 수밖에 없었다. 어느 정도 살 만해지자 어머니는 그때서야 요리에 취미를 붙이셨는데 맛이 항상 미묘해서 미각을 테러하는 수준이었다. 그래도 누나와 자신은 툴툴거리면서도 어머니가 만들어 내신 음식의 그릇을 깨끗이 비운다. 맛은 없어도 어머니의 사랑이 담긴 요리였으므로.

지난날의 기억이 떠올라 조금은 씁쓸해지려는 찰나 상아의 음성이 그런 씁쓸함을 잊게 만들었다.

"아니, 남자가 빈틈도 있고 해야지, 흥! 내가 너무 딸리는 거 아니에요?"

이 여자의 한마디에 이렇게 기분이 좋아지고 행복해지는데 어떻게 이 여자를 사랑하지 않을 수 있겠는가. 전에 먼저 약속했는데도 또다시 조바심이 나고 있다.

"나 꽤 괜찮은 남자죠?"

국그릇에 코를 박고 열심히 국을 퍼먹고 있던 그녀가 우물거리며 대답했다.

"네."

"그럼 나랑 결혼해요."

당장이라도 그녀와 한집에 살고 싶어서. 당장 보쌈이라도 해서 옆에 두고 싶어서. 그의 마음에 항상 자리 잡고 있는 그녀에 대한 마음이 자신도 모르게 튀어나왔다. 상아의 놀란 두 눈이 그를 응시했다.

"기다려 준다고 했잖아요."

"기다려 줄 거예요. 하지만 매번 이렇게 결혼해 달라고 말을 해야 상아 씨가 매일 나에 대해 생각할 거 아니에요."

진혁이 상아의 손을 잡았다. 아침 식탁에서 그것도 이렇게 맛있는 밥을 차려 주고 꼬시다니 반칙이다. 안 그래도 반쯤 넘어갔었는데 이러면 내가 속수무책으로 빠져 버리잖아. 상아가 눈을 내리칼았다.

"……매일 눈뜨면 생각하고 또 생각하고 있어요."

"나는 그거면 돼요. 어서 먹어요."

말이 끝나자마자 상아가 콩나물국에 밥을 말아 퍼먹기 시작했다. 갑자기 번뜩 생각이 난 진혁이 어제부터 하고 싶었던 말을 꺼냈다.

"그리고 이제 술이 마시고 싶거든 무조건 날 불러요. 알겠죠?"

"에이, 나 어제 양주에 훅 간 거지. 다른 술은 많이 마셔도 안 취해요."

진혁이 어림없다는 듯이 뜻을 굽히지 않았다.

"안 돼요. 무슨 일 있어도 날 불러요? 알았죠? 혹시나 술 취해서 엄한 남자한테 달링이라 부르고 사랑한다고 말하며 나 정말 돌아 버릴지도 모르니깐."

상아가 펄쩍 뛰며 손을 내저었다.

"아니에요. 진혁 씨인 줄 알고 막 그랬던 거지 아무한테나 안 그래요."

술에 취하면 아무한테나 하는 술주정인 줄 알았더니 자신인 줄 알고 그런 귀여운 짓을 했다는 사실에 또 바보같이 딱딱하던 음성이 스르르 풀렸다. 진혁이 상아의 볼을 톡톡 건드렸다.

"그러니깐 난 줄 알고 달링 사랑한다고 한 거다? 그럼 지금 한 번 해 봐요."

술에 취해 했던 일을 똑똑히 기억하고 있는 상아는 부끄러워졌다. 하지만 그건 술이라는 매개체가 있어야 가능했던 거지. 달링이라는 오그라드는 말을 하기에는 상아는 지금 정신이 너무 말짱하다.

"그건 술이 있을 때만 가능한 거예요. 그 말이 그렇게 듣고 싶으면 아침부터 해장술 한 잔?"

진혁이 못 말린다는 듯이 고개를 저었다. 사실 그런 말은 지금 당장 안 들어도 괜찮았다. 서로 이렇게 함께 바라보며 시간이 흘러가는 것을 느끼고 있는 것만으로도 그에게는 행복이 흘러넘치므로. 이상아라는 여자 하나만으로도 그에게는 충분했으니깐.

13.

이제 슬슬 날씨가 더워지고 여름방학이 다가오고 있었다.

얼마 전 기말고사에서 상아네 반이 학년 2등이나 하는 쾌거를 이루었다. 행복이 성적순이 아니라지만 자기가 가르친 아이들이 성적이 잘 나온 것에 기분이 좋은 걸 보니 어쩔 수 없이 나도 성적을 무시하지 못하나 보다.

맘껏 칭찬을 해 줬더니 아이들은 다 선생님 덕분이라고 공을 상아에게 돌렸다. 아마 상아의 시도 때도 없는 잔소리가 한몫을 한 것 같다.

그리고 오늘은 올해 들어 가장 덥다고 하는 폭염 날씨라 그런지 아이들이 축 늘어져 있었다. 시험도 잘 친 아이들에게 상을 생각하고 있었는데 그럼 날씨도 더운데 아이스크림 한 번? 상아가 늘어져 있는 아이들을 향해 소리쳤다.

"우리 날도 더운데 아이스크림 먹을까?"

아이스크림이란 소리에 아이들이 눈을 빛내며 책상을 치며 즐거워했다.

"네. 네. 우와, 선생님 짱이다."

"그래, 알면 됐어."

아이스크림 하나에 선생님이 짱이라고 말하는 아이들의 아부에 상아의 어깨가 올라간다. 작은 것 하나에도 이렇게 좋아하는 아이들을 보니 상아의 기분도 좋아진다. 이 맛에 선생질하지. 상아가 카드를 꺼내 들었다.

"시험도 잘 쳤으니깐 우리 셀레임 먹자. 애들 수대로 사 와라."

카드를 받아 든 반장이 그 비싼 셀레임을 사 오라는 선생님을 놀라 쳐다봤다. 콘은 비싸다고 막대 아이스크림만 사 주시는 선생님인데.

"선생님, 셀레임은 비싼데, 선생님 매일 막대만 사 주시잖아요."

"아이고, 이런 날도 있어야지. 이렇게 더운데 막대기 먹으면 질질 흘러서 안 돼. 부반장이랑 요 앞에 가게에 얼른 갔다 와."

반장과 부반장이 나가자 더위에 처져 있던 아이들은 생기 있게 떠들며 아이스크림을 기다리고 있었다. 시간이 지나고, 봉지를 들고 들어온 반장과 부반장은 셀레임이 아니라 초코 쭈쭈바를 사왔다. 상아가 왜 쭈쭈바냐고 물으니 반장의 기특한 대답이 들려왔다.

"셀레임은 비싸잖아요. 선생님 저희 빠삐코도 좋아해요."

"하하, 그래, 고맙다. 너희가 이렇게 선생님을 생각해 주니 선생님 금방 부자 되겠다. 어서 애들 나눠 줘라."

이러니 상아가 아이들을 어떻게 안 사랑할 수 있겠는가? 가끔은 힘든 일도 있지만 아이들과 생활하는 이 직업이 상아에게는 어떤 직업보다 가치가 있다.

쭈쭈바를 입에 물고 시원함을 느끼는 아이들과 상아의 표정이 모두 만족스러워 보였다.

수업을 마치고 아이들이 집으로 돌아가고 아이들의 성적 처리와 성적표에 들어가는 칸에 아이들에 대해 적고 있던 상아는 울려 오는 벨소리에 핸드폰을 들었다. 모르는 번호 안 받으려 하다 혹시나 싶어 전화를 받았다.

"여보세요?"

— 이상아 씨입니까?

"네, 제가 이상아입니다."

— 나 진혁이 애비 되는 사람인데, 요 앞 커피숍에 기다리고 있으니 잠시만 나와요.

"네? 네. 안녕하세요."

상아가 벌떡 자리에서 일어나서 아무도 없는 허공을 대고 인사를 했다. 진혁 씨 아버님이 무슨 일로 나를? 갑작스러운 전화를 받은 상아는 당황해 허둥거렸다.

── 할 말이 있으니 잠시 시간 내요.

"네, 알겠습니다."

갑자기 걸려온 전화에 상아는 평소에는 친하지도 않는 긴장감으로 몸이 굳고 가슴이 쿵쾅거렸다.

사실 상아는 진혁에 대해서 아는 것이 별로 없었다. 그냥 아버지, 어머니가 이혼하시고 어머니가 그와 그의 누나를 키웠다는 사실과 이혼 전문 변호사라는 것밖에.

아직 결혼하겠다고 확실히 말을 한 건 아니지만 그를 향한 마음이 점점 커져 가고 있으니 조금 있으면 그에게 자신의 마음에 있는 확답을 전하려고 했다. 그런데 아직 그에게 말하기도 전에 그의 아버지를 만나러 가야 하는 상황이라니.

두근거리는 마음으로 상아가 학교를 나서 커피숍으로 들어섰다. 학교 앞 커피숍은 한가했다. 그리고 상아는 한눈에 그의 아버지를 알아봤다. 너무 그와 흡사하게 생겼기도 했지만 바로 옆에 앉아 있는 여자의 얼굴이 익숙했기 때문이다. 심호흡을 한 상아가 다가가서 인사했다.

"처음 뵙겠습니다. 이상아입니다."

진혁도 나이가 들면 저런 모습이 될까? 상아의 얼굴에 저절로 웃음이 지어졌다. 하지만 다음에 들려오는 말에 그녀의 얼굴이 돌처럼 굳었다.

"다른 말 할 것도 없네, 진혁이와 헤어지게."

"네? 무슨 말씀인지."

상아가 영문을 몰라 다시 물었을 때 옆에 다리를 꼬고 앉아 있는 여우 같은 현지의 빨간 입술이 꿈틀거렸다.

"말귀를 못 알아먹네, 당장 최진혁이랑 헤어지라는 말이야."

신경질 나게 내뱉는 그녀의 말 뒤로 준엄한 그의 아버지의 목소리가 들려왔다.

"아가씨가 진혁이랑 현지 사이에 끼어들었다면서? 초등학교 선생님이라는 사람이 어떻게 그러나? 거기다 진혁이는 자네 같은 아가씨보다 옆에 현지 같은 집안이 필요할 거야."

빨간 립스틱을 덕지덕지 바른 현지가 진혁의 아버지에게 팔짱을 끼고는 당당하게 그녀를 쳐다봤다.

"우리 아빠가 대법원 판사야. 너 같은 것보다 진혁이에게 어울리는 사람은 나라고."

가끔 보게 되는 말도 안 되는 막장 아침드라마의 한 장면! 텔레비전 앞에서 볼 때는 저런 말도 안 되는 상황이 있느냐며 욕하면서 보지만 막상 드라마의 가련한 여주인공이 되어 버리자 상아는 순간 할 말을 잊어버렸다. 드라마에서 여자주인공이 어떻게 했더라. 눈물을 흘리며 매달렸던가?

하지만 우리의 상아는 흔한 드라마의 여자 주인공과 다르다.

"못 헤어지겠는데요?"

예상한 바와 다른 상아의 반응에 현지의 얼굴이 당혹감으로 물들었다. 보통 이렇게까지 얘기하면 울면서 안 된다고 매달리거나 헤어질 시간을 주세요라고 말하지 않나? 전에 만났을 때도 느꼈지만 이 여자 만만치 않다.

곧 현지가 그럴 줄 예상했다는 듯이 명품 가방에서 하얀 봉투를 꺼냈다.

"이럴 줄 알았지. 3억이에요. 이 정도면 떨어져 나갈 수 있지?"

봉투를 바라보는 상아의 눈이 무심했다. 참다 참다 이제 돈 봉투까지 꺼내는 여자를 보고 있던 상아가 폭발했다.

처음에는 사랑하는 남자의 아버지니깐 참으려고 했다. 진짜 상아는 자기 스스로도 정말로 예의 바른 사람이라고 생각했다. 하지만 예의는 물에 말아먹으려고 해도 보이지 않는 저 여자를 보니 상아는 더 이상 상대방에게 예의를 차려야 할 이유를 찾을 수 없었다.

"못 떨어져 나가겠는데요?"

현지가 돈 봉투에도 눈 하나 깜짝 안 하는 그녀의 태도에 당황했다. 진혁에게서 이 여자를 떼어 내려고 여자의 뒷조사, 즉 옛 남자관계를 찾아봤지만 별 소득이 없었다. 이 여자는 무슨 수녀라도 되는지 사귄 남자라고는 대학 다닐 때 한 사람이 전부였는데 그 남자도 자세히 조사해 보니 사귄 것도 아니었다.

그래서 마지막 카드를 꺼내 들었다. 진혁의 아버지를 찾아 눈물을 흘리며 지금 이 여자가 진혁과의 약혼까지 한 자신 사이에 끼어들어서 우리 사이를 갈라놓았다고. 아버님께서 무슨 수를 쓰셔야 한다고. 그리고 지금 이 여자가 진혁이 변호사라는 사실에,

돈이 많다는 사실에 접근한 것이라고.

그런데 진혁의 아버지까지 동원해서 헤어지라 하고 돈까지 동원했는데 먹히질 않았다. 당연히 나가떨어질 줄 알았는데 끝까지 버티다니.

현지의 목소리가 날카로웠다.

"뭐야? 아주 매운 맛을 봐야지, 정신을 차리지?"

흥분하는 현지를 바라보고 있던 상아가 자세를 바로 하고 현지를 응시했다. 여기서 진혁을 미워하거나 행여나 의심할 수도 있지만 상아와 그의 관계는 이런 방해물에도 끄떡없는 믿음이 존재하는 사이였다. 그러니 그를 전적으로 믿는다. 상아의 제일 잘하는 특기, 잔소리가 나왔다.

"박현지 씨라고 했나요? 당신은 초등 교육부터 다시 시작할 필요가 있겠어요. 우리 반 아이들도 이러지는 않아요. 좋아하는 장난감이 있는데 가지지 못한다고, 혹은 좋아하는 친구가 있는데 그 친구가 다른 친구를 좋아한다고 당신처럼 이런 억지를 부리거나 떼를 쓰지는 않아요. 그런데 지금 좋아하는 남자가 자신과 같은 마음이 아니라고 이러면 되겠어요? 안 되겠어요?"

"뭐야? 당신 진짜 말 다했어?"

"네. 당신에게 할 말은 다했어요."

분함에 어버버 흥분을 가라앉히지 못하는 그녀를 지나쳐서 옆에 앉은 그의 아버지를 응시하며 상아가 운을 뗐다.

"진혁 씨가 어릴 때 이후로 아버님을 뵌 적이 없다고 했는데

맞습니까? 아버님?"

일이 생각과 다르게 돌아가고 있다. 다른 여자를 사랑해서 조강지처와 자식들을 버리고 나온 사람이 그다. 바람나서 다른 여자를 사랑한 게 죄가 됐는지 지금의 아내와는 아이가 생기지 않았다.

그렇게 세월을 보내고 나이가 들고 보니 핏줄이 간절했다. 게다가 요즘 들어 손자 손녀가 있는 친구들을 보니 더더욱 자식 생각이 간절했다.

그러던 와중 현지가 자신을 찾아와 이런 이야기를 들려주었다. 현지의 이야기를 들었을 때도 선뜻 나설 수 없었다. 피가 간절한 건 간절한 것이지만 솔직히 해 준 게 뭐가 있다고 이제 와서 자식에 대한 권리를 주장한단 말인가.

하지만 현지의 아버지가 대법원 판사이고 하니 그런 쪽으로 장가를 가는 게 아들에게도 이롭고, 현지 말만 들었을 때는 아들의 여자라는 여자는 천하의 나쁜 여자였다.

근데 지금 상황을 보건대 뭔가 잘못된 것 같았다. 앞의 아가씨의 물음에 절로 그의 고개가 끄덕여졌다.

"그럴 줄 알았습니다. 아버님께서 안 보신 지 너무 오래되셔서 진혁 씨를 잘 모르시는군요. 아버님의 아들은 겉모습보다 내면을 먼저 알아보는 사람입니다. 추리닝 입고 슬리퍼 신고 맥주 캔을 들고 있었어도 제가 예쁘다고 한눈에 알아보는 사람입니다. 아버님의 아들은 두 여자를 두고 저울질할 만큼 영악하지 못합니다.

자신이 좋아하는 하나에만 올인 하는 그런 사람입니다. 제가 두 사람 사이에 끼어든 게 아니라 두 사람 사이에는 본디 아무런 감정도 없었구요. 마지막으로 아드님은 누군가의 후광이 필요할 만큼 못나지 않았습니다. 자기가 하는 일에 만족하고, 열심히 일하고, 예의도 바르고, 남을 배려할 줄 알고, 거기다 요리까지 잘하는, 아주 괜찮은 사람입니다."

진혁의 아버지의 고개가 숙여졌다. 아들이 어떻게 자랐는지도 알지 못하면서 나서는 게 아니었다. 여태껏 아들을 한 번도 돌보지 않고 의무는 다하지 못했으니 자격이 없는데 권리를 주장한 꼴이었다. 앞의 여자의 말에 어른에게 혼나는 아이처럼 벙어리가 되었다. 할 말을 다 마친 상아가 자리에서 일어났다.

"그럼 면담은 여기서 마치겠습니다. 다음에 또 면담이 필요하시다면 먼저 전화로 약속을 잡고 찾아와 주십시오."

흥분과 분함에 현지가 앞에 있던 물컵을 들어 물을 끼얹었다. 그것을 재빠르게 눈치챈 상아가 가볍게 몸을 옆으로 비켜 피했다.

"빗나갔어요. 볼이에요."

물이 빗나가자 현지가 비명을 지르며 빈 컵을 소리 나게 테이블에 내려놓았다.

"아악."

뒤에서 현지의 분한 외침이 들려왔지만 상아는 당당한 걸음으로 커피숍을 벗어났다.

방금 상황은 마치 한 바탕의 학부모 면담을 마친 것과 비슷했다. 그리고 상아의 그에 대한 마음이 또렷해지는 순간이었다. 그녀는 오랫동안 생각해 오던 마음에 대한 결정을 내렸다.

아직 퇴근 시간까지 시간이 조금 남았지만 조퇴를 하고 나온 그녀의 발이 향한 곳은 진혁이 근무하는 곳이었다.

❖

오후 세 시가 다 되어 가는 시간. 법무법인 한율 진혁의 사무실에서 서류를 들여다보는 진혁은 내일 있을 재판 준비에 머리가 아파 왔다.

그 때 밖에서 노크 소리가 들리더니 뜻밖의 손님을 김 비서가 모시고 들어왔다. 상아였다. 놀라 시계를 쳐다봤지만 아직 상아가 퇴근할 시간이 아니다. 진혁이 자리에서 일어났다.

"상아 씨? 무슨 일 있어요?"

무릎까지 오는 플레어스커트를 입고 몸에 꼭 맞는 얇은 하얀 재킷을 입고 미소 짓고 있는 상아의 모습에 진혁의 눈에 하트가 떠올랐다.

"아뇨, 그냥 갑자기 진혁 씨 보고 싶어서 왔어요."

진혁이 상아의 손을 이끌고 앞에 있는 소파에 앉히고 내려온 그녀의 머리카락을 귀 뒤로 넘겨 줬다. 그리고 보고 싶었던 그녀의 얼굴을 만졌다.

"우와, 오늘 진짜 보고 싶었는데. 어떻게 알고 알아서 얼굴도 보여 주고."

"일하는 데 방해되는 거 아니에요?"

"내일 중요한 재판이 있긴 한데."

"그럼 얼른 일해요. 나 여기서 기다릴게요."

웃으며 밀어내는 그녀의 손짓에 아쉬움이 가득한 눈으로 그녀의 입에 가볍게 입을 맞추고는 진혁이 마지못해 자리로 돌아가 앉았다. 상아에게로 향하는 눈길을 겨우 서류로 붙잡고 나서는 내일 있을 재판을 준비를 시작했고 책상에서 일하던 그를 보고 있던 상아도 조용히 가방에서 책을 꺼내 읽기 시작했다.

같은 공간에서 서로를 의식하며 한 사람은 서류를 보고, 한 사람은 책을 읽고 있었다. 종이가 넘어가는 소리만 들려왔다. 두 사람의 책장 소리가 한 명의 종이 넘기는 소리로 바뀌자 진혁이 눈을 들어 상아를 쳐다봤다.

책을 들고 소파에 기대 자고 있는 그녀가 눈에 들어왔다. 진혁이 방에 에어컨 온도를 조금 올리고는 걸어 두었던 양복 재킷을 그녀에게 조심히 덮어 주었다. 잠결에 덮인 옷을 더 단단히 끌어안고 그녀가 깊숙이 잠이 들었다.

진혁이 한참을 잠든 그녀를 사랑스럽게 쳐다봤다. 그녀를 계속 응시하던 그가 좋은 생각이 난 듯이 보고 있던 서류를 가지고 소파에 다가왔다. 그리고 조심히 앉은 그는 허벅지에 그녀의 머리를 살짝 내려놓았다. 그제야 만족한 그가 조용히 서류를 넘겼다.

오후에 나름 긴장했었던지 그를 보자마자 긴장이 풀려 버린 상아는 책을 보다 잠이 들었다. 잠결에 간질간질 강아지풀로 얼굴을 건드리는 듯 간지러운 느낌에 눈을 떴다.

잠에서 깬 상아의 눈에 들어온 건 바로 코앞의 진혁의 얼굴이었다. 진혁이 상아를 보며 웃고 있었다. 분명히 소파에 기대서 잠든 것 같았는데 일어나 보니 진혁의 다리를 베고 있다. 그의 얼굴 솜털이 보일 정도로 가까운 거리에 상아가 놀라 몸을 일으켰다.

"나 왜 이러고 자고 있어요?"

"난 상아 씨가 불편해 보여서 튼튼한 베개를 빌려 준 죄밖에 없어요."

능청거리며 아무것도 아니라며 어깨를 으쓱하는 진혁을 상아가 믿지 않게 눈을 흘겼다.

"근데 일은 다 했어요? 내일 재판 있다면서요. 나 때문에 준비 못 한 거 아니에요?"

미안해하는 상아의 머리를 끌어다가 그의 어깨에 기대게 했다. 그의 어깨에 꼭 들어맞는 그녀의 머리에 그의 심장이 또 주체 없이 춤춘다. 뛰는 심장을 감추고 그가 가볍게 말했다.

"아니에요. 전부터 준비해 오던 거여서 한 번 더 확인하는 중이었어요."

"무슨 재판인데요?"

"음, 남편의 외도로 이혼을 원했는데 남편이 절대로 아이들은 줄 수 없다고 하니 아내가 양육권을 얻어 오려고 싸우는 그런 진흙탕 싸움? 그 진흙탕 싸움에 아이들만 상처 입는 거죠."

무심한 듯 지나가듯 말을 하고 있지만 진혁의 얼굴에 순간 스쳐 지나간 쓸쓸함을 상아가 놓치지 않고 캐치해 냈다. 상아가 가만히 그의 손을 잡았다.

"진혁 씨도 어렸을 때 많이 힘들었어요?"

진혁이 깊숙이 숨겨 두었던 쓸쓸한 마음을 들킨 것 같아 놀라 그녀의 얼굴을 쳐다봤다.

갑자기 다른 여자가 생겼다고 자존심을 버리고 붙잡는 어머니를 내팽개치고 나간 아버지.

아들에게 아버지의 존재란 아주 큰 존재다. 아들의 본보기, 아들이 닮고 싶어 하는 우상. 때로는 고민을 털어놓을 수 있는 친구. 그런 존재가 하루아침에 사라져 버렸으니 진혁의 어린 시절은 혼자만의 고민과 방황으로 일찍 철이 들어 버렸다.

그래도 이젠 괜찮다고 생각했는데 지금처럼 비슷한 사건을 맡게 되면 마음이 뭔가 모르게 쓸쓸하다. 하지만 이제는 이런 마음도 계속되다 보니 이골이 났다. 그가 아무것도 아니라는 듯 대답했다.

"아니요. 이제 괜찮아요."

담담하게 이야기하는 그를 보고 있던 상아가 그를 끌어안았다. 그리고 그의 등을 토닥토닥 두드렸다.

"많이 힘들었을 텐데 이렇게 잘 자라 줘서 고마워요. 비행 청소년이 되어서 날아갈 수도 있었는데 이렇게 반듯한 나무처럼 자라 줘서 고마워요. 엇나가는 길로 가지 않고 한 길로만 걸어와서 나를 만나 줘서 고마워요."

평소와는 조금 다른 상아가 이상해 진혁이 얼른 그녀를 품에서 떼어 내고는 그녀를 유심히 살피기 시작했다. 하지만 들려오는 말에 많은 생각이 공존하던 그의 머릿속에는 다른 생각들은 다 없어지고 이. 상. 아. 라는 세 글자만 그의 생각을 지배했다.

"사랑해요. 진혁 씨."

술 취해 들은 얼렁뚱땅 고백도 좋았지만, 맨정신에 하는 그녀의 고백에는 면역이 되지 않았는지 한 번의 고백에 벅차 흐르는 마음을 주체할 수 없었다.

"내가 더 많이 사랑해요."

같은 대답을 한 그가 조급하게 그녀의 입술을 찾았다. 그녀의 고개를 손으로 움직이지 못하게 고정하고 달콤한 입술을 먹어 치웠다. 계속 탐하고 탐해도 갈증이 가시지 않는 그녀의 입술은 중독성이 강한 달달한 커피와도 같다.

마음이 완전히 열린 상아가 적극적으로 진혁을 받아들였다. 진혁이 상아를 격렬히 안았다. 서로의 타액이 섞이고 두 사람의 마음이 누구의 것인지 알아볼 수 없을 정도로 하나로 변해 가고 있었다.

오랜 시간 서로를 탐하던 입술은 상아가 더 이상 숨을 참을 수 없을 때, 그가 아쉽다는 듯이 그녀에게서 떨어졌다. 숨이 가쁜 듯 가슴이 오르내리고 얼굴이 붉게 물든 그녀의 살짝 부어 번들거리는 입술을 매만졌다.

"아. 미치겠네. 당신 너무 예쁜 거 알고 있죠? 당장 보쌈해서 데려가고 싶을 만큼?"

"알아요. 그럼 보쌈하면 되죠."

진혁이 잘못 들은 줄 알고 다시 물으며 확인했다.

"방금 뭐라고?"

"나 요리에는 소질도 없고 치우는 것도 귀찮아하고 술주정도 부리곤 하지만 그래도 나 좀 괜찮은 여자예요. 그러니까 우리 결혼할까요?"

상아는 오늘 이 말을 하고 싶었다. 그와 결혼하고 싶어졌다. 만난 지 얼마 되지도 않고 그에 대해 소위 말하는 조건, 한 달 수입이 얼마인가, 집은 있는가? 같은 건 알지 못한다. 하지만 그의 마음은 정확히 알고 있다.

그리고 아까 전에 그의 아버지에게도 말했지만 내면을 먼저 볼 줄 알고 자신의 일을 사랑하며 이렇게 힘든 환경에서도 잘 자라 준 그를 사랑하게 됐다. 언제고 그녀가 결혼하자고 말할 줄은 알았지만 막상 그 순간이 닥치자 진혁은 당황했다.

"어…… 어?"

상아가 웃으며 그의 두 손을 꼭 잡았다.

"결혼해요. 진혁 씨. 내가 매일 밥은 못 해 줘도 매일 웃게 해 줄게요."

미소 짓는 그녀를 보고 나니 꿈이 아니라 현실이라는 것이 실감이 났다. 그가 벌떡 일어나 그녀를 일으켰다.

"어? 어디 가요?"

"상아 씨 부모님 댁에요."

"네?"

"당장 가서 결혼 허락부터 받아야겠어요."

상아의 손을 잡고 진혁이 성큼성큼 걸어 문이 소리 나게 열어젖혔다. 의아하게 바라보는 사무실 직원들을 무시하고는 지하 주차장으로 단번에 내려온 그가 상아를 차에 태웠다. 그러고는 차는 상아네 부모님의 댁으로 향했다.

상아가 말이 나오자마자 성급하게 행동하는 진혁을 달랬다.

"나 어디 도망 안 가니깐. 천천히 해요. 응?"

"안 돼요. 우리는 지금 시간이 없어요. 나는 무슨 일이 있어도 이번 달에는 결혼해야겠어요."

이번 달? 오늘이 18일이니깐 이번 달까지면 얼마 남지도 않았는데. 설마 진심은 아니겠지? 상아가 놀라 물었다.

"이번 달이요? 농담이죠?"

하지만 진혁에게 상아에 대한 것 중에 진지하지 않은 것은 없다. 그는 진지한 눈으로 상아를 바라봤고 그의 눈을 마주친 그녀는 그가 농담이 아니라 진담이라는 것을 알았다. 정말 내일 당장이라도 웨딩드레스를 입고 식장에 서 있는 자신을 발견하게 될지도 모른다.

14.

상아가 달래고 어르고 화도 내 봤지만 진혁은 절대 의견을 굽히지 않았다. 기어이 진혁이 상아의 부모님 집 앞에 도착해 초인종을 눌렀다.

저녁을 일찍 먹고 재미로 고스톱을 치고 있던 상아의 어머니는 인터폰에 비치는 딸의 얼굴에 반가워 문을 열려 하다 옆에 비치는 웬 남정네의 모습에 놀라 고스톱 점수를 계산하며 구시렁대고 있는 남편을 불렀다.

"여보, 우리 상아가 어떤 남자랑 같이 왔네?"

분명히 이번 판은 자신이 이긴 것 같은데 이상하게 또 마누라와의 고스톱에서 패한 그가 다시 유심히 점수를 계산하다가 들려온 홍두깨 같은 소리에 판을 업고 현관으로 달려 나갔다.

그는 인터폰에 비친 딸과 옆에 있는 총각의 얼굴을 보는 순간 충격으로 몸이 저절로 굳어졌다. 올 것이 왔구나! 그래도 조금 더 시간이 있을 줄 알았는데…….

멍하니 있는 그의 등을 아내가 소리 나게 때렸다.

"정신 차려요. 나 옷 갈아입고 나올 테니, 문 좀 열어 줘요."

어머니가 몸뻬바지를 갈아입으러 방으로 들어가자 충격에 몸이 휘청이던 아버지는 인터폰으로 들려오는 딸의 음성에 마지못해 문을 열었다.

딸과 키가 훤칠한 총각이 뒤이어 들어오면서 고개 숙여 인사했다. 상아가 인사에 대답도 없이 굳어 있는 아버지의 손을 잡아 소파로 인도했다.

"아빠, 엄마는 어디 가셨어요?"

"어? 어, 방에."

아버지는 뒤에 따라 들어온 총각만 째려보며 건성으로 대답하셨다.

그 때 안방 문이 열리고 상아의 어머니가 안방에서 검은색 긴 롱 드레스를 입고 진주 목걸이까지 걸치시고 우아한 걸음으로 걸어 나오셨다. 그리고 영부인 같은 손짓으로 부드럽게 딸에게 알은 체를 하셨다.

"그래, 상아 왔니?"

이 나긋한 부름에 엄마를 보기 위해 돌아선 상아는 그녀의 모습에 화들짝 놀랐다. 이 더운 여름에 그것도 집에서 검정 드레스라니. 거기다 저 치렁치렁한 진주 목걸이. 이 언밸런스한 드레스

코드. 상아는 진혁을 보기가 민망했다. 얼른 누군지 소개하라는 부모님의 눈빛을 못 이긴 상아가 큰 소리로 내뱉었다.

"엄마, 아빠, 내가 지금 사귀는 사람이에요."

상아의 소개를 기다렸던 진혁이 당당하게 자신의 소개를 했다.

"안녕하십니까? 처음 뵙겠습니다. 최진혁입니다. 상아 씨랑 지금 결혼을 전제로 진지하게 만나고 있습니다. 허락만 하신다면 당장이라도 결혼하고 싶습니다."

상아의 아버지는 예상은 하고 있었지만, 딸이 막상 데려온, 당장이라도 결혼하고 싶다는 남자의 말에 몸을 못 가누셨고 어머니는 눈을 게슴츠레 뜨시고 진혁을 아래위로 훑어보기 시작하셨다.

어머니의 강렬한 시선을 진혁은 피하지 않고 당당하게 받아 냈다. 세 사람 사이에서 눈치만 보고 있던 상아가 결국 어머니의 팔을 흔들었다.

"엄마."

훤칠한 키에 얼굴도 잘생겼고 거기다 저 진솔한 눈빛. 어머니는 실례인 줄 알면서도 넋을 잃고 사윗감 후보를 계속 쳐다봤다. 딸이 팔을 흔들자 그제야 바짝 정신이 돌아왔다.

"음음, 미안해요. 어서 앉아요."

진혁이 고개를 숙이고 어머니와 아버지가 자리에 앉으시자 진혁이 맞은편에 상아와 자리했다. 어머니는 처음부터 계속 앞에 앉은 진혁에게서 눈을 떼지 않으셨다.

"그래, 이름이 최진혁이라 했나요?"

"네, 어머님. 그리고 말씀 낮추세요."

"그럴까요? 그럼 진혁 군. 우리 상아랑 사귄 지 얼마나 됐나?"

"네. 처음 만난 건 한참 전이고 정식으로 사귀기로 한 건 얼마 안 됐습니다."

"그래? 우리 상아 정말 끝까지 책임질 수 있나?"

곧바로 물어 오는 어머니의 물음에 진혁은 뜸 들이지 않고 거창한 수식어도 붙이지 않고 진솔한 대답을 했다.

"네."

상아 어머니는 진혁에게서 더 이상 듣고 싶은 말이 없다는 듯이 옆에서 부끄러운 듯 고개를 숙이고 있는 딸에게로 시선을 돌렸다. 언제나 왈가닥 같은 딸일 줄 알았는데 저렇게 천생 여자의 모습을 보이는 딸을 향해 같은 물음을 던졌다.

"상아! 너도 이 사람 끝까지 책임질 생각인 거니?"

상아의 입에서 작은 긍정의 대답의 들려왔다.

"……네."

바짝 긴장하고 다음 관문에 준비하고 있던 진혁의 귀에 뜻밖에 말이 들려왔다.

"그래, 좋다. 그럼 결혼해라."

"네?"

"안 돼!"

어머니의 그 말에 진혁은 놀라 그녀를 쳐다봤고 옆에서 처음 데려온 둘째 딸의 남자 친구에 충격을 받아 정신을 잃고 있던 아버지는 놀라 큰 소리로 반대표를 던지셨다.

아니, 그래도 직업이 뭔지, 부모님은 살아 계신지, 이런 기본적인 것은 물어봐야 하는 것 아닌가. 그런데 이건 식은 죽 먹기보다 더 쉽게 일이 풀렸다.

어머니는 단번에 허락했다고 하지만 옆에서 펄펄 뛰시는 아버지의 허락을 받는 것은 뜨거운 죽 한 번에 먹기가 될 것 같다.

"아니, 당신은 무슨 허락을 그리 쉽게 한단 말이요. 거기다 상아가 나이 몇 살인데 벌써 결혼이오?"

"상아 나이가 서른이 넘었어요. 평생 당신이 끼고 살 것도 아니면서 왜 그래요. 거기다 우리가 상아를 몰라요? 제대로 골라 왔겠죠. 뭐, 하자 있는 사람을 데리고 왔어도 그건 지 선택이에요. 우리는 쟤를 믿어 주기만 하면 돼요."

아버지의 큰 호통에도 어머니는 느긋하게 흥분한 아버지의 손을 잡으셨다. 어머니가 가만히 두드리니 아버지는 흥분을 가라앉히셨다. 지금 유리하게 상황이 돌아가는 것 같긴 한데 그래도 진혁은 아직은 긴장을 풀지 못하고 있었다. 반면 상아는 놀라지도 않고 오히려 익숙해 보였다. 진혁이 상아에게 무언의 눈빛을 보냈다.

'지금 무슨 일이?'

상아가 웃으며 진혁의 귀에 속삭였다.

"전에 언니 때도 이랬어요. 엄마는 무조건 오케이, 아빠는 무조건 노. 결국은 엄마가 아빠를 이겨요."

상아의 언니도 처음 형부를 데리고 집으로 찾아왔을 때 어머니는 아무것도 묻지 않으시고 지금처럼 끝까지 책임질 수 있냐고 물으셨고 대답을 듣고 나서는 바로 허락하셨다. 하지만 아버지는 당연히 펄쩍 뛰셨지.

그 후로도 아버지는 수시로 툴툴거리셨지만 어머니를 이기실 수는 없었다. 아까 차에서 그가 이번 달 안에 결혼하자고 했을 때 당황했던 이유는 바로 지금 같은 상황을 예상했기 때문이다. 이것 보라고. 내일 당장 웨딩드레스 입고 식장에 서 있어도 이상하지 않다니깐.

진혁은 그제야 모든 상황 파악을 끝냈다. 계속 앞에서 자신을 노려보고 있는 아버지의 시선에 진혁이 담담하게 말을 이었다.

"저는 어려서 아버지가 집을 나가시고 어머니 손에 자랐습니다. 그래서인지 일찍 철이 들었는데 언제나 아버지 없어 그렇다는 소리를 듣지 않기 위해 반듯해 보이려 무척 노력했습니다. 그래서 밖으로 소리 내서 크게 웃어 본 적 없는 제가 따님 때문에 크게 웃을 줄 알게 되었고 이제는 항상 즐겁고 행복합니다. 제가 정말 귀하게 여기겠습니다. 귀한 따님 저에게 주시면 정말 열심히 사랑하며 살겠습니다."

진혁이 고개를 숙였다. 계속 불만만 드러내고 계시던 아버지께서 진혁의 말에 한층 더 누그러지셨다.

아버지가 없다는 말을 하는데, 아버지 없이 자란 것이 무엇인지 알고 있는 상아의 아버지는 앞의 청년이 얼마나 큰 갈등 속에서 저렇게 반듯하게 자라기 위해 고군분투했는지 알고 있다.

상아의 아버지도 아버지가 일찍 돌아가셔서 아버지 없이 자라서 그렇다는 소리를 듣지 않기 위해 얼마나 억지로 웃으면서 살았던가. 앞의 청년의 마음을 백번 이해하고도 남는다. 그리고 자신도 지금의 상아 엄마를 만나고 진심으로 웃을 수 있게 되었다.

엉뚱하고 당당하던 제 엄마를 꼭 닮은 둘째 딸인데 이제 사윗감으로 자신과 똑같은 사람을 데리고 왔다. 아버지가 헛기침을 하셨다.

"흠흠, 힘들었을 텐데……."

"아닙니다. 부모님 두 분 모두 안 계신 사람들도 많은데요. 저는 어머니가 계셔서 충분했습니다."

음, 끝까지 반대하려고 했는데 점점 대답하는 게 마음에 꼭 들었다. 아버지의 음성이 한 결 부드러워졌다.

"그래, 내 지켜보겠어."

아버지가 하시던 양을 보고 계시던 어머니는 남몰래 웃으셨다. 남편의 지켜보겠다는 말은, 벌써 허락하고도 남았다는 것이다.

대충 상황 정리가 된 것 같고 어색한 분위기가 거실을 지배했다. 이 어색한 분위기를 깨기 위해 어머니가 화제를 돌리셨다. 한국 사람들이 만나면 가장 잘하는 질문으로.

"그래, 밥은 먹었어?"

상아가 대뜸 진혁의 팔짱을 끼며 애교를 부렸다.

"아니, 엄마. 진혁 씨 사무실에서 바로 오느라고."

"그래? 그런데 어쩌지? 우리는 벌써 아까 저녁을 먹었는데."

진혁이 송구스러워 손을 내저었다. 연락도 없이 찾아와서는 냉큼 딸을 달라고 청했음에도 따뜻하게 맞아 주시고 거기다 단번에 흔쾌히 허락까지 해 주셨는데 더 이상 바라는 거 아무것도 없다.

"아닙니다, 어머님. 연락도 없이 찾아왔는데요."

"그래도 사윗감이 왔는데 씨암탉까지는 아니더라도 비슷한 건 해 먹여야지. 안 그래도 저녁을 부실하게 먹었는데 잘됐네. 우리 치맥 어떤가?"

"네?"

진혁은 치맥을 권하는 미래의 장모님을 보고 있는데 자신의 사랑하는 여자의 모든 유전자가 어디서 왔는지 알 수 있었다. 미래의 장인어른은 익숙하신지 옆에 있던 주문책자를 꺼내 들고 있었고 상아는 냉장고에 맥주가 없으면 사 오겠다며 주방으로 들어갔다.

"별론가? 이제 우리 식구 될 사람인데 치맥은 즐길 줄 알아야지."

벌써 진혁을 사윗감으로 받아들이신 장모님의 마음에 진혁이 고마운 마음에 대뜸 큰 소리로 대답했다.

"치맥, 즐기도록 연습하겠습니다!"

치맥을 연습하겠다는 말에 상아의 부모님은 웃으셨다. 상아도 웃었다. 대답을 한 진혁이 멋쩍어져서 머리를 긁적였다. 상아의 반듯하고 따뜻한 마음이 어디서 왔는지 알게 되었다. 이렇게 따뜻한 부모님 밑에서 자랐으니 따뜻할 수밖에.

솔직히 이번 달 안에 결혼하겠다고 호기 좋게 말은 했지만 혹시나 상아네 부모님이 자신을 맘에 안 들어 하면 어쩌나 속으로 긴장했다. 혹시나 아버지가 안 계시고 편모슬하에 자랐다는 것에 반대하시면 어쩌나 속으로 걱정했다. 하지만 아무런 조건 없이 딸이 데리고 온 남자를 믿어 주는 상아의 부모님을 보고 진혁은 평생토록 장인장모님께 더 잘할 거라고 속으로 다짐했다.

거실에서는 아쉬움의 신음과 기쁨의 환호가 들려왔다. 지금 상아네 거실에서는 네 사람이 둘러앉아 빨간 동양화를 들고 서로의 눈치를 보고 있었다. 그 옆에 먹다 남은 치킨과 맥주가 자리 잡고 있었고 네 사람의 얼굴에는 얼핏 비장함이 보이기까지 했다.

상아가 옆에서 진혁이 가지고 있는 패를 슬쩍 훔쳐봤다. 옆에서 상아의 시선을 느낀 그가 패를 아예 상아 앞에 보여 줬다. 상아가 꽃이 그려진 패를 가리키자 진혁이 그 패를 냈다. 자신이 먹으려 한 패를 진혁이 가져가는 걸 본 어머니가 화를 내셨다.

"아니, 두 사람 지금 짜고 치는 고스톱을 치는 겐가? 아니, 이 무슨 정정당당하지 못한 플레이인가?"

상아가 아니라며 손을 저으며 변명했다.

"진혁 씨가 처음 하니깐 살짝 귀띔해 준 거야. 엄마 차례 아니에요?"

패가 담요에 쫙쫙 달라붙지 않으니 어머니의 음성이 뾰족했다.

"알아, 이것아. 아, 오늘 왜 이렇게 패가 안 좋은 거야."

고스톱에서 패배해 본 적이 없는 어머니는 처음 쳐 본다는 진혁에게 밀리고 계셨다. 잘하면 오늘 어머니 인생에서 처음으로 고스톱에서 질 수도 있다.

뒤집는 족족 먹지 못하시던 어머니는 결국 진혁에게 처음으로 고스톱의 패배를 맛보셨다. 아버지와 상아가 놀라서 진혁을 쳐다보자, 그는 이겼다는 기쁨보다 충격으로 벙쪄 버린 장모님께 미안한 마음이 더 커졌다.

"제가 운이 좋아서 이긴 것 같습니다."

"운도 실력이네. 아니, 다시 한 판 치세."

고스톱에서 자신이 졌다는 사실을 믿을 수 없는 어머니는 다시 결투를 신청하시고는 잠시만 기다리라며 안방으로 들어가셨다. 충격으로 물든 어머니가 사라지자 상아가 진혁의 귀에다 대고 속삭였다.

"이제 진혁 씨 큰일 났다. 우리 어머니는 한 번도 고스톱에서 진 적이 없는데, 밤새 패를 잡고 있어야 될지 모르겠네요."

"그런 거였어요? 어떡하죠? 어머니 화 많이 나신 거 같은데."

잠시 후 안방에서 나온 어머니의 모습에 상아와 아버지의 고개는 스스로 숙여졌다. 아까의 검정 드레스와 화려하던 목걸이를 벗어 버리고 어머니께서 입고 나온 옷은 평소 집에서 즐겨 입는 호피무늬 몸뻬바지였다. 당당하게 걸어와서는 진혁이 앞에 털썩 앉으셨다.

"아무래도 복장에 문제인 것 같아. 아까는 너무 차려 입었던 거지, 고스톱을 너무 경건한 차림으로 임한 게야."

어머니의 복장을 바꿔 입은 이유가 말도 안 되는 논리라는 것을 안 아버지가 신음을 흘리며 한 소리를 하셨다.

"흐음, 여보 그래도 최 군 앞에서 너무 편한 복장 아니오?"

"아니, 이제 최 서방도 한 식구인데 왜 격식을 차려요? 안 그런가? 최 서방?"

진혁이 재빨리 고개를 끄덕였다.

"그럼요. 장모님. 전 오히려 편해 보이고 좋아 보이십니다."

"그래, 자. 패 돌리게."

패가 돌아가고 상아 어머니의 집념이 불타올랐다. 정말 옷차림의 문제였는지 어머니가 다시 고스톱의 왕좌를 탈환해 오셨다. 분명히 진혁이 이기고 있었는데 끝나고 뚜껑을 열어 보니 어머니가 이긴 게임이었다.

한바탕 고스톱을 치고 돌아갈 시간이 되었다. 게임에서 이겨 다시 기분이 좋아지신 어머니의 배웅을 받으며 진혁과 상아는 집을 나섰다. 차에 타서도 아까의 경기가 너무나도 미심쩍은 상아가 웃음이 싱글벙글 피어난 진혁을 의심했다.

"아까 일부러 진 거죠?"

"티가 났어요? 안 나게 노력했는데."

진혁은 부러 이기고 있다가 마지막에 가지고 있던 결정적인 패

를 내지 않았다. 장모님의 마음에 들면 그만이지 고스톱을 이겨서
뭐에 써먹겠는가?

운전하고 있는 진혁은 상아의 손을 잡고 놓지 않았다.

"사고 나요. 네?"

상아가 손을 빼려고 했지만 진혁이 잡고 있던 손을 들어 입을
맞췄다. 상아도 싫지 않은지 똑같이 그의 손에 입을 맞췄다.

오늘 정말 많은 일이 휩쓸고 지나갔다. 오후에는 진혁의 아버
님을 만나 헤어지라는 말을 들었지. 거기다가 돈 봉투도 받았지.
그 바람에 마음을 정하고 진혁의 사무실에서 결혼하자고 말했지.
말하자마자 부모님께도 인사드렸지.

너무 빠르게 진행되는 감이 없지 않아 있지만 솔직히 상아는
현지의 행동을 보고 난 후 옆에 있는 이 근사한 남자를 절대로 그
여자에게 주고 싶지 않았다. 당장 결혼하자고 말하지 않는다면 또
어디선가 근사한 여자가 나타나 이 남자를 채 갈까 봐 상아도 불
안했다. 상아는 오늘 이 남자에게 결혼하자고 한 걸 후회하지 않
는다.

상아네 오피스텔 앞, 점점 그녀를 집으로 들여보내기가 싫어지
고 있다. 조금만 더 견디면 그녀와 같은 집으로 들어갈 수 있을
것이다. 그가 아쉬운 듯 그녀의 얼굴을 계속해서 어루만졌다.

"간지러워요."

상아가 키키, 웃으며 진혁의 손을 피하려 했지만 그는 그녀의

얼굴을 뚫어져라 쳐다봤다. 이제는 익숙해질 만도 한데 상아의 얼굴이 붉게 물들었다.

"후우, 아, 정말 못 참겠다."

"뭐가요?"

진혁이 애틋하게 그녀의 눈을 바라보다 그녀의 입술을 머금었다. 부딪혀 오는 그의 입술을 받아들이는 상아는 이제 자연스럽게 그의 목에 팔을 두른다.

더 깊이깊이 안으로 그녀를 느끼고 싶어서 혀뿌리까지 닿던 그의 본능이 결국 그녀의 허리에 머물던 손을 그녀의 봉긋한 가슴으로 손이 향하게 했다.

참자 참자 하면서도 손에 알맞게 들어오는 부드러운 가슴을 만지며 놓지 못하던 그가 순간 굳은 상아의 몸짓에 아쉬운 듯 떨어졌다. 그리고 그녀를 안고 거칠어진 숨을 내쉬었다.

"키스만으로 만족할 수 없어요."

키스보다 더한 그걸 모를 만큼 상아는 어수룩하지는 않다. 아직 경험이 없을 뿐이지. 알 건 다 안다.

그의 가슴에 안겨 있는 동안 그의 뛰는 심장이 고스란히 느껴졌다. 아무것도 한 것도 없는데 상상만으로도 그녀는 부끄러워졌다.

"……."

"걱정 마요. 나는 상아 씨가 준비될 때까지 기다릴 수 있어요."

그냥 하는 말이 아니라는 것을 안다. 이 남자, 한 번 뱉은 말은 꼭 지키니깐. 이제는 진혁이 하는 말이라면 무조건 믿을 수 있다. 기다려 준다는 그의 말을 믿을 수 있다.

그에게 한참을 안겨 그에게서 나오는 남성적 체취에 **빠져** 몽롱한 기운에 **빠져** 있던 상아의 머릿속으로 가장 중요한 일이 번뜩 생각났다.

"진혁 씨 어머님도 만나러 가야 되는 거 아니에요?"

"그럼요. 내일 당장 가요."

또, 또 이 남자 서두른다. 여자가 처음으로 사랑하는 남자의 어머니를 만나러 가는 일을 번갯불에 콩 구워 먹듯 해치우려 한다. 상아가 놀라 또 빨리빨리 병이 도진 그를 말렸다.

"진혁 씨, 내일 당장 어떻게 어머님을 만나러 가요? 선물이라도 준비해서 가야 하니깐 시간을 좀 줘요."

"선물? 그런 거 필요 없어요."

하여간 남자들이란 이렇게 뭘 모른다니깐. 상아가 자기 반 아이들 달래듯 살살 그를 달랬다.

"진혁 씨, 나 정말 아무 데도 안 가니깐, 우리 조금 천천히 가요."

하지만 내일이라도 당장 결혼하고 싶은 진혁에게 그녀의 말이 먹힐 리가 없다. 백 번 양보해서 진혁이 하루 더 말미를 줬다.

"알았어요. 그럼 이번 주 토요일 날 뵈러 가요."

내일은 금요일이고 그다음 날이 토요일인데, 내일이나 토요일이나. 상아가 눈에 힘을 줬지만 이 문제에 대해서는 진혁이 물러

설 기미가 보이지 않는다. 결국은 상아도 수긍할 수밖에 없었다.

"알았어요. 어머니 뭐 좋아하세요?"

"우리 어머니 접시나 찻잔 같은 그릇 모으는 거 좋아하세요."

"그래요?"

상아가 사랑하는 남자의 어머니에게 높은 점수를 받기 위해 심각하게 머리를 굴리고 있는데도 앞에 서 있는 그는 그저 행복해 보였다. 드디어 그녀를 내 옆에 둘 수 있는 고지가 멀지 않았으므로.

헤어지기 싫어 계속해서 어기적거리다 겨우 상아를 들여보낸 후 진혁은 누나의 집으로 향하지 않고 본가로 향했다.

늦은 저녁, 잘 준비를 마치고 잠자리에 들었지만 왠지 모르게 잠이 오지 않아 침대맡에서 라디오를 듣고 있던 한 여사는 밤에 울리는 초인종 소리에 누군가 싶어 일어났다. 얼마 전부터 딸네 집에서 지내는 아들이 서 있었다.

뜬금없는 방문에 한 여사가 놀라 쳐다보자 진혁이 뒤에 숨겨 놨던 커다란 꽃다발을 내밀었다.

"어머니, 감사합니다."

아닌 밤중에 홍두깨도 아니고 꽃다발을 받은 한 여사는 영문을 몰라 아들을 쳐다보자 진혁이 단도직입적으로 바로 말을 꺼냈다.

"어머니, 저 결혼하고 싶은 여자가 있습니다."

당연히 한 여사는 딸에게 들어서 아들이 누군가와 진지하게 만나고 있다는 것을 알고 있다. 드디어 아들이 결혼하고 싶은 여자가 생겨서 자신에게 이야기를 해 주려나 보다. 한 여사는 이날을 목이 빠져라 기다렸다. 진혁이 그녀를 향해 밝은 목소리로 말을 이었다.

"오늘 그 여자 집에 인사 갔다 왔어요. 이번 주 토요일 어머니께 보여 드리겠습니다."

아들의 표정이 요로코롬 좋은 걸 보니 여자 집에 인사를 잘 다녀왔나 보다. 그래도 혹시나 편부모 밑에서 자랐다고 반대에 부딪치지 않았는지 걱정이 드는 건 어쩔 수 없나 보다. 한 여사가 아들에게 조용히 물었다.

"그래, 그쪽에서는 너를 맘에 들어 하시더냐?"

"네, 아무것도 물어보지 않으시고 그냥 딸이 선택한 남자라고 무조건 오케이 하셨어요."

"그래?"

한 여사는 진심으로 안심했다. 아들이 저렇게 좋아하는 걸 보니 한 여사는 며느리 될 아이를 보지도 않았는데도 벌써부터 맘에 들었다. 그런데 다시 아들의 부탁을 들은 한 여사는 미소가 지어졌다.

"어머니. 토요일 날, 그 사람 좀 잘 봐 주세요."

"그럼 이 꽃다발은 뇌물이냐?"

아들이 자신을 안아 왔다. 평소에는 한 번도 이렇게 살가운 행동을 한 적이 없는데. 사랑이란 게 참 위대하다. 아들이 벌써부터

257

팔불출이 될 낌새를 유감없이 보여 주고 있으니. 엄마 된 입장에서 조금 심술이 날 만도 한데 전혀 그렇지 않았다.

"네, 사랑합니다. 어머니."

"녀석, 참."

꽃다발도 예쁘고 너스레 떨며 웃는 아들의 얼굴을 보는 것도 좋았다. 그녀는 얼마 안 남은 토요일이 길게 느껴질 정도로 기다려진다. 그리고 한 여사의 머릿속은 무슨 음식을 준비할까 하는 생각으로 가득했다.

15.

　진혁은 빈손으로 오라고 부담 갖지 말라고 했지만 그래도 미래의 시어머니가 되실 분인데 예비 며느리로서 예쁨받고 싶은 마음이 간절했다.

　그러려면 첫 인사 갈 때 가져갈 선물이 중요할 것 같아 머리를 빨래 쥐어짜듯 고민도 해봤지만 그녀에게 그릇은 밥 담아 먹고 물 담아 마시는 용기에 불과했다. 상아에겐 동그란 것은 밥그릇이요, 납작한 것은 접시니. 담겨 있는 음식 맛만 좋으면 그만 아닌가?

　별 묘책이 떠오르지 않았던 상아는 아침 일찍 눈을 뜨자마자 친구 선이에게 연락을 넣었다. 요리를 잘하는 친구는 아마 그릇이나 접시 같은 이런 데도 아는 것이 많지 않을까 싶어서. 신호가 가고 받은 수화기 너머로 시끄러운 소리가 들려왔다.

— 린아, 물 떨어져. 씻고 그냥 나오면 어떡해? 여보세요? 상아 잠시만.

이른 아침부터 소리만 들었는데도 선이네 집 상황이 눈앞에 펼쳐졌다. 보이지 않아도 알아요! 아이가 하나여도 힘든데 거기다 개구쟁이 두 아이가 욕실에서 나와 닦지도 않고 거실을 달려 다니고 그 뒤를 선이가 수건을 들고 쫓아가는 장면이 눈에 선했다. 아침부터 전쟁이다.

현재가 나와서 전쟁을 평정하는 소리가 들리며 수화기 너머가 잠잠해졌다. 평화가 찾아왔나 보다.

— 어휴, 하여튼 말 안 들어요. 상아? 아침부터 무슨 일 있어?

상아가 머뭇거렸다. 아이 돌보고 하느라 바쁜데 괜히 귀찮게 하는 게 아닌가 싶어 입이 떨어지지 않는다. 상아가 아무런 말이 없자 선이가 수화기 너머로 재촉했다.

— 무슨 일이야? 응?

"아니, 많이 바빠?"

결혼하기 전에는 어느 때고 아무런 일이 없어도 전화해서 수다 떨고 했는데 친구가 결혼을 하고 나니 선뜻 말하기가 왜 이리 어려운지. 상아가 겨우겨우 말을 꺼냈다.

"그게 나 내일 진혁 씨 집에 인사 가는데……."

— 뭐? 진짜? 잘됐다. 상아야.

"그런데 음, 선물을. 어머님이 접시 같은 그릇 모으시는 게 취미라는데 나는 아는 게 없어서."

선이 선뜻 아무렇지 않게 이야기했다.

— 그래? 나랑 같이 보러 가.

"응. 어디 백화점에서 만날까?"

선이 아는 진혁의 어머니, 한 여사는 요리에 대한 열정이 남다르고 그러다 보니 그 열정이 그릇에까지 영향을 미친 경우이다. 물론 비싸고 진귀한 그릇도 괜찮겠지만 그래도 상아가 더 예쁨을 받으려면 뭔가 가격보다 특별한 게 필요할 것 같은데. 아 맞다. 거기가 있었지!

"아니, 백화점 말고 더 좋은 곳 있어. 학교 마치고 나 데리러 와. 알겠지?"

— 어, 알겠어. 한 여섯 시쯤 될 거 같아. 그때 봐. 고마워.

"덕분에 나도 바람 쐬고 좋지 뭐. 내일 봐. 들어가."

거실을 발가벗고 뛰어 다니고 있던 쌍둥이를 잡아 수건으로 닦고 옷까지 갈아입힌 현재가 전화기를 내려놓는 선이를 봐라봤다.

"누구? 장모님?"

"호호, 네. 당신 장모님 상아예요. 진혁 씨 집에 인사 간다네요. 그래서 내일 어머니 드릴 선물 같이 보러 가기로 했는데 나 내일 외출해도 되죠?"

"당연하지. 내가 내일 애들 잠시 볼 테니깐 늦게 들어오셔도 됩니다. 근데 이제 우리 장모님도 결혼을 하시는 건가?"

"네. 이제 상아도 결혼해서 나처럼 행복했으면 좋겠어요."

현재가 결혼해서 행복하다는, 이제는 두 아이의 엄마, 한 가정의 아내가 된 선이를 끌어안고 이마에 입을 맞췄다. 옆에서 엄마 아빠의 닭살 행동을 보고 있던 쌍둥이들이 현재의 다리에 매달려 안아 달라고 조르자 현재가 슈퍼맨처럼 번쩍 두 팔에 아이를 안아 들고 행복한 웃음을 지었다.

❖

금요일, 학교가 마치자마자 상아는 재빨리 선이네 집으로 향했다. 한 사람보다는 두 사람이 낫다더니 혼자 선물을 고르는 것보다 선이가 같이 가 준다고 해서 얼마나 다행인지 모른다.

선이네 집 앞에 도착하자 벌써부터 준비를 하고 기다리고 있던 그녀는 차가 멈추자마자 차에 올라탔다.

"쌍둥이들은?"

"현재 씨가 봐준다고 했어. 걱정하지 마."

"그래? 우리 사위 고생 좀 하겠는데?"

무슨 소리! 선이보다 현재가 더 쌍둥이들과 더 잘 놀아 주고 더 잘 돌본다. 우스갯소리로 현재가 집에서 애들 보면 선이가 나가서 돈 벌어 오는 것도 고려해 보라는 할아버지 말씀이 있으실 정도로 쌍둥이 돌보기 베테랑이다. 선이가 고개를 흔들었다.

"아니야, 나보다 더 잘 보니깐 걱정 안 해도 돼."

"그래? 아, 어디로 가면 되는 거야?"

"음, 저번에 우리 산채비빔밥 먹으러 갔던 곳 생각나?"

한 달 전쯤 오랜 만에 만난 선이와 밥 먹으러 갔던 곳이다. 직접 재배한 싱싱한 채소들과 직접 담근 새콤 매콤한 고추장까지. 그곳은 맛도 맛이지만 근처의 풍경이 예술이었다. 흙으로 지어진 집. 날씨가 무더웠음에도 집 안은 시원하기까지 했다. 그런데 그릇을 사러 거기까지 간단 말인가?

"거기? 거기에 그릇도 팔아?"

"응. 거기 도예공방도 있어서 세상에서 하나밖에 없는 그릇을 구할 수 있을 거야."

"정말? 아 다행이다. 솔직히 뭣도 모르고 제일 비싼 그릇 사가려고 했는데."

차가 목적지를 향해 출발했다. 도시의 빽빽한 빌딩 숲을 벗어나 푸른 나무가 우거져 있는 외곽의 풍경이 창밖으로 스쳐 지나가고 있었다.

한참을 더 달려 도착한 곳은 저번에도 느꼈지만 흙냄새가 솔솔 풍겨지는 곳이었다. 차에서 내린 두 사람은 맑은 공기를 마시고 내쉬고 도시와 다른 좋은 공기를 폐 깊숙이 집어넣었다.

선이가 공기에 취한 상아를 잡고 식당 옆에 위치한 조그마한 공방으로 이끌었다. 저녁이 다 되어 가는 시간인데도 문을 닫지 않고 그녀들을 기다리고 있던 인상 좋은 주인아주머니는 두 사람을 보자 반갑게 맞아 주셨다.

"어서 와요. 기다리고 있었어요."

"안녕하셨어요? 저희 때문에 부러 기다린 거 아니세요?"

미안해하는 선이의 말에 주인아주머니는 아니라며 고개를 내저었다. 단골손님이기도 하지만 선이의 맛있는 요리가 자기가 만든 그릇에 담기는 것을 너무나 자랑스럽게 생각하는 그녀는 아침에 일찍부터 온 선이의 전화에 일찍 닫는 문을 지금까지 열고 그녀를 기다리고 있었다.

"아니에요. 천천히 둘러봐요. 내 잠깐 옆에 갔다 올게요."

천천히 구경하라며 아주머니가 밖으로 나가시자 둘은 여기저기 놓여 있는 납작한 접시들, 오목한 그릇들, 손잡이가 달려 있는 찻잔까지. 수많은 작품들이 다 조금씩 다른 모양과 색으로 자리 잡고 있었다. 하나도 똑같은 것이 없었다. 이 그릇 하나를 만들기 위해 얼마나 정성과 노력이 들어갔는지 여실히 보여졌다.

상아가 천천히 한 바퀴 쭉 둘러보보던 그 때, 접시 하나가 딱 한눈에 들어왔다. 그 접시의 자태에 자신도 모르게 몸이 이끌려 갔다. 동그란 접시에 군데군데 자연스럽게 그려져 있는 벚꽃 잎이 너무 아름다웠다. 손으로 만들어서 그런지 완벽하게 동그랗지는 않았지만 오히려 미완성인 것 같은 이런 점이 더 그녀의 마음에 들었다.

"선아, 이거 어때?"

상아가 손가락으로 가리키는 접시를 보고 선이가 다가와 접시를 유심히 살펴봤다. 음, 보는 눈은 있어서는.

"괜찮은 거 같은데. 네가 맘에 들면 한 여사님도 맘에 들어 하실 거야."

"이거랑 세트인 국그릇이나 밥그릇은 없나?"

상아가 옆을 찾으며 같은 세트를 찾고 있는데 나갔던 주인아주머니가 들어오셨다. 때마침 시간 맞춰 들어온 그녀에게 접시와 매치되는 그릇을 보여 달라 말하자 주인은 안쪽으로 들어가 같은 무늬가 그려져 있는 오목한 국그릇과 밥그릇을 가지고 나와 상아에게 보여 주었다. 밥그릇과 국그릇도 밥과 국을 담아 버리기에는 너무 아름다워 보이기까지 했다.

그릇 세트, 너에게 한눈에 반했다.

은은한 초록빛을 내며 빛나고 있는 그릇을 보는데 단번에 어머니께 드릴 선물로 상아는 화끈하게 정해 버렸다.

"이걸로 할게요. 그릇이 너무 예뻐요."

"그래, 고마워요. 아가씨가 눈이 높네. 이 접시는 내가 봄에 요 앞에 벚꽃나무가 흐드러지게 핀 걸 보고 만든 거예요. 선물 받는 사람이 좋아했으면 좋겠네."

"네, 좋아하실 거 같아요. 포장도 예쁘게 해 주세요."

"당연하지. 조금만 기다려요."

분홍색의 한지로 하나씩 그릇을 조심히 감싸고는 직접 만들었다는 상자에 넣어 보자기로 묶어서 건네주는 선물을 받아 든 상아의 마음이 상자의 무게의 만큼 무거워졌다.

이 선물이 어머니의 마음에 꼭 들었으면 좋겠다. 사랑하는 남자의 어머니께서 자신을 좋게 봐주셨으면 얼마나 좋을까. 진혁 씨와 결혼을 하게 된다면 어머니와 새로운 관계로 만들어지는 새로운 가족이 되는 것인데 상아는 그 관계가 물 흐르듯 자연스러웠으면 좋겠다.

선이가 딴 데 정신을 팔고 있는 상아의 팔을 흔들었다.

"상아야, 우리 저녁 먹어야지."

상념에 빠져 있던 상아가 정신을 차렸다.

"어. 그래. 옆에 산채비빔밥 먹을까?"

두 사람은 다정하게 팔짱을 끼고 옆에 위치한 식당으로 향했다. 이곳의 메뉴는 다른 곳과 다르게 산채비빔밥이 전부다. 비빔밥 두 개를 시키고 난 후 상아는 목이 타는지 연신 물만 들이켰다. 말하지 않고 눈빛과 행동만 봐도 알아차리는 친구 사이인 선이는 앞에 앉은 상아가 긴장하고 있다는 사실을 단번에 알아차렸다.

"왜 그래? 너답지 않게, 벌써부터 긴장하는 거야?"

상아가 컵에 남은 물을 단번에 꿀꺽꿀꺽 마셔 버렸다.

"후우, 이상하지? 왜 이렇게 긴장이 되는지, 가서 어떤 말로 나를 소개해야부터 해서 어떻게 좋은 인상을 심어 드릴까? 이런 생각? 혹시나 날 맘에 안 들어 하시면 어쩌지?"

선이가 웃으며 덜덜 떨고 있는 친구의 손을 잡았다.

"너는 이상아잖아. 내 친구 이상아를 싫어하는 사람은 본 적이 없어. 그리고 한 여사님이 얼마나 좋으신 분인데, 너도 한 여사님도 서로를 너무 맘에 들어 하실 거야."

"아, 맞다. 너 진혁 씨 어머님 잘 알고 있다고 했지? 어떠셔?

나 특별히 조심해야 할 거 있으면 좀 알려 줘."

요리 클래스에 한 번도 빼먹은 적이 없으시고 요리에 대한 열정이 남다른 한 여사님, 성격도 화통하시고 다른 분들과도 친하게 지내시고 클래스에서 가장 인기가 많으산 분이시기도 하다.

하지만 가장 중요한 걸 잊고 있었다. 한 여사님의 요리! 분명히 같은 재료와 같은 과정으로 차근차근 만들었지만 끝에 나오는 결과물은 딱히 설명할 말을 찾기가, 그러니깐 맛이 조금 미묘했다.

"혹시 한 여사님이 저녁 식사 초대하셨니?"

"응, 왜? 점심으로 할 것 그랬나?"

"아니, 너 한 여사님이 준비하신 음식 무조건 맛있게 먹어 드려야 해. 알겠지?"

"걱정하지 마. 내가 또 한 먹방 하잖냐."

상아가 자신만만하게 손을 들며 장담했다. 하긴 상아네 어머니께서 어려서부터 다른 것은 다 용서하셨어도 반찬 투정하는 것은 절대로 봐주시지 않으셨고 혹시라도 반찬 투정을 한 날이면 상을 엎으시고 상아는 그날 하루 종일 식탁에 앉을 수가 없었다고 했다.

그 후로 상아는 자신이 만든 음식만 아니면 뭐든 잘 먹었다. 하지만 선이는 노파심에 다시 당부에 당부를 더했다.

"하긴 너는 네가 만든 음식만 아니면 돌이라도 먹을 테니 걱정은 없다. 그래도 혹시나 싶어 말해 주는 거야. 무조건 맛있다고 해 드려. 알겠지?"

상아는 그건 잘 할 수 있다는 듯이 고개를 힘차게 끄덕였다. 주문한 산채비빔밥이 나오고 상아는 언제 심각한 걱정을 했나 싶을 정도로 열심히 밥을 비벼 입으로 가져가고 있었다. 이 얼마나 맛있는 비빔밥이란 말인가. 싱싱한 야채가 아삭하게 씹히는 맛이 일품이었다.

그렇게 상아는 내일 있을 일들을 준비하느라 금요일의 시간을 알차게 보냈다. 집으로 돌아와 씻고 잠자리에 누울 때까지 그녀는 조금 느슨해진 긴장의 끈을 다시 팽팽하게 당겨 끈을 놓지 않았다.

다음 날 토요일 아침, 토요일에는 아침 해를 본 적이 없을 정도로 늦잠을 자는 상아가 웬일로 오늘은 이른 아침부터 일어나 침대에서 멍하니 앉아 있었다. 반쯤 감긴 눈으로 아직도 울리고 있는 시계의 알람을 껐다.

약속 시간은 오후 6시. 진혁이 오후 5시쯤 데리러 온다고 했으니깐 시간은 넉넉하다 못해 흘러넘친다.

이내 상아가 벌떡 침대에서 일어나더니 욕실로 달려가 목욕바구니를 챙겨서는 단골 동네 목욕탕으로 향했다. 목욕탕 주인아주머니가 평소와 달리 일찍 목욕탕에 나타난 그녀를 보고 놀라워했다.

"아니, 무슨 일 있어? 오늘은 무슨 바람이 불어서 일찍부터 목욕하러 왔어?"

"네, 뭔 일이 있어요. 아침의 기운을 받은 목욕재계가 필요한 날이거든요. 아주머니 그럼 수고하세요."

토요일은 항상 늦게 일어나 오후쯤 설렁설렁 목욕탕에 가서 목욕을 하고 요구르트를 물고 집으로 돌아오는 게 상아가 진혁을 만나기 전 토요일에 하는 유일한 일과였다. 그런데 그를 만나 데이트를 하게 되면서 점점 밤에 목욕탕에 가거나 일요일 오후를 이용하게 되었다.

목욕탕 안으로 들어간 상아는 두 시간이 지나고 나서야 요구르트를 입에 물고 바구니를 끼고 밖으로 나왔다. 아, 시원하다. 목욕탕 밖으로 나온 상아의 얼굴이 개운해 보였다.

때 빼고 광내고 몸을 깨끗하게 정돈도 하고 난 후 털레털레 집으로 돌아온 상아는 재빨리 옷장 문을 열어젖혔다. 옷이란 옷은 다 꺼내서 다 입어 보며 고르고 고른 옷은 하얀색 플레어 원피스, 그리고 세트로 같이 구매한 하얀 칠 부 재킷이었다.

거울에 비친 원피스를 입은 모습은 가히 아름다웠다. 하얀 옷이 그녀의 백옥피부를 더 빛나게 만들어 주고 있었다.

아침 일찍부터 일어나서 종종거리며 준비를 하다 보니 점심시간이 훌쩍 넘어 두 시가 가까워 오고 있었다. 꼬르륵, 빈속에 에너지가 필요하다고 배에서도 신호를 보내 오고 있었다.

그녀는 간단하게 뭐라도 먹을까 하고 냉장고 문을 열었지만 10초도 지나지 않아 냉장고 문을 상아는 단호히 닫았다.

"그래, 상아야. 굶자. 저녁에 진혁 씨네 집에 가서 밥 먹을 때 많이 먹으려면 속을 비울 필요가 있어."

아침, 점심을 굶고 저녁을 진혁의 집에서 밥을 먹을 때 무슨 일이 있어도 밥 두 공기는 기본으로 먹어 주려면 이 정도의 시련쯤이야. 상아가 밥 달라고 아우성을 치는 배를 살살 달랬다.

약속 시간이 다가오자 아까 골라 놓은 옷을 입고는 짧았던 길이가 이제는 어깨까지 오는 머리를 단정히 드라이를 했다. 그리고 얼굴에 연하게 화장을 하기 시작했다. 오랜만에 하는 눈 화장이라 아이라인을 그리다가 손이 덜덜 떨려 잘못 그린 것을 수정하기를 여러 번, 결국은 반듯하게 아이라인 그리기를 성공했다.

옅은 분홍색의 립글로즈로 마무리까지 하고 나서야 상아의 화장은 끝이 났다. 다시 한 번 옷차림을 살펴보며 치마의 주름도 가지런히 하고는 어제 준비한 선물 꾸러미를 가지고 현관으로 향했다.

현관에 놓인 구두에 발을 넣고 파이팅을 외치며 오피스텔 아래로 내려갔다. 5시에 데리러 온다고 했지만 10분 정도 빨리 내려간 그녀는 발견했다. 검정색 카라 티를 입고 베이지 면바지를 입고 CF의 한 장면처럼 차에 기대 서 있는 자신의 남자를.

반가운 마음에 상아가 그에게로 가는 걸음이 빨라진다.

"언제 왔어요? 전화를 하지요."

진혁이 상아가 들고 있는 무거워 보이는 보자기에 싸인 상자를 받아 들었다.

"온지 얼마 안 됐어요. 오늘 너무 예쁜 거 아니에요?"

그의 칭찬에 볼 터치를 한 것도 아닌 데 상아의 볼이 붉게 물들었다.

"아이참, 오늘만요?"

"아뇨, 나한테는 상아 씨는 언제나 눈이 부셔요."

만난 지 1분도 지나기 전에 이리도 닭털을 날리다니. 날이 이리도 더운데 두 사람 주위로 지나가던 사람들 팔에 닭살이 돋아나고 있었다. 그러거나 말거나 진혁이 차 문을 열어 상아를 에스코트하자 상아도 사뿐히 차에 올랐다.

그리고 오늘의 가장 중요한 일, 진혁의 어머니를 만나러 가는 길. 웬만한 일에는 눈 하나 깜짝하지 않는 상아가 결전의 순간이 다가오자 점점 긴장이 되면서 계속해서 땀이 나는 손을 손수건으로 닦기 시작했다. 옆에서 운전하고 있던 진혁이 상아의 손을 잡았다.

"긴장돼요?"

"하하, 그러게요. 조금요."

상아가 긴장을 풀기 위해 헛웃음을 지으며 그를 바라봤다. 진혁이 잘 가던 길에서 벗어나 길 가에 차를 세우더니 따뜻한 웃음으로 그녀를 안심시켰다.

"긴장하지 마요. 우리 어머니 분명 상아 씨 맘에 들어 하실 거예요. 내가 무조건 당신을 사랑하는 것처럼 어머니도 첫눈에 당신을 좋아할 수밖에 없으실 거예요. 어머니랑 나는 너무 많이 닮았거든요."

"후우. 그래도……."

"그렇게 긴장되면 다음으로 미룰까요?"

"치, 미룬다고 해도 하루만 더 미루고 그런 거 아니에요?"

"어떻게 알았어요? 내가 너무 급해서 더 이상의 시간은 못 줘요."

진혁이 웃으며 그녀를 안았다. 진혁의 맘속에 지금 자리 잡고 있는 상아에 대한 사랑과 자신의 옆에 붙들어 놓고 오로지 자신만 바라보게 하고 싶은 이 마음을 그녀가 안다면 흠칫 놀라 도망갈지도 모르겠다. 하지만 자신도 멈출 수 없는 걸 어떡하겠는가? 그의 마음이 조바심에 미쳐 버릴 것 같다. 정말로 다음으로 미루자고 하면 어떡하지.

불안감에 그의 심장이 요동칠 때 상아의 대답이 들려왔다.

"어머니 기다리시겠어요. 어서 가요."

진혁이 상아 몰래 안도의 한숨을 내쉬었다. 다행히 긴장이 조금 풀린 상아가 그에게 물어왔다.

"아, 맞다. 선이가 그러던데 어머니 요리 무조건 맛있게 먹어 줘야 한다고 하던데?"

진혁은 가장 중요한 것을 잊고 있었다. 어머니께서 저녁을 준비하신다고 하셨는데 어떡한다. 그래도 진혁은 수십 년간 단련이 되어 있으니 익숙해지기라도 했지 상아는 처음 맛보는 맛일 텐데. 그는 갑자기 걱정이 밀려왔다.

"우리 어머니 음식 솜씨가 조금 그래요. 그러니깐 또 점수 얻겠다고 무리해서 먹고 그러면 안 돼요. 알겠죠?"

"호호, 나 뭐든 잘 먹잖아요. 걱정하지 마요."

어느새 진혁의 집 앞에 도착했다. 차에서 내린 상아는 그가 어렸을 때부터 자라왔다는 집을 유심히 눈여겨보고 있었다.

빨간 벽돌담과 검정 철문을 열고 들어서자 아담한 정원이 한눈에 들어온다. 그의 어머니가 얼마나 공들여 가꿨는지 단번에 알아볼 수 있는 꽃들과 나무들, 상아가 멈춰 서서 주위를 둘러보고 있다. 그녀의 걸음이 느려지자 앞서 걷고 있던 진혁이 그녀에게 다가와 손을 잡았다. 그리고 걱정하지 마라, 내가 옆에 있을 거라고 눈빛으로 그녀에게 말했다. 상아가 그제야 긴장을 풀고 평소처럼 환하게 웃었다.

현관문 앞에서 둘을 기다리고 있던 어머니는 아들이 방금 아가씨에게 한 것을 보고는 자신의 눈을 의심했다. 아니, 내 아들이 여자에게 저렇게 웃으며 다정하게 비싼 도자기 다루듯이 하다니. 다른 여자들에게 그렇게 무뚝뚝하고 차가운 바람이 쌩쌩하면서 저리도 봄바람처럼 살랑거리다니.

한 여사는 자기 배 속으로 낳은 아들이 맞나 싶어 눈을 비비고 다시 크게 뜨는 걸 반복했다.

드디어 문을 열고 두 사람이 집으로 들어왔다. 기다리고 있던 한 여사를 보자 상아가 고개 숙여 인사했다.

"처음 뵙겠습니다. 이상아입니다."

"어서 와요. 나는 진혁이 애미 되는 사람이에요."

어머니와 상아의 인사 나누는 것을 초초한 마음으로 보고 있던 진혁이 두 사람이 인사를 마치기를 기다렸다 듯이 대뜸 끼어들었다.

"어머니, 배고파요. 밥 좀 주세요."

"그래요. 아직 저녁 전이지요? 내가 벌써 다 준비해 놨어요. 식사 먼저 할까요?"

어머니가 안내하는 식탁으로 들어가 의자에 앉은 두 사람은 식탁을 가득 채우고 있는 바구니에 담긴 야채들을 보고는 눈이 동그래졌다. 배추, 깻잎, 상추 등 쌈 싸먹을 수 있는 채소란 카테고리에 들어가는 채소는 다 모여 있었다. 거기다 당근, 오이 등 쌈장에 찍어먹을 수 있는 야채들이 자리 잡고 있었다.

어머니가 채식주의자인가 싶어 상아가 놀라 있는데 한 여사가 음식을 설명했다.

"오늘 내가 웰빙식으로 준비해 봤어요. 내가 요리를 잘 못해서 시켜 먹거나 밖에 나가서 만나려고 했는데 그래도 처음 아들이 결혼할 사람을 데리고 온다고 해서 집에서 밥 한 끼 해 주고 싶었어요. 전부 유기농 채소예요. 거기다 씻기만 한 채소들이라서 내가 요리한 게 아니니깐 먹을 만할 거예요. 그리고 이 우렁 된장은 요리 클래스 선생님이 싸 주신 거 끓이기만 했으니 맛있을 거예요."

풀만 가득한 초록 식탁에 진혁의 눈이 어머니를 향했다.

"어머니, 아무리 웰빙이라지만 이건 좀."

불평하는 아들의 등으로 한 여사의 강 스매시가 날아왔다.

"웰빙이 별거냐. 먹고 안 죽으면 장땡이지. 채소가 얼마나 몸에 좋은데. 상아 양 미안해요. 담 번에는 내가 더 열심히 배워서 더 난이도 있는 음식 만들어 줄게요."

어머니가 미안한 듯 말을 하셨지만 상아는 감사한 마음으로 밥상을 받았다.

"아닙니다. 어머니. 너무 많이 준비하셨어요. 사실은 저도 요리를 잘 못해서…… 잘 먹겠습니다."

어머니가 수저를 드시자 상아는 밥을 숟가락으로 퍼서 상추에 올려놓고는 된장까지 알맞게 올려 한 입에 넣었다. 꼭꼭 씹어 푹푹 퍼먹던 그녀의 밥그릇이 순식간에 바닥을 드러내고 한 그릇을 뚝딱한 상아가 넉살좋게 어머니께 말을 걸었다.

"어머니, 너무 맛있어요."

혹시나 차린 게 없어서, 행여나 입에 맞질 않아서 식사를 제대로 하지 못하는 게 아닌가 싶어 걱정이 된 한 여사는 힐끔힐끔 아가씨를 쳐다봤는데 숟가락으로 알맞게 퍼서 적당한 쌈을 싸서 복스럽게 잘도 먹었다. 어머니의 걱정은 기우였다.

"한 그릇 더 줄까요?"

상아가 싹싹 긁어 먹고 빈 밥그릇을 한 여사에게 내밀었다.

"네. 한 그릇 더 주세요."

평소에도 잘 먹지만 무리해서 먹는 게 아닌가 싶어 옆에서 진혁이 말렸다.

"상아 씨, 무리 안 해도 돼요. 그만 먹어도 돼요."

"아니에요. 너무 맛있어요. 사실은 어머니가 해 주시는 밥 먹으려고 오늘 하루 종일 굶었거든요."

시장이 반찬이라더니 갖은 채소에 밥을 싸먹는 쌈밥은 정말 술술 잘도 넘어갔다. 상아가 감사하다며 받은 밥을 다시 먹기 시작했다.

한 여사는 다른 것은 볼 것도 없이 아들이 데려온 아가씨가 맘에 쏙 들었다. 옆에 앉아 맛있게 밥을 먹고 있는 상아를 보고 있던 진혁의 마음이 행복함으로 차올랐다. 이런 여자를 내가 잡다니 그는 정말 행운아가 분명하므로.

저녁식사가 끝나고 정리를 돕겠다는 상아를 말렸다. 그리고 뒷정리와 설거지는 아들에게 미루고는 상아의 손을 잡고 나온 한 여사는 거실에 앉아서 그녀와 담소를 나누려 하고 있었다. 상아가 쟁반에 담긴 참외를 조심히 깎기 시작했다. 요리는 못한다고 하더니 과일 깎는 솜씨가 예사롭지 않았다.

"아니, 아가씨가 과일을 너무 예쁘게 잘 깎네."

"감사합니다. 사실은 저도 잘 못 깎았는데 실과시간에 아이들 과일 깎기 수업하려고 어쩔 수 없이 연습을 하다 보니, 저 때문에 먹지도 못하고 무덤으로 간 과일들이 셀 수도 없어요."

"호호, 아가씨가 선생님이라더니 말을 어쩜 이렇게 잘하고 얼굴도 어쩜 예쁘니. 거기다 겸손하기까지."

"과찬의 말씀이세요. 진혁 씨에 비하면 제가 많이 부족해요. 어머니."

설거지를 마치고 식탁까지 깨끗이 치우고 나온 진혁이 거실에서 자신이 세상에서 가장 사랑하는 여자와 가장 존경하는 여자가 웃고 있는 모습에 가슴이 벅차 왔다. 진혁이 가까이로 다가갔다.

"뭐가 그리 재밌으세요?"

"아니, 네 욕 좀 하고 있었다. 상아야 진혁이가 반듯해 보여도 중학교 때까지 얼마나 싸움꾼이었는지 아니? 얘가 이 동네에서 짱이었어. 요즘도 싸우고 다니는 거 아닌지 모르겠어."

반듯하고 단정하게만 보이는 진혁이 싸움이라니 상아의 눈이 놀라 커졌다.

"정말요? 최진혁 씨 그렇게 안 봤는데 싸움은 나쁜 거예요."

학교에서 아이들에게 하듯 타이르는 상아의 주특기 잔소리가 나왔다. 익숙한 진혁이 바로 수긍했다.

"네네, 선생님. 잘 알겠습니다."

세 사람 모두 소리 내서 웃었다. 진혁의 본가에 이렇게 큰 웃음이 가득한 건 정말로 오랜만이다. 세 사람 모두의 마음이 기쁨으로 충만했다. 상아가 깜빡하고 있던 보자기에 싸인 상자를 꺼내 어머니께 건넸다.

"어머니, 제가 준비한 작은 선물이에요. 진혁 씨가 그릇 모으시는 게 취미라고 해서요. 맘에 드셨으면 좋겠어요."

뭘 이런 걸 다, 하면서 상자를 조심히 연 한 여사의 눈에 보인 벚꽃이 그려진 그릇 세트의 자태에 연신 그녀를 보며 고맙다며 인사를 하셨다.

"어머나. 상아 양, 너무 맘에 들어요. 근데 나는 접시보다 상아 양이 더 맘에 드네요. 빨리 우리 식구 됐으면 좋겠어."

당장이라도 결혼하고 싶어 안달이 난 진혁이 천군만마를 얻은 듯 기뻐하며 어머니를 졸랐다.

"그죠? 어머니, 얼른 결혼할 수 있게 어머니가 힘 좀 써 주세요."

어릴 때는 어리광을 잘도 부리더니 지 아빠가 나간 후 일찍 머리가 커 버려서 한 번도 투정을 부린 적이 없는 아들이었다. 그런데 자신의 팔에 매달려 부탁을 하다니. 한 여사 아들의 부탁을 들어주기 위해 결국 상아에게 부탁했다.

"죽은 사람 소원도 들어준다는데 상아 양이 우리 진혁이 구제 좀 해 줘요. 내가 준비 같은 건 다 알아서 할 테니 얼른 좀 데려가요."

어머니께서 이렇게까지 말씀하시는데 더 이상은 거절할 명분이 없어져 버렸다. 상아의 고개가 끄덕여졌다.

상아의 얼굴만 쳐다보고 있던 진혁이 승낙의 표현에 뛸 듯이 기뻐했다. 상아가 그만하라고 민망한 듯 진혁을 말리고 그러든 말든 앞에 놓인 찻잔을 여유롭게 든 한 여사는 고개를 흔들었다.

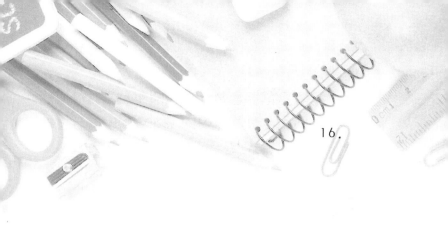

16.

법무법인 한율. 토요일이지만 급한 서류 때문에 출근한 진혁은 결혼하기 전에 무조건 소개시켜 주고 싶은 친구가 있다며 점심을 같이할 수 있냐는 상아의 물음에 흔쾌히 승낙했다.

그는 오늘 상아의 가장 친구라 하는, 전에도 본 적 있는 요리 클래스 선생님 선이와 그녀의 남편을 만나기로 했다. 상아에게 중요하고 소중한 사람이니 그에게도 매한가지다.

약속 시간이 다가오자 보던 서류를 정리한 그가 사무실을 나서기 위해 일어섰을 때 김 비서가 누군가 찾아왔다며 그에게 알려 왔다. 오늘 예약한 의뢰인들과의 상담은 모두 마친 상태인데 누가 찾아왔나 싶어 들어오시라고 말을 하고 재킷을 들고 돌아섰을 때 눈에 들어오는 얼굴을 본 그의 모든 움직임과 그의 머릿속의 생각이 정지했다.

"오랜만이다. 잘 지냈니?"

어릴 적 집 나간 이후로 본 적이 없는 아버지였다. 세월이 흘렀어도 단번에 알아볼 수 있었다. 자신이 매일 아침마다 보는 거울 속에서 저 사람과 닮은 부분을 날마다 발견하고는 마음이 불편해지곤 하니깐. 그때 이후로 연을 끊고 살다시피 하며 소식도 들은 적이 없는데 갑자기 무슨 바람이 불어서 여기에 찾아왔단 말인가. 진혁의 음성이 딱딱하게 굳었다.

"무슨 일이십니까? 절 찾아오실 만큼 낯짝이 두꺼운 줄 몰랐습니다."

이런 대접을 예상 못 한 건 아니지만 막상 아들의 냉랭한 반응을 대하자 진혁의 아버지의 어깨가 축 처지고 위축된다. 하지만 전에 아들이 좋아한다는 선생님이라는 여자를 만나고 나서부터는 그는 하루도 편히 잠든 날이 없다.

그 아가씨의 말은 하나도 틀린 말이 없었다. 잘 알지도 못하면서 다른 편의 말만 믿고 또한 자격도 없으면서 그렇게 나섰으니, 하지만 그 일 때문에 행여나 아들과 그 아가씨 사이가 틀어진 건 아닌지 걱정이 돼서 고민하고 고민하다 겨우 여기까지 찾아오는 데에 엄청난 용기가 필요했다.

그가 아들을 향해 조심히 입을 뗐다.

"그래, 그 선생님이라는 아가씨랑 결혼할 거니?"

아버지가 집을 나간 후로는 절대로 연락을 취하지 않았고, 혹시나 들려오는 소문에도 귀를 막아 버린 그다. 전화가 와도 무시했고 어떠한 우연을 가장한 만남도 없었는데 어찌 된 일인지 상아를 알고 있다. 거기다 자신과 결혼할 거라는 사실까지 알고 있다는 것에 진혁의 마음속에 스멀스멀 불안한 기운이 올라오기 시작했다.

"아버지께서 상아를 어떻게 아세요?"

"그, 그게. 같이 일한다던 박 변호사가 찾아와서 얘기해 줬다. 어찌나 서럽게 울면서 이야기 하던지 나도 모르게 속아서 네가 만난다는 아가씨에게 말도 안 되는 소리를 해 버렸어."

"언제요?"

"며, 며칠 전에 목요일인가."

목요일이라면 상아가 그에게 결혼하자고 말하고 그녀의 집에 인사 간 날이 아니던가. 그래서 뜬금없이 찾아와서 자신에게 안겼나 보다.

분위기가 평소와 조금 다르다는 것을 알고 있었으면서도 자세히 물어보지 않고도 그저 그녀가 먼저 찾아왔다는 사실에 좋아서 구렁이 담 너머 가듯 넘어갔다니. 자신의 여자가 말도 안 되는 일를 당하고 있는 것도 모르고 그저 좋아서 웃기만 했다니.

진혁의 음성이 높아졌다.

"뭐라고 하셨는데요? 설마 헤어지라 마라 그런 소리 하신 건 아니시죠?"

이제는 자기보다 훨씬 더 커 버린 아들의 물음에 아버지는 대답 없이 고개를 숙이셨다. 아버지가 아무 말 없는 것인즉 긍정이라는 말이다. 진혁이 밖에까지 다 들리도록 소리쳤다.

"아버지가 저한테 해 주신 게 뭔데, 그러셨어요? 제가 그 여자를 얼마나 사랑하는지 알지도 못하시면서 어떻게, 어떻게 그렇게 하실 수 있으세요!"

진혁의 언제나 냉철하고 침착하던 이성이 꼭지까지 화를 뿜으며 돌아 버렸다. 아들이 화를 내며 소리치는 것을 본 그의 아버지는 어쩔 수 없이 변명 아닌 변명을 둘러대며 아들에게 사과를 할 수밖에 없었다.

"자격이 없다는 걸 알면서 그래서 미안하다. 참 괜찮은 여자더라. 오히려 내게 너에 대해 이야기하는데 내가 다 부끄러워질 정도였어. 애비인 나보다 너를 더 잘 알고 너를 많이 사랑하는 것 같았어. 미안하다. 이런 말 할 자격이 없는 것도 알지만 미안하다."

화가 나서 머리가 폭발한 지 한참이 지나고 있었고 입을 여는 순간 아버지께 더한 소리를 해 버릴 것만 같아서 진혁은 나오는 욕지거리를 뱉지 않기 위해 입술에 힘을 줬다.

"......."

계속된 침묵과 함께 입을 닫아 버린 아들을 보다 폭풍전야 같은 위기감에 아버지는 다시 아들에게 사과했다.

"정말 면목이 없다. 나 때문에 사이가 틀어지지는 않았나 싶어 걱정이 돼서 들렀어. 나는 이만 가 보마."

아버지는 그 말을 끝으로 화를 삭이고 있는 진혁의 사무실을 조용히 빠져나왔다. 그가 나간 사무실에 혼자 남은 진혁의 머릿속에는 참을 수 없는 분노가 차올랐다.

책상에 두 손을 집고 열을 식히고 있던 그가 저승사자 같은 얼굴을 하고서는 사무실을 나갔다. 긴 다리로 성큼성큼 걸어서 사무실 반대편 통로에 위치한 박 변호사의 사무실로 갔다. 그리고 박변의 비서의 인사를 받지도 않고 문을 열어젖혔다. 갑자기 문이 열리며 들어서는 사람의 얼굴을 본 현지가 서류를 보고 있던 것을 내팽개치며 그를 반겼다.

"무슨 일이야?"

일 때문이 아니면 자신의 사무실에 진혁이 찾아온 적이 없기 때문에 현지의 얼굴에 웃음이 폈다. 궁금함이 가득한 얼굴을 마주한 진혁의 입에서 억누른 듯한 담담한 목소리가 들려왔다.

"나 결혼해."

하지만 들려오는 진혁의 방문 목적을 들은 후 그녀의 얼굴은 구겨진 종이장보다 더 심하게 구겨졌다. 현지의 히스테릭한 목소리가 사무실에 울렸다.

"그 여자랑? 너 미쳤어? 그 여자가 너한테 어울리기나 하니?"

예상하긴 했지만 막상 현지의 반응을 대한 진혁의 눈이 굳기 시작했다.

"응. 나한테는 과분한 여자야."

"별 볼 일 없는 선생에 그까짓 집안 때문에 네가 나를 무시해? 우리 아버지가 대법원 판사야."

아직도 분위기 파악을 못 하고 날뛰는 현지를 보고 있던 진혁이 벌떡 일어나 현지의 멱살을 잡았다. 참으려 했지만 그녀를 무시하고 그녀의 집안을 무시하는 발언을 하는 앞의 여자를 용서할 수가 없었다.

"입 닥쳐. 네가 그렇게 잘나하는 아버지 판사 옷 벗기기 싫으면 입 닥쳐."

자신이 아는 진혁은 여자에게 쌀쌀맞기는 하지만 이렇게 멱살까지 잡으며 협박을 하는 남자가 아니다. 평소와는 전혀 다른 진혁의 모습에 놀라 현지가 입만 벙긋거렸다.

"잘 들어. 이번에 외국으로 연수 나가는 거 신청해서 당장 한국에서 사라져. 안 그러면 네가 그렇게 믿고 까부는 너희 아버지가 당장 신문에 오르내리는 꼴을 보게 될 거야."

진혁의 진지한 협박에 놀란 현지가 말을 더듬었다.

"네가 뭔데 우리 아버지 옷을 벗기겠다는 거야? 네가 그럴 능력이라도 있어?"

진혁의 얼굴에 조소 띤 웃음이 자리 잡았다.

"너희 아버지가 신흥전자 사장이랑 자주 만나는 건 알고 있지? 만나서 뭘 했을까나."

아버지는 조금 더 있다가 판사를 그만두시고 굴지의 기업인 신흥전자의 고문 변호사로 전업을 생각 중이시다. 이번에 있는 특허권 소송에 조그마한 힘을 실어 주는 대가로 신흥 사장이 조그마한 뇌물을 수수한 것과 나중에 기업 안에서의 자리를 보장받은 것을 알고 있다.

하지만 이 일을 아는 사람은 정말 극소수인데. 그걸 진혁이 어떻게 안단 말인가. 예상 못 한 급습에 현지가 당황했다.

"그, 그걸 어떻게 니가."

"명심해. 당장 신청해서 이 땅에서 내 눈에서 띄지 마. 한 번만 더 그 여자에 대해 떠들어. 내가 네가 사랑해 마지않는 네 배경을 다 무너뜨려 줄 테니깐."

혼이 나간 박 변호사를 뒤로하고 진혁은 사무실을 벗어났다. 차에 탄 그의 마음이 심란했다. 이런 협박 같은 건 해 본 적도 없고 하고 싶지 않았는데.

얼마 전 식사를 마치고 나오다 신흥전자 사장과 현지네 아버지가 잘 부탁한다며 흰 봉투를 건네는 모습을 우연히 봤다. 확실하지는 않았지만 운을 슬쩍 띄웠는데도 저렇게 얼굴이 하얗게 질리는 것을 보니 아마 자신의 짐작이 맞나 보다.

그의 입안이 씁쓸함으로 가득 차더니 온 마음에 쓴맛이 가득했다.

차에 올라 운전하다 보니 자연히 향한 곳은 상아네 오피스텔이었다. 약속 시간까지 한 시간 정도 남아 있긴 하지만 진혁은 당장이라도 그녀의 얼굴을 보지 않으면 미쳐 버릴 것 같았다.

상아를 보고 싶은 마음에 차에서 내린 그가 달려서 상아네 오피스텔 문 앞에 도착한 것 순식간이었다. 가쁜 숨을 고르며 초인종을 눌렀다. 안에서 그녀의 목소리가 들려오자 그의 불안한 마음이 조금 진정되었다.

"누구세요?"

— 나예요…….

"진혁 씨?"

밖에서 문을 두드리는 사람이 진혁이라는 사실에 놀란 상아가 얼른 문을 열었다.

"약속 시간까지 아직 많이 남았는데? 일은 어쩌고 여길 왔어요."

열린 문 사이로 성큼 그녀의 현관으로 들어선 그가 상아를 끌어안았다. 그의 품 안긴 상아가 웃으며 그를 올려다봤다.

"무슨 일 있어요?"

"아니요. 그냥요. 그냥 좋아서요."

"헤헤, 우리 진혁 씨 어쩌나, 나를 이렇게 사랑해서."

상아가 가볍게 말하며 장난으로 아이들에게 하듯이 엉덩이를 톡톡 두드렸다. 아까의 시궁창 같던 상황이 그녀의 눈웃음 하나로 깨끗하게 정화되고 있었다. 이 여자가 없는 자신의 삶은 생각할 수도 없다. 자신의 심장을 뛰게 하는 여자가 바로 앞의 이상아라는 여자다. 아, 정말 이 여자를 목숨만큼 사랑한다.

눈앞에 웃고 있는 사랑하는 여자를 보고 있는 진혁의 눈에서 불꽃이 일어났다. 자연스럽게 그가 품에 안겨 있는 그녀의 입술을 머금었다. 부드럽게 시작한 키스가 점점 열정적으로 바뀌어 간다.

입안으로 들어온 진혁의 단단한 혀가 상아의 여린 혀를 잡아채서 감아올리고 안쪽까지 조금은 난폭하게 휘저었다. 강렬한 입맞춤에 벌어진 상아의 입술 사이로 신음 소리가 흘러나왔다.

"으, 음. 으음."

그녀의 신음 소리가 기폭제가 된 진혁이 그녀의 얇은 흰색 티셔츠 위로 올라온 봉긋한 가슴에 손을 올렸다. 상아가 놀라 그의 손을 잡았다. 그러자 진혁이 더 달콤하고 부드러운 키스로 마음을 담아 입을 맞추고 그녀의 입술을 애타게 혀로 매만지며 핥았다.

그의 키스에 담긴 마음을 눈치챈 상아가 잡고 있던 그의 손을 놓아주었다. 그러자 그의 손은 얇은 티셔츠 안으로 들어가 보드랍고 납작한 배를 배회하다 조심스럽게 더 위로 올라가서는 브래지어가 감싸고 있는 부끄러워하는 봉긋한 가슴을 만지기 시작했다.

부끄러운 언덕을 감싸고 있는 천을 조심히 내리자 손으로 전해지는 말랑하고 부드러움에 진혁이 저도 모르게 고개를 숙여 입에 분홍빛 유두를 머금었다. 달달한 살 내음이 나는 과실을 계속 빨고 만지던 그에게서 원색적인 말이 나왔다.

"아하, 쭙, 음. 아, 너무 달아."

그 소리에 신음만 흘리고 있던 그녀의 다리가 무너져 내리려 했다. 순간 무너진 그녀의 다리를 그의 단단한 다리가 지렛대처럼 받치고는 벽으로 그녀의 등을 기대게 했다. 등에 닿는 차가운 벽의 기운에 그녀의 몸이 흠칫 떨렸다.

진혁은 여전히 그녀의 가슴을 물고 놓을 생각이 없어 보였다. 그녀의 정점이 꼿꼿이 서면서 기분이 묘해지기 시작했다. 양탄자를 타고 구름 속을 떠다니는 기분. 처음 느껴 보는 요상한 기분에 상아가 신음 속에서 그의 이름을 불렀다.

"으, 음. 진, 진혁 씨."

먹어도 먹어도 가시지 않을 것 같던 그녀에 대한 허기로 진혁이 그녀의 가슴을 하염없이 탐하다 자신을 부르는 소리에 고개를 들어 그녀를 바라봤다. 열꽃이 핀 그녀의 눈 속에서 열망과 두려움이 섞인 감정들이 부딪히며 서로 갈등하고 있었다.

마음을 다잡은 진혁이 올려져 있던 브래지어를 내리고 말려 올라간 티셔츠를 조심히 내려주었다. 붉게 핀 꽃 같은 그녀의 얼굴을 조심히 만졌다.

"미안해요. 참아 보기로 해 놓고는 나는 당신만 옆에 있으면 나도 나를 말릴 수가 없어요."

진혁이 아쉬움을 가득 담은 얼굴로 그녀를 소중히 만졌다. 처음 느껴 보는 아까의 붕 뜨는 기분에서 아직도 헤어 나오지 못하고 몸을 떨고 있는 그녀를 따뜻하고 단단한 그의 가슴이 안아 왔다.

그녀의 귀로 느껴지는 그의 쿵쾅대는 심장 소리, 그의 입에서 작게 새어 나오는 탁한 신음 소리. 그녀의 아래를 찌르는 단단함. 상아가 두 사람을 둘러싸고 있는 환상적인 분위기에 취해 그의 귀에 대고 속삭였다.

"어디 한번 말리지 말아 봐요."

너무 간절히 원하다 보니 환청을 들은 줄 알았는데 그를 응시하고 있는 상아의 눈이 웃고 있었다. 진혁이 다시 그녀에게 물어 왔다.

"지금 뭐라고?"

다시 그의 귀에 대고 뜨거운 바람과 함께 상아의 매력적인 음성이 들려왔다.

"진혁 씨의 자신을 말리지 말라고요. 나에게 오는 당신을 말리지 마요."

그 소리에 진혁이 상아를 번쩍 안아 침실로 향했다. 침대에 깨질 것이 두려운 유리처럼 사뿐히 그녀를 내려놓은 진혁은 막아 놓은 욕망이 터진 것처럼 급하게 그녀의 입술을 찾았다.

부드러운 전조 없이 바로 시작된 조금은 거친 키스에 그녀의 심장이 벌렁거렸다. 틈만 나면 키스를 했지만, 침대에 누워 그의 키스를 받아들이는 것은 다음에 올 행위의 전조라는 것을 알아서인지 더 떨리고 긴장이 되어 몸에 힘이 들어갔다.

이제는 그녀의 조그마한 변화도 놓치지 않겠다고 결심한 그에게 살짝 굳은 그녀의 몸은 그의 행동을 더디게 만들었다. 그가 긴장으로 감고 있는 눈에, 코에, 그리고 아름다운 쇄골에 가볍게 입을 맞췄다.

"긴장하지 마요. 그리고 눈을 떠서 나를 봐요. 당신을 사랑해서 미쳐 버릴 것 같은 나를."

그가 소곤소곤 그녀에게만 들리게 내뱉는 고백에 상아가 감고 있던 눈을 떠서 그를 바라봤다. 그녀의 눈에 비친 그의 눈동자에 자신의 모습만 가득해서 자신을 사랑해 주는 그의 마음이 다 보여서 그녀의 마음도 벅차올랐다.

상아가 웃으며 몸을 일으켜 진혁의 목을 끌어당겨 입을 맞췄다. 입술을 탐하던 그의 입술이 아까 맛봤던 아래의 가슴으로 향했다. 티셔츠 위를 방황하던 입술에 상아의 입에서 억눌린 신음이 나왔다. 옷으로 가로막고 있는데도 느껴지는 그의 입술에 그녀의 몸이 쉽게 반응했다.

"으음."

단번에 티셔츠와 속옷을 벗겨 낸 그가 뚫어져라 아름다운 반나신의 그녀에게 시선을 고정했다. 가느다란 허리에 납작한 배, 그녀가 두 손으로 가리고 있는 완벽한 가슴까지.

밤마다 그를 찾아와 괴롭히고 다음 날 사라져서 환희와 절망을 맛보게 했던 아름다운 나신이 눈앞에 펼쳐지자 꿈인가 싶어 눈을 다시 감았다 떴다. 아직도 제 눈앞에 존재하는 그녀의 모습에 황홀감에 티셔츠를 벗어 던지고 그녀의 몸 위로 그가 제 몸을 몸을 겹쳤다.

"하아. 꿈이 아닌가 보다."

한 손에 알맞게 들어오는 가슴을 부드럽게 만지고 입에 넣고 물고 빨던 진혁의 입에서, 그리고 가슴의 정점이 꼿꼿이 서고 온몸이 흥분의 전조를 느끼기 시작한 상아의 입에서 동시에 열띤 소리가 흘러나왔다.

"아아, 음음. 하아."

"음. 으음. 하앗. 앗."

열성을 다해 가슴을 애무하던 진혁의 입술이 납작하고 하얀 배로 향했다. 쪽쪽, 베이비 키스를 남기고는 아직도 열에 들떠 있는 그녀의 회색 추리닝 바지를 한 번에 끌어 내렸다. 상체에 이어 하체를 간신히 가리는 하얀 가리개를 빼고 상아는 완벽한 벌거벗은 몸이었다. 와이셔츠 차림에 정장바지까지 갖추어 있고 있는 진혁을 본 상아가 몸을 일으켰다.

"불공평해. 나는 이렇게 다 벗겨 놓고는 진혁 씨는 이렇게 다 입고 있잖아요."

"그럼 상아 씨가 벗겨 줘요."

진혁이 웃으며 그녀의 손을 자신의 와이셔츠로 이끌었다. 상아가 천천히 하나씩 단추를 풀기 시작했다. 와이셔츠가 벌어지고 탄탄하고 균형 잡힌 근육이 자리 잡은 그의 멋진 몸에 반해 자신도 모르게 그의 탄탄한 복부를 손으로 쓸었다. 그녀의 작은 반응에도 그의 입에서는 주체할 수 없는 열망이 피어올랐다.

"으아. 음. 음."

더 이상은 참을 수 없는 그가 재빨리 벨트를 풀고 바지와 사각팬티를 한 번에 내리고는 그녀에게 강렬하게 입을 맞춰 왔다. 탄탄한 그의 가슴이 부드러운 그녀의 가슴과 맞닿았다. 뜨거운 그의 몸에 강렬한 입맞춤에 상아는 어느덧 마지막 남은 가리개가 벗겨진 것도 알아채지 못했다.

진혁이 그녀의 검은 숲으로 긴 손가락 하나를 살며시 집어넣었다. 난생처음 낯선 손을 받아들이는 그녀의 안이 그의 손을 휘감아 왔다. 너무 좁다. 이 상태로 그를 받아들이기에는 그녀가 너무 좁다.

진혁이 그녀의 입술에 입을 맞추다 얼굴을 아래로 내렸다. 그의 축축한 혀가 그녀의 돌기를 핥았다. 놀란 상아의 허리가 튕겨 올라가며 그녀가 그의 얼굴을 밀어냈다.

"진, 진혁 씨. 하, 하지 마요."

하지만 그녀의 저항은 그에게 부끄러워하는 몸짓으로밖에 보이지 않았나 보다. 그가 튀어 오르는 그녀의 허리를 내리고 다리를 단단히 붙잡고는 다시 안을 맛보기 시작했다. 간질간질하던 느낌이 처음 느껴 보는 생소한 느낌으로 바뀌고 그 느낌 아래 흐느끼는 것밖에 상아가 할 수 있는 일은 없었다.

"하아. 으음. 진, 진혁 씨."

자신의 아래에서 흐느끼던 상아에게서 달달한 윤활유가 흘러나오자 더 이상은 참을 수 없는 한계에 도달한 진혁이 자리를 잡고 그녀를 내려다보며 얼굴을 매만졌다.

"사랑해, 상아야. 아플지도 모르겠다. 그러면 날 때려도 돼."

말을 마친 진혁이 머뭇거림 없이 단번에 자신의 남성을 그녀의 안으로 밀어 넣었다. 그녀의 빡빡하고 따뜻한 안이 그를 휘감아 왔다.

"하아, 으앗, 음."

그녀의 안에서 맘껏 움직이고 싶어 야단이 난 그의 분신을 자제하며 아파서 얼굴을 찡그리고 있는 그녀를 내려다보고 있었다. 아래를 뚫는 듯한 느낌에 눈을 감고 아파하는 그녀 위로 멈춰 있는 그에게로부터 땀방울이 흘러내렸다.

얼굴에 닿는 땀방울에 상아가 눈을 뜨고 고통스러운 듯 멈춰 있는 그와 눈이 마주쳤다. 그러자 그의 눈이 괜찮다며 웃어 보였다.

이 순간에도 자신을 먼저 생각하는 남자. 상아가 그의 목을 끌어안았다. 그제야 진혁이 느리게 그녀의 안에서 움직이기 시작했다. 그를 옥죄어 오는 그녀의 살결 때문에 그의 입에서 탄성소리가 들려왔다

"아아, 음, 너무 좋아. 사랑해."

천천히 움직이던 몸짓이 점점 더 빨라지고 생소하고 아프기만 하던 상아는 기분 좋고 색다른 느낌에 그에게 매달려서 흐느꼈다.

"하아, 으음, 진혁 씨."

그녀의 신음에 더 자극을 받은 그가 느릿하지만 세게 한 번씩 강렬하게 그녀의 안을 뚫자 그녀가 저도 모르게 그에게 다리를 감아 왔다. 기분이 좋음을 넘어 미쳐 버릴 것 같은 그가 더 빨리 움직였고 상아는 그의 아래에서 침대 시트를 꽉 말아 쥐고는 그가 안내하는 환락의 세계로 들어서고 있었다.

진혁의 허리와 상아의 아래가 맞물려 함께 움직이고 있었다. 그리고 계속된 합의 리듬의 절정에서 두 사람이 함께 꼭대기까지 올랐다. 그리고 이내 폭죽이 파방하고 터졌다. 진혁과 상아의 세상이 하얘졌다. 동시에 두 사람의 귀에 같은 신음 소리가 들려왔다.

"으앗. 앗."

"아아, 하아, 읏."

그가 누워 있는 그녀의 위로 쓰러졌다. 단단한 가슴에 눌려 있

던 상아가 무거울까 봐 재빨리 그가 몸을 돌려 그녀를 자신의 몸 위에 올려놨다. 그의 몸 위로 올라간 상아는 어쩔 줄 몰라 옆으로 그의 위에서 내려가려 했지만 그가 그녀의 허리를 꽉 안고는 놓아주지 않았다.

"어? 어, 나 내려 줘요."

그녀의 몸부림은 무시한 채 그가 얼굴을 들어 그녀의 입에 입을 맞췄다.

"가만히 있어요. 계속 움직이면 안 그래도 당신 힘든데 내가 참을 수 있을지 모르겠어요."

그냥 하는 말이 아닌 듯 그의 중심이 다시 일어서서 그녀를 찔러 오고 있었다. 상아의 얼굴이 붉게 물들었다.

"나 아직은……."

진혁이 부끄러워하는 상아를 옆으로 내려놓고 벌거벗은 몸으로 욕실로 향했다. 이불을 덮어쓰고 있던 상아가 이불을 내려 그의 명품 뒤태를 흘낏 보면서 침을 흘렸다.

침대에 누워서 일어나지 않고 아직도 긴 여운에서 벗어나지 못하고 있을 때 그녀의 핸드폰이 울렸다. 화면에 선이의 이름이 뜨자 그제야 상아는 오늘 점심 선이와 했던 약속을 잊고 있었다는 것을 깨달았다.

놀라 몸을 일으켜 전화를 받았다. 수화기 너머로 선이의 음성이 들려왔다.

— 여보세요? 상아야?

"어, 어. 선아."

— 너 왜 아직 안 와? 오고 있긴 한 거야?

"아. 맞다. 나 준비하고 나갈게. 조금만 기다려 줘."

— 상아야. 무슨 일 있어?

"그게······."

상아가 머뭇거렸다. 이 상황을 어떻게 설명한단 말인가. 사실은 지금 진혁 씨랑 응응응하고 나서 힘이 빠져 누워 있다고 말할수는 없지 않는가. 상아가 뭐라 해야 될지 몰라 머뭇거리고 있을때 욕실에 씻으러 들어간 줄 알았던 진혁이 성큼성큼 다가와 핸드폰을 상아에게서 뺏어 들었다.

"여보세요? 선이 씨? 저 최진혁입니다. 상아 씨가 지금 몸이좀 안 좋아서요. 다음으로 약속을 미뤄도 될까요?"

— 많이 아픈가요?

상아가 무언의 눈빛을 보냈지만 진혁은 단호히 고개를 저었다.

"네. 지금 침대에 누워만 있어요. 다음에 제가 근사한 데로 모실게요."

— 네, 그럼 우리 상아 잘 부탁해요.

옆에서 상아는 어쩔 줄 모르고 눈을 이리저리 굴리고 있었지만진혁은 호기롭게 전화를 끊었다.

오랜만에 선이가 외출하자고 말해서 들떴던 현재는 외출의 목적이 장모님의 예비 장인어른을 만난다는 사실을 알고 나서는 들뜬 기분이 조금 가라앉았었다. 둘이서만 있고 싶었는데.

그런데 약속장소에 도착해서도 보이지 않는 두 사람에게 무슨 일이 생겼나 싶어 아내가 기다리다가 전화를 넣었다. 선이의 전화를 옆에서 유심히 듣고 있던 그가 아내에게 물었다.

"장모님, 어디 아프시대?"

하지만 선이는 친구가 갑자기 아파서 누워 있다는 소리에 덜컥 걱정부터 돼서 현재가 물어 오는 말이 들리지 않았다. 현재가 심각한 표정을 하고 있는 아내의 어깨를 끌어안았다. 그때서야 선이가 현재에게 수화기로 들은 말을 전했다.

"네? 네. 분명 아침까지 아무렇지도 않았는데 갑자기 아파서 침대에서 못 일어나고 있대요. 많이 아픈가 봐요. 가 봐야 하는 거 아닌지 모르겠어요."

"그래? 흠……. 당신이 생각하는 그런 아픈 게 아닌 거 같은데."

"그럼 어디가 아프다는 거예요? 아파서 침대에서 나올 수 없을 정도면 진짜 심각한 거 아니에요?"

심각한 표정을 지으며 걱정에 잠긴 선이를 끌어안고 현재가 음흉한 웃음을 지으며 그녀의 귀에 속삭였다. 그가 말하는 대답을 듣고 있던 선이의 얼굴이 순식간에 홍당무처럼 빨개졌다.

몸이 아픈 게 맞긴 하지만 그 아픈 게 그거 때문이라니. 결혼한 지 시간이 지났고 아이도 둘이나 되지만 아직도 소녀처럼 얼굴을 붉히는 아내를 쳐다보는 현재의 얼굴에 좋아 죽겠다! 라는 표정이 단번에 드러났다. 그렇다면 오늘 스케줄이 점심 약속 말고는 특별한 게 없으니깐. 현재가 선이의 귀에 다시 속삭였다.

"그럼 우리도 위로 올라갈까?"

가끔 호텔에 들른 날이면 어김없이 선이의 손을 잡고 빈 스위트룸으로 올라가는 현재 때문에 그녀는 이제 직원들 볼 낯이 사라진 지 오래다. 약속장소를 여기로 정하는 게 아니었는데. 현재가 계속 졸라 왔다.

"응? 선아. 한 번만. 응?"

"아이참, 직원들이 흉봐요."

"누가 흉을 봐. 내가 혼내 줄게. 올라가자. 응? 이런 기회가 날이면 날마다 오는 게 아니에요."

현재가 한사코 거부하는 선이를 설득을 거듭해 꼬셔서는 아내의 손을 꽉 잡고 발에 불이 떨어진 것보다 더 빨리 위층으로 올라갔다.

역시 우리 장모님이란 말이야. 이런 절묘한 나이스 타이밍! 내가 다음에 미국 출장 갔다 무슨 일이 있어도 한정판 엘사 추리닝 사수한다.

한편 현재가 감사해 마지않는 장모님, 우리 상아는 갑자기 전화에 대고 말을 다 하고는 그녀에게 인사를 할 기회도 주지 않고 전화를 끊어 버린 진혁을 보고는 금붕어처럼 입만 뻐끔뻐끔거렸다.

그녀의 눈앞에는 그의 탄탄하고 섹시한 몸이 햇빛에 반사되어 빛나고 있었다. 벌건 대낮에 다시 자세하게 마주하게 된 그의 모습에 상아는 다시 부끄러워져서 그녀의 목소리가 모기만 해졌다.

"음, 음. 선이랑 약속한 건데 지금 준비해서 나가면 되는데……."

방금 미친 듯이 안았던 눈부신 나신이 하얀 천에 가려져서 보이질 않는다. 그의 눈썹이 올라갔다. 성큼성큼 다가간 진혁이 침대 위에 상아를 한 번에 안아 올렸다. 그리고 놀라 더 동그래진 그녀의 눈에 입을 맞췄다.

"으아, 나 무거워요. 내려줘요."

상아가 발버둥을 쳤지만 진혁을 품에서 그녀를 놓을 생각이 없어 보였다. 더 단단히 고쳐 안고 그녀를 보고 웃었다.

"하나도 안 무거워요. 솜털 같아요."

진혁의 얼굴에 잡은 웃음이 너무 아름다워 보여서 상아가 조심이 그의 얼굴을 만졌다. 진혁이 솜털 같이 가벼운 상아를 안아 욕실로 들어섰다.

따뜻한 물에 거품이 풍성히 자리 잡은 욕조에 상아를 조심히 내려놓았다. 온몸이 욱신거리고 아파 왔는데 따뜻한 기운에 상아의 눈이 저절로 감긴다. 좁은 욕조 안으로 진혁이 들어와서 뒤에서 그녀를 안아 왔다.

"상아 씨, 사랑해요."

"응, 나, 나도요, 음."

그는 그녀에게 정말로 미안하다. 자신의 상아는 그런 말도 안 되는 수모를 겪고도 내색하지 않고 자신에게 불편한 마음의 한 자락도 내비친 적이 없다. 그를 포기할 수도 있었지만 끝까지 한 치의 의심 없이 그를 믿고 결혼을 결심해 준 이 여자에게 평생 갚으며 살 것이다. 진혁이 그의 마음에 자리 잡고 있던 미안한 마음을 밖으로 표현했다.

"그리고 많이 미안해요."

"뭐, 뭐가요? 으음."

참으려고 했는데 그녀를 안고 그녀의 부드러운 살결이 느껴지는 물속에서 그는 짐승이 되어 버렸다. 지독한 갈증을 호소하던 그에게 상아는 샘물이다. 거기다 한 번 흐르기 시작한 샘물은 멈출 줄 모른다. 하루 종일 그녀를 안아도 이 샘물을 다 마실 수 있을지 모르겠다.

눈이 감긴 채 뒤로 그에게 기댄 상아가 잠에 빠져들려고 할 때 그가 집요하게 상아의 가슴을 지분거렸다. 잠이 들려고 하는데 주물럭대는 그의 손길에 상아의 투정이 들려왔다.

"하지 마요. 응? 나 자고 싶어요."

하지만 진혁에게는 상아의 투정이 들리지 않나 보다. 상아의 몸을 번쩍 들어 자신을 마주보게 하고는 중독성이 강한 그녀의 가슴을 열정적으로 빨기 시작했다. 살살 잠은 오지, 물은 따뜻해서 나른한지, 거기다 그의 입에 물린 가슴에 야릇한 느낌까지. 상아의 신음이 몽롱했다.

"아, 하아. 으음. 으. 으앗."

진혁이 상아의 신음을 삼키면서 아까부터 일어서 있던 그의 분신을 그녀의 안에 담았다. 다시 받아들인 그의 분신을 부드럽게 감아 오는 그녀의 내벽에 진혁은 황홀함에서 벗어나지 못했다.

더 깊이 그녀의 안에 도달하고 싶어 그의 허리가 빨라졌다. 그의 위에서 초점이 풀린 상아의 눈이 그를 마주하고 있고 그가 주는 환상적인 쾌락에 그녀의 가슴이 출렁였다. 그와 그녀가 함께 움직일 때마다 물과 거품이 가득한 물이 찰랑찰랑거렸다. 그리고 둘은 같이 환락의 절정으로 올랐다.

"하앗, 으하아."

"아아아, 아앗."

또 한 번 시작된 정사에 그녀가 정신을 잃고 잠으로 빠져들었다. 그에게 무너지듯 잠든 그녀를 조심히 안아 들고 약하게 튼 샤워기 물 아래에서 대충 거품만 제거하고 수건을 덮어 밖으로 나왔다.

그가 조심히 걸어 침실로 들어서서는 그녀를 침대에 누였다. 진혁이 그녀가 누운 옆에 나란히 누워 그녀의 얼굴을 바라보며 조용히 읊조렸다.

"내 눈앞에 나타나 줘서 고마워요. 나를 사랑해 줘서 고마워요. 사랑한다. 이상아."

조용한 그의 고백이 꿈결에도 상아에게 전달되었는지 상아가 그에게로 안겨 왔다. 그의 품에 맞물린 그녀의 몸은 마치 한 쌍의 볼트와 너트처럼 꼭 맞았다. 그가 그녀를 소중하게 끌어안고 그녀의 반듯한 이마에 입을 맞췄다. 눈을 감은 두 사람 위로 핑크빛의 기운이 내려앉았다.

| 7.

　토요일 저녁, 밝은 대낮부터 세상모르게 잠들어 있던 진혁이
저녁 무렵이 돼서야 눈을 떴다. 눈을 뜨자마자 보이는 풍경에 그
의 입술이 저절로 올라간다. 옆에는 상아가 그를 보며 잠들어 있
었다.

　기다란 속눈썹이 신기해서 가만히 눈썹을 건드리니 간지러움에
상아가 코를 찡긋한다. 살짝 벌어진 앵두 같은 입술이 예뻐서 저
절로 손이 향하는 것을 막을 수가 없다.

　한참을 그녀의 얼굴만 들여다보던 진혁이 예쁜 입술에 살짝 입
을 맞추고 상아가 깨지 않게 조심히 몸을 일으켰다. 까치발로 주
섬주섬 옷을 챙긴 그가 구겨진 와이셔츠를 입고는 오피스텔 밖으
로 나섰다.

　아침 늦게까지 늦잠이라는 잠을 즐기기는 하지만 낮잠은 즐기

지 않는 상아가 진혁과 나눈 격렬한 사랑에 지쳐 낮잠에서 깨어 났을 때 꿈에서도 나타나 자신을 안고 놓지 않던 그가 보이질 않았다.

놀라 잠이 확 달아난 그녀가 하얀 이불을 몸에 감고 집 안 구석구석을 돌아다녔지만 그의 옷가지라든가 흔적이 신기루처럼 사라지고 아무것도 보이지 않았다.

상아의 가슴이 철컹 내려앉았다. 그리고 내려앉은 가슴과 함께 그녀의 몸도 스르륵 내려앉았다. 그녀의 몸 구석구석 그가 남긴 흔적의 각인이 그녀를 애타게 찾게 만들었다. 혹시나 싶어, 설마 아니겠지. 무슨 급한 일 때문에 나간 거겠지. 사랑을 나누고 감수성이 풍부하다 못해 조그마한 자극에도 예민해진 그녀의 상상력이 엉뚱하게 나래를 펼치고 있었다.

그녀의 심장이 불안하게 흔들린다. 눈물샘이 터지려고 하는 순간 도어락이 열리는 소리가 들리고 두 손 가득 짐을 들고 진혁이 들어왔다. 그러자 불안에 떨던 마음이 왜 이리 안심이 되는지. 이제 상아에게도 진혁은 없어서는 안 되는 존재가 되었나 보다.

"일어났어요?"

그의 아침 인사를 들은 상아가 벌떡 일어나 진혁에게 달려가 안겼다. 갑자기 안겨 오는 상아를 품은 진혁이 들고 있던 짐이 떨어져서 바닥에 나뒹굴었다. 그의 허리에 자연스럽게 감겨 오는 상아의 팔이, 그에게 닿는 그녀의 얼굴이 그를 벅차게 만들었다. 진혁이 가만히 그녀의 머리를 쓰다듬었다.

"왜 그래요? 무슨 일 있어요?"

"아뇨. 그냥."

침착한 듯 들렸지만 상아의 음성이 가늘게 떨렸다. 다시는 그녀에 관한 것에서는 먼지만 한 티끌도 놓치지 않겠다고 결심한 그가 품에서 떨어지지 않으려는 그녀의 얼굴을 매만지며 그녀를 안심시켰다.

"설마 나 어디 갔을까 봐. 그런 거예요? 내가 당신을 두고 어디를 가요."

괜한 걱정을 하다니. 자신을 품고 있는 이 남자는 절대로 나를 혼자 두고 갈 사람이 아닌데. 이렇게 단단한 팔로 나를 붙잡고 있는데 바보같이 쓸데없는 생각이나 하다니. 이게 다 주말마다 함께 했던 드라마 때문이다. 상아가 고개를 저었다.

"아니에요."

진혁이 고개 숙이는 상아의 얼굴을 그에게 고정시키고 눈과 눈을 마주치고 그녀에게 다짐했다.

"다시는 당신 잠들었을 때 어디 가지 않을게요. 당신이 잠에서 깨서 눈을 떴을 때 제일 먼저 볼 수 있는 사람이 내가 될 수 있게 내가 항상 당신 옆에 있을게요."

상아가 그제야 평소에 그를 떨리게 만들었던 해맑은 웃음을 그에게 보여 줬다. 하얀 천에 둘러싸인 그녀를 조심히 안아서 방 안으로 들어간 그가 침대에 그녀를 앉혔다. 침대에 앉혀진 상아가 놀라 몸을 말고 있던 천을 더 세게 움켜쥐었다.

"또요? 물론 나도 좋았고 당신을 열렬히 사랑하긴 하지만 한지 얼마나 지났다고. 나 조금 힘들어요."

고양이처럼 새초롬하게 말하는 상아의 말을 듣고 있던 진혁이 그녀의 머리를 헝클며 웃었다.

"하하. 당장이라도 당신을 침대에 누이고 싶지만 여기 들어온 목적은 다른 데 있어요."

가만히 있었으면 됐을 텐데 괜한 삽질에 순식간에 깊은 우물까지 파 버린 상아의 얼굴이 다시 붉게 물들고 아까의 당당하고 크던 포르테 음성이 피아노시모의 작은 음성으로 줄어들었다.

"그럼 방에는 왜요?"

"나는 물론 당신이 벗고 다니는 게 더 좋지만 밥도 먹고 해야 하니깐 옷은 입어야요. 당신 옷 입히려고 데리고 들어온 거예요."

진혁이 옷장을 열어젖혔다. 그러고는 아래에 고이 차곡차곡 개어져 있는 추리닝 컬렉션 중에서 세트인 것처럼 같은 로고가 붙어 있는 하얀 티셔츠와 남색 반바지 트레이닝복을 꺼내 들었다.

"이거 어때요? 편해 보이는데?"

"좋아요, 근데……."

상아의 눈이 이리저리 구르더니 바닥에 널려 있던 하얀 속옷으로 향했다. 그녀의 눈빛 하나에도 반응하는 그가 눈치 있게 서랍 안쪽에서 하얀 레이스의 속옷을 꺼내 들었다. 그의 손에 들린 하얀 속옷을 잡아채려 했지만 그녀를 피하는 진혁이 더 빨랐다.

"내가 입혀 줄게요."

304

"아니에요. 내가 입을게요."

"부끄러워하는 건 아니죠? 이리 와요."

당연히 부끄럽지. 하지만 웃으며 자신을 부르는 그의 부름에 상아가 말 잘 듣는 아이처럼 그에게 다가갔다.

천을 쥐고 있는 손을 부드럽게 떼어 내고는 그녀의 뒤에 서서 하얀 브래지어를 조심히 입히고 그녀의 어깨에 조심히 입을 맞췄다. 조심히 살짝 가슴을 스친 그의 손길에 그녀의 가슴이 또다시 콩닥거렸다.

그가 다시 침대에 그녀를 앉히고 팬티를 조심히 다리에 끼워 속옷을 입혀 줬다. 가느다란 발목을 잡고 입을 맞춰 오는 그의 뜨거운 열기에 상아는 새어 나오는 신음을 막기 위해 안간힘을 썼다. 느릿느릿하게 하얀 티셔츠를 들고 아이처럼 팔을 벌린 그녀에게 입히고 마지막으로 바지까지 입힌 그가 그녀를 놓아줬다.

"예뻐요. 추리닝만 입어도 이렇게 예쁘다니."

가까스로 진혁이 선사하는 열망을 참아 낸 상아가 처음부터 목적이 분명했던 그를 향해 밉지 않게 눈을 흘겼다.

"당연하죠. 내가 좀 예쁘기도 하지만 이 추리닝은 내 사위가 출장 갔다 사 온, 그러니깐 바다를 건너온 수입 추리닝이란 말씀!"

"사위요? 나 모르게 언제 딸을 낳았어요?"

"크크, 선이 남편을 그렇게 불러요. 선이는 내게 딸이나 다름없거든요."

그러니깐 상아가 입고 있는 추리닝이 친구의 남편이 사 준 제품이란 말인가. 진혁이 불쾌해져서 눈을 부라렸다.

"아니 그 사람은 아내만 잘 챙기면 되지. 왜 남의 여자한테 추리닝을 사다 바친대요?"

"내가 두 사람 이어 주는 데 혁혁한 공을 세웠더니 그때부터 추리닝을 선이 남편이 책임지고 있어요."

그의 눈이 질투심으로 불타올랐다. 질투심이 투철한 남자란 걸 알고 있었지만 친구의 남편에게까지 질투를 하는 그가 이제는 귀여워 보이기까지 한다. 상아가 그를 놀렸다.

"어휴, 우리 진혁이 화났어요?"

아이 대하듯 하는 상아의 놀림에 진혁이 그녀의 허리를 잡아 하늘 높이 들어 올렸다. 갑자기 위 공기를 마시게 된 상아가 내려 달라고 애원도 하고 버둥거려도 봤지만 그녀의 허리를 잡고 있는 그의 팔에는 더 큰 힘이 들어갈 뿐이다. 호락호락하게 넘어갈 거라고 생각했다면 큰 오산입니다. 이상아 씨.

"이제 그 남자가 사 준 추리닝 안 입을 거죠?"

발이 땅을 밟지 못하고 붕 떠 있으니 상아의 속은 울렁울렁 트위스트를 추기 시작했다. 머리가 핑글핑글 돌고 회오리까지 보인다.

"알았어요. 나 어지러워요. 이제 내려줘요."

상아의 항복을 받아 내고 나서야 진혁이 상아를 지상으로 내려 놓았다. 그리고 다시 못을 박았다.

"이제 다른 남자가 주는 건 무조건 받아 오지 마요. 알겠죠?"

상아의 고개가 끄덕이자 그제야 안심한 진혁이 그녀의 손을 잡고 방을 나섰다. 거실에는 진혁이 장 봐 온 갖은 재료와 물건들이 바닥에 뒹굴고 있었다. 감자, 당근, 양파 같은 야채와 칫솔, 면도기 같은 세면도구 사이에 가장 눈에 띄는 것은 보기에도 향기로움이 맡아지는 아름다운 꽃다발이었다.

진혁이 냉큼 보라색 장미 꽃다발을 집어 들고 그녀에게 안겨 주었다.

"장미가 보라색이네요. 처음 봐요."

"나도 오늘 꽃집에 들렀다가 처음 봤어요, 꽃말이 뭔지 알아요?"

상아가 보라색 장미의 향기를 맡으며 고개를 흔들었다.

"영원한 사랑이래요. 사랑해요."

이제는 그는 틈만 나면 사랑을 말한다. 장미꽃을 받아 든 상아도 이제 꽃 선물을 좋아하게 될 것 같다. 상아는 본디 꽃에 대한 로망이 없다. 실용적인 것이 최고라고 생각하는 초 실용적인 그녀에게 먹지도 못하고 금방 시들어 버리며 비싸기까지 한 꽃은 그야말로 쓸모없는 낭비였다. 하지만 사랑을 하면 사람은 변한다더니 사랑에 빠진 그녀의 눈에는 그가 처음 선물한 꽃이 요모조모 쓸모를 따지지 않고도 그냥 좋다.

바닥에 너부러진 재료를 다시 담은 그가 주방으로 들어간다. 그 뒤를 어미를 따르는 새끼오리처럼 상아가 졸졸 따라 들어갔다.

진혁이 싱크대 첫 번째 서랍을 열더니 앞치마를 꺼내 흰 셔츠 위에 둘렀다. 흰 셔츠에 둘러진 검은 앞치마가 그에게 완전 어울렸다. 잘생겼구만! 상아의 입이 또 헤벌쭉 벌어진다. 그의 낮은 중저음의 부드러운 목소리가 들려왔다.

"배고프죠? 조금만 기다려요."

"오늘의 메뉴는 뭐예요?"

"카레입니다. 카레 좋아해요?"

"난 뭐든 잘 먹는다니깐요."

상아가 자랑스러운 듯이 그를 향해 말하자 그의 눈이 자연스럽게 휘었다.

"내가 도와줄 거 없을까요?"

"아니에요. 안 그래도 무리해서 힘들 텐데 앉아 있어요."

도와준다고 일어선 상아를 다시 자리에 앉히고 카레를 만드는 그의 손이 빨라졌다. 양파와 감자 당근 호박을 깨끗하게 씻어서 큼직한 크기로 자르고 돼지고기도 준비하고는 큼지막한 냄비에 물을 넣고 돼지고기와 야채들을 볶기 시작했다.

그리고 고기와 야채가 익어서 맛있는 냄새가 나기 시작하자 물을 더 넣고는 냄비 뚜껑을 닫을 줄 알았는데 웬걸 진혁이 청양고추를 듬성듬성 잘라 넣었다.

진혁이 요리하는 모습을 유심히 보고 있던 상아가 놀라 물었다.

"카레에 고추를 넣는 거예요?"

"기다려 봐요. 나만의 특별한 비법이 들어간 카레를 만들어 줄게요."

카레에 청양고추라니 매운 맛을 보여 주는 카레가 될 것 같은데. 허나 진혁이 믿어 보라고 하니 무조건 믿어 본다. 상아가 의심의 구름을 걷고 고개를 끄덕였다.

"그래요. 한 번 믿어 볼게요."

물이 끓고 야채와 고기들이 팔팔 끓기 시작하자 물에 풀어놨던 카레가루를 넣고 잘 저어주기 시작했다. 노란 카레가 보글보글 끓고 주방에 인도의 향이 가득했다.

진혁이 다시 비밀의 통을 꺼내더니 다시 노란 가루를 첨가했다. 아까 카레가루를 넣고도 또 가루를 넣는다? 궁금한 건 못 참는 상아가 모범생처럼 손을 번쩍 들고 그에게 질문했다.

"아까 카레가루를 넣었는데 또 넣어요?"

"아, 이건 강황 가루예요. 요즘 카레에는 강황이 조금만 들어서 카레의 진한 맛을 위해 조금 더 넣는 거예요."

"아하, 그렇구나."

이제 끝났나 싶어 숟가락을 들고 먹을 준비를 하고 있는데 또 다시 진혁이 휘핑 생크림을 꺼내더니 카레에 넣는 게 아닌가. 아니 카레에 생크림이라니. 먹을 거에 몹쓸 짓 하는 게 아니라고 어머니께 단단히 교육을 받은 상아는 진혁을 향해 소리쳤다.

"진혁 씨! 안 돼요. 카레를 죽이지 마요."

하지만 진혁은 상아의 외침을 무시하고 생크림을 넣고 휘휘 저어 카레가 팔팔 끓자 다 된 밥에 희귀하게 만든 카레를 얹어 상아 앞에 대령했다.

진혁이 어서 먹어 보라는 눈빛을 그녀에게 보냈다. 하지만 그녀는 선뜻 수저를 들지 못했다. 진혁이 카레를 잘 비벼 한 숟가락 떠서 그녀의 입으로 가져갔다. 그래. 눈 딱 감고 한 입만. 상아는 진혁이 먹여 주는 카레를 한 입을 씹지 않고 그냥 목구멍으로 넘기려고 했다. 그런데 입에 들어온 카레는 판타스틱했다.

은근한 매콤함과 이 부드러움. 카레가 이렇게 부드럽다니. 아까 생크림이 이 부드러움의 비밀인가 보다. 상아가 그가 쥐고 있던 숟가락을 뺏어 카레를 연신 입으로 나르기 시작했다.

"많으니깐 천천히 먹어요."

상아가 입 안에 카레를 넘기며 그를 존경의 마음을 담아 고수를 보듯 바라봤다.

"우와, 진짜 맛있어요."

상아의 눈에 진혁을 향한 커다란 하트가 둥둥 떠다녔다. 잘생기고 성격도 좋고 거기다 요리까지 잘하다니 상아가 진정 이 시대의 봉을 잡았다. 본디 잘 먹기도 했지만 에너지가 많이 소모되는 격렬한 사랑을 마치고 난 후라서 그런지 상아의 먹성은 한층 더 빛을 발했다. 상아는 카레 한 그릇을 다 먹고도 진혁에게 빈 접시를 내밀었다.

"한 그릇 더 주세요."

누군가 자신이 만들어 주는 요리를 맛있게 먹어 준다는 것은 얼마나 기쁘고 즐거운 일인가. 진혁은 날마다 그리고 평생 그녀에게 맛있고 입이 즐거워지는 음식을 해다 바칠 준비가 되어 있다. 진혁이 빈 접시에 카레를 담아서 상아에게 내밀었다.

"많이 먹어요."

상아는 진혁이 만들어 준 카레를 두 그릇이나 깨끗이 비우고 나서야 배가 부른지 전투적이기까지 하던 수저를 내려놓았다. 진혁이 이렇게 맛있는 요리를 만들어 줬으니 당연히 뒤처리는 상아의 담당. 다 먹은 접시를 가지고 상아가 일어섰다.

"설거지는 내가 할게요."

"아니에요. 내가 할게요."

"요리는 못해도 설거지는 잘해요."

하지만 진혁은 단호히 고개를 저었다. 서로 실랑이를 벌이던 그들은 같이 설거지를 하기로 합의점을 찾고 싱크대 앞에 섰다.

"진혁 씨가 헹궈요. 내가 퐁퐁으로 **빡빡** 닦아 줄게요."

"그냥 같이 해요."

"어떻게 같이 해요? 분업해요. 분업."

"이렇게 하면 되지요."

뒤에서 진혁이 상아를 안아 왔다. 그의 단단한 가슴이 그녀의 등 뒤에 닿고 숨 쉴 때마다 나오는 그의 뜨거운 입김이 그녀의 얼굴을 간질였다.

"히히. 간지러워요."

"왜요? 난 좋은데. 얼른 설거지하고 우리 할 일이 있어요."

설거지를 하자는 건지 영화 한 편을 찍자는 건지. 그녀의 어깨에 얼굴을 묻고 같이 그릇에 거품을 묻혀 접시를 닦고 있던 손이 하라는 설거지는 안 하고 상아의 티셔츠 안으로 불쑥 들어와서는 가느다란 곡선의 그녀의 허리를 만지기 시작하더니 배에 머물던 손이 점점 위로 향하고 있었다.

상아가 당황해서 씻고 있던 접시를 놓치려고 하는 순간 진혁이 다른 한 손으로 접시를 받아 냈다. 그녀의 귀에는 얼토당토않은 말을 속삭이며.

"얼른 설거지해요."

진혁의 손이 속옷 안으로 들어와 그녀의 가슴을 감싸 안고 부드럽게 만지다 결국 정점을 비틀자 그녀는 더 이상 접시를 닦을 수가 없었다. 이 상태에서 계속하다간 그릇이란 그릇은 모두 깨뜨리고 말 것이므로.

"으, 음, 진혁 씨가 이러는데 어, 어떻게 해요."

"그럼 나중에 하고 그럼 지금은?"

지금 하자는 것이 무엇인지 몇 시간 전에 몸소 체험한 상아의 몸이 상상만으로도 흐물거리기 시작했다.

"……"

진혁이 거품이 가득한 상아의 손을 물에 대충 헹구고는 그녀를 번쩍 들어 안았다. 사실은 장을 보러 그녀를 혼자 두고 나갔을 때부터 그녀의 얼굴이 아른거렸다. 양파에도 그녀의 반듯한 얼굴이 보이고, 감자를 집어 들었을 때는 그녀의 장난스러운 얼굴이 보이고, 당근을 골라 카트에 집어넣는 순간에도 사랑을 나눌 때 붉어진 그녀의 얼굴이 보여서.

들어서자마자 지체하지 않고 안고 싶었지만 힘들어 보이는 그녀를 생각해서 인내라는 덕목으로 자신의 내면에서 깨어난 짐승스러움을 억눌렀다. 손 닿는 곳에 있는 그녀를 참아 내기가 그에게는 고역이었다.

이제 밥도 많이 먹고 에너지도 충전했겠다. 그의 속이 다 보이는 손이 그녀에게 다가가는 데 시간은 얼마 걸리지 않았다.

허공을 배회하던 그녀의 다리가 그의 허리에 감기자 기다렸다는 듯이 그가 그녀를 안고 안으로 들어가 버렸다. 두 사람이 들어간 침실에서는 방문 틈 사이로 처음에는 웃음소리가 들려오더니 점점 야릇한 신음과 헐떡거림만 새어 나오고 있었다.

다음 날, 늦은 아침. 먼저 눈을 뜬 상아는 팔을 뻗다 옆에서 만져지는 사람 형체에 놀라 몸을 일으켰다. 어릴 적을 제외하고는 침대 옆에 누군가와 함께 잠들어 본 적이 없는 그녀다. 아, 맞다. 진혁 씨랑 같이 있었지.

상아가 그의 눈을 가리고 있는 머리카락을 조심히 매만졌다. 그의 마음처럼 손에 닿는 머리카락이 부드럽다. 어제 하루 종일 집에서 꼼짝도 하지 않고 있었으니 하루 사이에 바깥세상은 무슨 일이 있었으려나. 그것보다 혹시나 연락 온 데가 없나, 옆에 놓인 핸드폰 전원을 켜는 순간 집에서 부재중 전화가 1통 들어와 있었고 선이에게 메시지가 들어와 있었다.

[상아, 몸조리 잘하고 다시 약속 잡아서 꼭 보는 거다. 꼭이야.

나한테도 너 결혼할 사람 소개해 줘야지.]

제일 친한 친구와의 약속도 펑크 내고 난 정말 나쁜 친구다. 선
이에게 옆에 있는 이 남자를 꼭 소개시켜 주고 싶었는데. 상아가
핸드폰 자판을 터치하는 손이 빨라졌다.

[이제 안 아파. 완전 괜찮아. 어제는 미안해. 오늘 저녁에 볼까?]

메시지를 보낸 시간이 얼마 되지도 않았는데 바로 진동이 울리
며 선이의 답이 날아왔다.

[좋아. 저녁에 어제 약속 장소에서 보자. 진짜 괜찮은 거지?]

괜찮다고 이제 쌩쌩하다고 메시지를 보낸 후 상아가 곤히 잠들
어 있는 진혁을 흔들어 깨우기 시작했다.
"진혁 씨 일어나 봐요. 우리 저녁에 선이 만나러 가야 해요."
잠결에 그를 흔드는 움직임에 진혁이 천천히 눈을 떴다. 아침
에 제일 먼저 눈을 떠서 보는 장면 속에 그녀가 웃고 있으니 아직
도 꿈인가 싶어 그가 눈을 비볐다. 일어날 생각이 없어 보이는 그
를 다시 상아가 흔들었다.
"우리 오늘 저녁에 선이 만나러 가야 해요. 응? 어서 일어나서
집에 가서 준비하고 와요."

진혁이 일어나 앉아 있는 상아를 잡아 품에 안았다. 어서 일어나라고 가슴을 가볍게 때리는 그녀를 더 깊이 안은 그는 일어날 생각이 없어 보였다.

"조금 더 있다가요. 저녁까지 아직 시간이 많이 남았잖아요."

그의 따뜻한 품에 안겨 있는 게 좋긴 하지만, 그래도 선이에게 정식으로 소개하는 날인데. 자신의 남자가 멋있어 보이면 좋지 않겠나.

"그렇긴 하지만. 진혁 씨 옷도 갈아입어야 하고."

"그건 걱정하지 마요. 차에 여벌 옷 있으니깐."

이 빈틈없는 남자 같으니라고, 더 이상 침대에서 벗어나야 하는 이유를 찾지 못한 상아는 그의 품에 안겨 있을 수밖에 없었다.

"나 상아 씨 친구 만나서 주의해야 할 사항 같은 거 있어요?"

"아뇨. 없어요. 선이는 처음부터 당신 맘에 들어 했어요. 그리고 당신은 나한테 과분해요."

"아니요. 당신이 나한테 넘치도록 과분하지요."

진혁이에게는 상아가 넘치도록 과분해서 평생 감사하면서 사랑할 것이라 다짐했고 상아에게는 진혁이 넘치도록 과분해서 평생 더 열심히 노력하며 사랑할 것이라 다짐했다.

서로의 단점을 먼저 찾기보다는 상대방이 있음에 감사하고 자신의 부족함을 채우기 위해 노력하는 이들의 마음이 똑같이 닮았다.

18.

T호텔 레스토랑. 오늘 처음 홀 서빙으로 출근하게 된 어린 여
직원은 주문을 받으러 갔다가 본분을 잃고 앉아 있는 두 명의 남
자 손님에게 넋을 잃고 빠져들고 있었다.

남색 양복을 입은 남자가 풍기는 시크함과 나 차가운 도시 남
자요 하는 저 거만한 자태, 어디 큰 회사 사장 같아 보인다.

나는 차도남은 별로다. 그렇다면 앞의 남자는?

반대편에 앉은 남자는 두 개정도 단추를 풀어헤친 하늘색 셔츠
차림에 웃는 눈이 매력적이고 앞의 남자와 달리 부드러운 카리스
마와 여유가 흘러넘쳐 보인다.

오, 둘이 친구라도 되는가? 역시 잘난 사람끼리 친구 먹는구나.
하지만 주문을 다 받고 밖으로 나오다 얼핏 들은 소리에 어린 여
직원은 세상은 요지경, 아직 세상을 알기에는 아직 자신은 어리다

는 것을 깨달고 충격으로 물들었다. 아니 글쎄 차도남이 부도남에게 이러지 않는가?

"아내랑 장모님은 화장실에 들렀다 온다고 합니다. 그래, 우리 장모님 사랑합니까?"

아니 얼마나 어린 여자랑 결혼했기에. 장모가 재혼 할 상대가 서른 정도로 보이는 남자란 말인가. 그게 아니라면 아니 장모가 얼마나 능력이 좋기에 저런 연하의 남자를 사귄단 말인가. 장모랑 그렇고 그런 사이라는 남자가 하는 대답은 확고했다.

"네, 많이 사랑합니다."

주문을 받다 들어 버린 대화에 충격을 받아 비틀거리며 나오는데 비슷한 또래처럼 보이는 여자 둘이 방금 나온 그 룸으로 들어가는 게 아닌가. 아니 그럼 둘 중 한 명이 엄마고 다른 한 명은 딸이란 말인데.

어린 여직원은 더 큰 충격으로 뒤로 넘어갈 뻔했다. 둘 중 어느 하나도 다 큰 딸을 둔 아줌마로 안 보이는데. 아니 우리나라 성형술이 세계에서 알아준다고는 들었지만 저렇게까지 발달했단 말인가.

20대인 나보다 더 젊고 예쁘고 싱그러워 보이는데. 연속으로 맞은 어퍼컷 충격으로 여직원의 발이 떨어지지 않는다. 오늘 처음 출근한 어린 직원이 멍하니 홀에 굳어서 서 있으니 총지배인이 재빨리 그녀에게로 다가섰다.

"이인영 씨 괜찮아요?"

"네, 괜, 괜찮습니다."

여직원은 식은땀을 흘리며 말을 더듬었다. 또 사장이 처음 온 여직원의 작은 실수를 넘어가지 못하고 또 한 소리 했나 보다. 결혼하시고 잠잠하다 했더니. 총지배인인 내가 룸으로 들어가야 하는 거였는데 괜히 미안해졌다.

"그래요? 미안해요 내가 주문받아야 했는데 찾는 손님이 계셔서. 사장님께서 뭐라고 하시던가요?"

"네? 사장님요?"

"네. 방금 들어간 룸에 양복 입고 계신 분이 여기 호텔 이현재 사장님이세요."

그럼 아까 사위 된다는 사람이 여기 이 호텔의 사장이란 말인가. 여직원이 저도 모르게 총지배인에게 물었다.

"그럼 총지배인님, 사장님 장모님은 왜 저렇게 젊으신지 알고 계세요?"

"하하하. 사장님이 장모님이라 부르시는 분은 진짜 사모님의 어머니가 아니라 사모님 절친한 친구분이세요. 가족이 없는 사모님께 어머니나 다름없다고 그렇게 부르시는 거 같던데? 인영 씨는 오늘 처음 와서 몰랐구나. 사장님 러브스토리는 워낙 이 호텔의 전설 같은 거여서."

여직원의 파랗던 얼굴이 점점 살색으로 돌아왔다. 아니, 그럼 그렇지. 진짜 놀랐다. 그나저나 여기 호텔 사장이라는 아까 그 차도남과 한없이 부드러워 보이는 남자 부도남들의 짝은 아까 들어간 여자 둘 중에 각각 누구일까? 궁금하다.

주문한 코스 요리를 들고 총지배인과 이인영 씨는 다시 룸으로 들어섰다. 하지만 인영은 아까의 두 남자의 짝이 누구인가라는 궁금증은 해결되었지만 더 큰 자괴감에 봉착했다.

아니 둘둘 짝짝이 붙어서 앉아서 누가누가 애처가의 일인자인가를 가리는 것도 아니고. 두 남자는 꼭 붙어서는 손에 깍지를 끼고 있는 것도 모자라서 어깨를 감싸고 서로를 향해 내가 더 이 여자에게 잘한다. 부럽지? 졌지? 하는 눈싸움을 하고 있었다.

사장이 젓가락을 손에 쥐여 주면 앞에 앉은 남자는 이에 질세라 물컵에 물을 따라서 여자의 손에 쥐여 줬다. 두 남자가 그러든 말든 옆에 앉은 여자들은 별 관심이 없어 보였다.

"봐봐. 쌍둥이 완전 많이 컸어."

"우와 안 본 지 몇 달 안 됐는데 이렇게 크다니. 나 보고 싶어 하지 않아?"

"당연히 보고 싶어 하지."

"다른 사진은 없어? 나 방학하면 우리 집에 데리고 와. 알겠지?"

"알았어."

사장님의 짝인 단아하게 생기신 사모님이 앞에 엄마라는 아니다 친구라는 싱그럽고 예쁘게 생긴 다른 남자의 짝인 여자에게 핸드폰으로 연신 사진을 넘기며 보여 주고 있었다.

아, 세상은 참 불공평하다. 요즘은 예쁘고 성격까지 좋은 여자들이 세상에 멋진 남자들이란 남자들은 모두 다 채 가 버리니. 내 님은 어디 있나 싶어 나는 언제쯤 저런 인연을 만날까 싶어 한숨 만 내쉬는 인영이다.

보기만 해도 군침이 도는 음식이 테이블에 자리 잡고 총지배인 과 여직원이 나가자 상아가 친구 부부에게 결혼할 사람을 소개했 다.

"여기는 최진혁 씨, 진혁 씨 내가 제일 친한 친구 김선이랑, 그 남편 이현재 씨예요."

상아의 소개가 끝나자 진혁이 일어나 고개를 숙이고는 손을 내 밀어 악수를 청했다. 선이가 웃으며 진혁의 손을 잡으려고 했지만 옆에 있던 현재의 큰 손이 진혁의 손을 힘주어 잡았다.

"선이 남편 이현재입니다."

그러니까 지금 손에 힘을 주고 있는 이 남자, 그 문제의 추리닝 을 사다 바친 사위란 말이지. 아니 아내를 사랑하는 마음이 극진 해 보이는데 왜 자신의 여자, 상아에게까지 관심을 가진단 말인 가. 게다가 처음 보자마자 다짜고짜 물어 온 질문이 우리 장모님 사랑합니까? 라는 거라니.

진혁도 현재의 손을 더 힘주어 잡았다. 손에 피가 통하지 않을 만큼 힘주어 잡고 있던 손은 옆에 앉아 있던 상아와 선이의 말림 으로 일단락되었다. 선이가 공손히 친구의 남편이 될 진혁에게 부 탁했다.

"우리 상아 좀 잘 부탁드려요. 제 친구여서가 아니라 상아, 정말 괜찮은 여자예요."

뭐가 불만인지 모르지만 아까부터 눈에 꽉 준 힘을 풀지 못하던 현재가 불쑥 끼어들었다.

"부탁은 저쪽에서 해야지. 당신이 아니라."

선이가 아이처럼 툴툴대고 있는 현재의 팔을 잡았다. 현재의 입이 조개처럼 꾹 닫혔다. 진혁이 선이의 부탁을 다시 부탁으로 돌려줬다.

"아닙니다. 제가 상아 씨에 비해 많이 부족합니다. 저도 잘 부탁드립니다."

잘 마무리된 줄 알았더니 식사하는 중간중간에도 서로 의식하는 듯한 경쟁은 끝나지 않았다. 진혁이 자신의 접시에 스테이크를 썰어 상아에게 건네주자 이에 질세라 현재는 한 입 크기로 썬 고기를 선이의 입에 넣어 줬다. 그러고 나서도 서로를 향한 적대감을 누그러뜨리지 않았다.

두 남자가 하고 있던 꼴을 보고 있던 선이와 상아는 두 남자에게 경고했다.

"진혁 씨. 현재 씨랑 잘 지내야 돼요. 이제 자주 보게 될 텐데. 두 사람이 잘 못 지내면 결혼하고 나서 몰래 선이 만나러 확 가출해 버릴 거예요."

가출을 해 버린다니. 이제 결혼하면 매일, 매 시간마다 같은 집에서 지낼 수 있다는 꿈에 부풀어 있는 나에게 몰래 가출을 한다니. 상아 선생님의 말을 잘 듣는 진혁 어린이의 대답이 작게 들려왔다.

"알았어요."

"현재 씨, 계속 이럴 거예요? 계속 이러면 저번처럼 서재로 쫓겨날 줄 알아요."

또 서재로 쫓겨난다니. 안 된다. 서재에서 지낸 기간은 암흑 기간이었다. 저번에 장 보러 갔다가 어떤 젊은 놈이 버스 정류장부터 집까지 따라온 걸 보고 눈에 뵈는 게 없어서 왜 차 안 가지고 갔냐고 소리치고 화내는 바람에 서재로 쫓겨난 현재다. 현재가 꼬리를 내렸다.

"알았어."

그렇게 나름 차분한 분위기에서 식사를 마친 두 커플은 호텔을 나왔다. 남자들의 의견은 묻지도 않고 이대로 헤어지기 아쉽다며 2차를 가자며 여자들끼리 2차 장소를 정하고는 앞장섰다. 남정네들이야 앞에 가는 여왕님들을 따라갈 뿐이었다.

10분 정도 걸어 2차 장소로 도착한 곳은 볼링 핀의 큰 간판이 반짝이고 있는 볼링장이었다. 앞장선 여성들은 익숙한지 볼링장으로 들어서서 치수에 맞는 신발을 신고는 본격적으로 공을 굴릴 준비를 하고 있었다. 상아가 선이의 어깨에 손을 두르고는 자신만만하게 웃어 보였다.

"우리 둘이 편먹을게요. 두 사람이 편 하면 되겠다."

가녀린 여자 둘에서 편을 먹고 키 크고 건장한 남자 둘이 편을 먹고 볼링을 치다니. 현재가 가소로운 듯이 웃었다.

"둘이서 우리를 이길 수 있을 것 같습니까?"

남편의 말에 오히려 선이가 웃으며 장담했다.

"현재 씨, 나중에 후회할 텐데요. 우리 내기해요, 내기. 볼링 마치고 간식 내기."

가만히 상황을 주시하며 듣고 있던 진혁이 나섰다.

"두 사람이 불리할 것 같은데요. 그래도 우리는 남자잖아요."

진혁의 개풀 뜯어 먹는 소리에 상아가 코웃음을 치며 두 남자를 도발했다.

"두 사람 지고 나서 울지나 마요. 여태까지 패배의 맛은 모르고 산 것 같은데. 두 사람에게 패배의 맛을 보게 해 줄 테니깐요. 움하하."

이렇게까지 나오자 진혁과 현재의 남다른 승부욕이 발동했다. 좀 전의 적대감은 우승이라는 목표 앞에서 동지감으로 다시 태어났다.

파이팅이 넘치게 볼링 게임은 시작됐다. 처음 순서인 상아가 공을 가지고 한 걸음 두 걸음 세 걸음, 파울선에 서서는 뒤로 발을 빼고 자세를 잡았다. 자세 좋고 그녀가 공을 부드럽게 던지자 가운데로 곧게 굴러가던 공은 10개의 핀을 모두 쓰러뜨렸다.

"예스, 스트라이크."

자랑스럽게 돌아선 상아가 선이에게 다가가 하이파이브를 하고 다음 순서인 진혁을 바라보며 고개를 치켜들었다. 패배의 맛을 보여 주겠다던 말이 그냥 한 말이 아닌가 보다. 두 여자의 표정을 보니 두 사람 모두 숨겨 둔 실력이 보통이 아닐 것 같다. 현재가 공을 고르고 있는 진혁에게 다가서서 어깨를 주무르며 응원했다.

"볼링 잘 치시죠? 잘하실 겁니다. 남자 체면이 있지 우리가 질 수는 없죠."

하지만 대답하는 진혁의 말에 현재는 패배의 문턱에 한 걸음 더 다가간 것 같아 절망했다.

"저는 볼링, 이번이 두 번째입니다."

이 말을 마친 진혁이 공을 들고 출발선에 섰다. 긴 다리로 성큼성큼 다가서 던진 공은 핀을 무려 여덟 개나 쓰러뜨렸다. 두 번 친 거 치고는 실력이 괜찮은데? 남은 스페어는 처리하지 못했지만.

다음 선의 차례. 상아가 선이를 향해 파이팅 넘치는 응원을 보냈다.

"선아, 전부 다 쓰러뜨려 버려."

"걱정 마. 오랜만이라 긴장되긴 하지만 실력이 녹슬진 않았을 거야."

그냥 장담한 게 아니라는 듯이 선이 볼링공을 조심히 집어 들고 성격답게 조심히 공을 내려놓듯 던졌다. 살살 굴러가던 공이 가운데로 느리게 굴러가더니 핀을 9개나 쓰러뜨렸다. 다음 스페어 처리에서도 남은 한 개를 처리했다. 이렇게 되면 현재의 어깨가 무거워지는데…….

현재는 물론 운동 잘한다. 공으로 하는 건 웬만한 건 안 해 본 운동이 없을 정도로 폭넓은 운동 경험을 가지고 있다. 거기다 승부욕도 남다르니 공으로 하는 농구, 야구, 축구 등 즐겨하기도 하지만 잘한다. 볼링 이까짓 거도 같은 공 아닌가.

현재가 폼을 잡고 몇 걸음 걸어가서는 공을 던지려는 순간 뒤에서 황당한 소리가 들려왔다.

"선아. 네 남편 성질 많이 죽었다."

"그지? 옛날에는 개 싸가지라고 불렸는데 요즘은 강아지 싸가지 정도 되는가 보더라."

그 소리에 볼링을 던지던 현재의 걸음이 비틀거리면서 공을 놓쳐 버렸다. 궤도를 잘못 잡은 공은 옆의 레일로 빠져 굴러갔다. 당연히 쓰러진 핀은 하나도 없지.

두 여자의 방해공작이 현재의 운동 인생에서 오점을 남기는 데 일조를 했다. 현재가 화가 나서 소리치려 했지만 돌아서서 보인 선이의 소리 내서 크게 웃는 모습에 방금 언제 화가 났나 싶을 정도로 웃었다. 볼링 좀 지면 어떠나. 아내가 저렇게 즐거워서 웃는데.

두 번째 볼링을 쳐 본다는 진혁과 운동은 뭐든 잘한다는 현재도 점점 쓰러뜨리는 핀의 수가 늘어나고 그들의 점수는 선이와 상아를 바로 뒤까지 맹추격을 하며 따라잡고 있었다.

하지만 경기가 막상 끝났을 때는 근소한 4점 차로 여성 페어, 상아와 선이가 승리를 거머쥐었다. 순순히 패배를 인정한 두 남자의 고개가 선과 상아를 향해 존경 표시로 숙여졌다. 진혁이 두 사람에게 물었다.

"아니, 두 사람 볼링을 왜 이렇게 잘 쳐요?"

상아와 선이가 같이 브이를 그리며 웃어 보였다.

"우리가 대학 다닐 때 그 유명한 볼링녀였어요."

상아와 선이 두 사람은 대학 때부터 틈만 나면 붙어 다녔고 그러다 보니 시험공부하다 받은 스트레스를 풀기 위해 카페가 문이 닫을 때까지 앉아서 수다를 떨거나 정말 스트레스가 컸을 때는 이렇게 볼링을 치기도 했다.

공에 정확히 맞고 쓰러지는 핀들을 보고 있으면 스트레스라는 건 알지 못하는 사람처럼 즐거웠으니깐.

두 사람이 함께 쳐서 쓰러뜨린 핀만 해도 집 한 칸을 채우고도 남을 거다. 두 남자는 그러니깐 오늘 한 볼링 하는 볼링녀들에게 진 거지. 상아가 두 남자를 불렀다.

"어이, 거기 패배자들, 우리 간식 사 줘야죠."

두 패배자들은 헛웃음을 지을 뿐이었다. 볼링장 비도 남자들이 계산하고 내기대로 두 남자가 쏘는 간식을 먹으러 근처에 과일 빙수가 유명하다는 카페로 발걸음을 돌렸다.

만난 뒤로 계속 이야기를 하고 또 이야기해도 아직 모자란지 두 사람은 두 손을 꼭 잡고 수다를 떨며 앞서 걷고 있었다. 그 뒤를 두 남자가 뒤따르고 있었다. 볼링게임을 함께해서인지 저녁을 먹을 때 앞다투어 경쟁하던 두 사람의 마음은 누그러지고 동지애를 느끼고 있다. 현재가 다시 자신의 소개를 했다.

"이현재입니다. 앞으로 이런 일이 자주 생길 것 같은데 우리도 친하게 지내야 할 것 같은데요."

현재가 내민 손을 잡은 진혁이 다시 잡으며 인사했다.

"최진혁입니다. 그러게요. 우리도 가끔은 정보 교환을 위해 뭉쳐야겠는데요."

"아까는 죄송했습니다. 상아 씨에게 무슨 일이라도 있으면 아내가 하루 종일 걱정하고 슬퍼합니다. 아내에게 상아 씨는 가족이나 다름없습니다."

"저도 죄송했습니다. 그리고 저도 알고 있습니다. 상아 씨에게도 선이 씨는 정말 중요하고 소중한 사람이니깐 충분히 이해합니다."

현재는 이제 진혁이 맘에 들기까지 했다. 왠지 모르지만 좋은 친구가 될 수 있을 것 같은 느낌.

"결혼은 언제 하십니까?"

"상견례만 남았습니다. 식장만 바로 구할 수 있으면 이번 달이라도 결혼하려 합니다."

그래도 명색이 장모님이 결혼하시는 데 뭐라도 해 드리고 싶었는데 현재가 머릿속에 떠오르는 생각을 제안했다.

"그럼 날짜 정하시면 저에게 알려 주십시오. 저희 호텔 예식장을 빌려드리겠습니다."

당장 이번 달 안에 결혼하고 싶었던 진혁에게 현재의 제안은 매우 솔깃한 제안이었다. 다른 건 어떻게든 될 것 같은데 가장 중요한 문제가 남았다. 촉박한 날짜에 맞춰 식장을 구할 수 있을까 하는 것인데 진혁은 생각할 것도 없이 바로 승낙했다.

"그럼 거절하지 않고 감사하게 받겠습니다."

세상에서 둘도 없는 친구인 여자들의 반쪽인 그들도 이제는 새로운 관계를 만들어 가고 있었다. 앞에서 그들이 세상에서 가장 사랑하는 여자들이 빨리 오라며 손짓했다. 그녀들에게 다가가는 발걸음 빨라진다. 가까이 다가가 자신의 반쪽들의 어깨를 감싸는 두 사람의 얼굴에 닮은 반달의 웃음이 떠올랐다.

시원하다 못해 이가 시리기까지 하던 과일빙수를 싹싹 비우고 선이네 부부와 헤어지고 집에 도착한 두 사람은 곧장 집으로 들어가지 않고 공원을 거닐었다.

"이제 선이 남편이랑 잘 지낼 수 있을 것 같아요?"

"네. 나는 상아 씨가 원하는 거라면 뭐든지 해 줄 수 있어요. 아! 헤어지는 것만 빼고요."

"내가 왜 당신이랑 헤어져요? 아까 선이가 무조건 잡으래요. 바짓가랑이라도 잡고 늘어지라던데요?"

"바짓가랑이라뇨. 당신은 내 옆에만 있으면 돼요. 그러면 내가 당신을 잡고 끝까지 놓지 않을 거니깐요."

이 백 점짜리 아니 무한대의 점수를 줘도 아깝지 않은 남자 같으니라고. 상아가 진혁의 품으로 안겨 왔다. 불어오는 후덥지근한 바람보다 더 후끈한 바람이 그들의 마음에 가득했다.

19.

그에게 결혼하자고 한 지가 엊그제 같은데 상아는 벌써 상견례 자리에 다소곳이 앉아 있었다. 항시 늦게 준비하고 하는 딸을 친히 새벽부터 깨워서는 욕실로 집어 던진 김 여사는 약속 시간보다 1시간이나 넘게 일찍 도착해서 진혁네를 기다리고 있다.

아침부터 엄마에게 시달린 데다 해도 해도 너무 일찍 도착한 것 같아 상아의 입에서 작은 불평이 쏟아져 나왔다.

"엄마. 그래도 그렇지 너무 일찍 도착한 거 아니에요?"

"시끄러, 이것아. 늦는 것보다야 낫지, 거기다 네가 최 서방보다 한참이나 모자라서 혹시나 책이라도 잡힐까 봐 그런다."

"에이, 엄마 진혁 씨보다 내가 못한 게 뭐가 있어?"

정말 모르겠다는 딸의 말에 김 여사는 한 숨을 내쉬었다.

"딸아, 네 자신을 좀 알아라. 네가 요리를 잘하길 하니 그렇다고 깨끗하게 정리 정돈을 잘하길 하니. 술도 말술로 들이켜지. 최 서방이 구제해 준다고 해서 얼마나 다행인지 모르겠어. 이번이 너에게는 처음이자 마지막 기회야. 잘해, 알겠어?"

대꾸하려 했지만 구구절절 다 옳은 말씀. 그래도 딸에게 그렇게 적나라하게 꼭꼭 꼬집어서 말해 주다니. 상아가 언제나 그녀의 편을 들어주시는 아버지로 시선을 향했다.

"흠흠, 최 군이 좀 괜찮아야지."

"아빠까지."

배신감에 몸을 가누지 못하는 상아에게 다음에 들려오는 아버지의 말은 그녀를 놀라게 했다.

"최 군이 날마다 우리한테 안부전화 넣지. 거기다 점심시간에 부러 우리 집까지 와서 밥도 먹고 가고 거기다 우리 잘 시켜 먹는 치킨 집에 미리 계산을 마쳐 났더라고. 그래서 요즘 우리 치맥 공짜로 즐겨. 딸보다 사위가 백번 낫더라."

이씨, 좀 감동이다. 자신은 진혁 씨 어머니께 하루에 한 통 안부 전화 넣는 게 전부인데.

어머니와 아버지의 말씀이 맞다. 이 남자를 놓치면 절대로 안 된다. 상아가 주먹을 불끈 쥐었다. 약속 시간이 삼십 분이 남았을 때 진혁의 식구들이 들어왔다. 곱게 한복을 차려 입으신 그의 어머니와 상아네 반 기원이의 엄마이자 그의 누나이기도 한 가족들까지.

상아네 어머니가 일어서서 먼저 인사하려다가 고개 숙이는 진혁의 어머니의 얼굴을 보고는 놀라 상대방의 손을 덜컥 먼저 잡았다.

"아니, 한 여사. 여긴 무슨 일이야."

"아니, 김 여사. 상아가 자네 딸이었어? 그 집에서 빈둥거리며 노처녀로 늙어 죽을 것 같다던 딸?"

"그래, 그럼 최 군이 자네 아들? 그 성적 취향을 의심해 봐야 될 것 같다던 그 아들?"

옆에서 어른들이 인사가 끝나길 기다리고 있던 당사자들은 주고받는 대화를 듣고 있는데 상황이 어떻게 돌아가는지 정신이 하나도 없었다. 자신들의 수다에만 빠져 있던 김 여사를 상아의 아버지가 말렸다.

"여보."

그때서야 상아의 어머니가 정신을 차렸다.

"아니, 내가 전에 말했잖아요. 요리 클래스에서 만나서 친해진 친구가 있다고 그러니깐 그 친구가 한 여사예요."

한 여사가 상아의 아버지를 향해 인사하셨다.

"처음 뵙겠습니다. 진혁이 애미 되는 사람입니다."

"네. 안녕하세요. 상아 아버지 되는 사람입니다."

대충 인사가 끝나자 자리에 앉은 가족들은 서로 인사를 나눴다. 기원이 이제 외삼촌의 아내가 될 숙모 상아 옆에서 떨어지질 않았다.

"선생님, 이제 제 숙모가 되시는 거 맞죠?"

"그래. 근데 기원아 우리 학교에서는 선생과 제자로 있는 게 어떻겠니?"

"저는 선생님도 숙모도 다 좋아요."

"그래. 선생님도 기원이랑 같은 가족이 돼서 기분이 참 좋다."

그리고 여기 또 다른 두 사람이 진혁과 상아가 결혼하는 것이 천생연분이라고 생각하는 사람이 있다. 바로 상아의 어머니 김 여사와 진혁의 어머니 한 여사이다. 김 여사와 한 여사는 상견례 자리에서 그것도 대낮에 어느새 나란히 붙어 앉아서 술잔을 기울이고 있었다.

"그러니깐 우리가 이제 사돈이 되는 거야?"

"그래. 그나저나 한 여사 아들을 어쩜 그리도 잘 키웠어? 상아 저게 할 줄 아는 게 없어서 내가 시집갈 준비도 못 시켰는데 어쩌나?"

세상 어느 부모가 자식 잘 키웠다는 소리를 싫어하겠는가. 진혁의 어머니는 칭찬에 칭찬으로 대답했다.

"무슨 소리야. 딸 잘 키웠던데. 그리고 걱정 말게. 내가 진혁이 장가갈 준비 다 시켜 놨으니깐 걱정 안 해도 돼. 요리도 잘하고 웬만한 요리도 잘 먹을 수 있게 내가 훈련시켜 놨어. 자자. 술 한 잔 받아."

"내가 한 여사 보기가 민망해서 그러지."

"아, 글쎄. 걱정하지 말래도. 둘이 좋으면 그만이지."

진혁과 상아는 아직도 소설 속에서만 나올 법한 이 상황을 믿을 수가 없다. 서로 어머니끼리 친한 사이라니. 집안끼리의 쓸데없는 알력 싸움 같은 건 날 일 없을 테니 잘되고 있는 것 같은데.

집안에서 가장 큰 권력자인 두 어른이 무조건 오케이인 상황이다 보니 바로 결혼으로 향하는 길은 일사천리였다.

"김 여사, 그럼 식은 언제 올릴까? 나는 당장이라도 상아 데리고 오고 싶어."

"그럼 당장 데리고 가. 그리고 이제는 사돈이지. 한 사돈."

"호호, 그런가. 김 사돈. 그럼 우리 식장만 있으면 바로 식 올려 버리지. 내 진혁이 신혼집으로 벌써 준비해 놓은 아파트도 있어. 몸만 들어가면 돼."

"잘됐네. 잘됐어. 그럼 혼수는?"

"아니 혼수는 무슨. 간단하게 해."

"아닐세. 내가 열쇠 세 개 이렇게는 못 해 줘도 예의는 차려서 보내겠네."

식사를 하는 내내 다른 사람은 끼어들 수도 없게 두 집안의 최고 권력자인 어머니 두 분이 모든 걸 결정하셨다. 식장을 구할 수 있는 최대한 빠른 날에 결혼식을 올리자고.

상아가 그렇게 빠르게 식을 올릴 수 있겠냐고 작게 의견을 냈지만 언제나 준비되어 있는 빈틈없는 예비 신랑에게는 통하지 않았다.

"식장은 걱정 안 하셔도 됩니다. 날짜만 정하면 친구가 식장을 내준다고 합니다."

진혁의 말에 두 어머니는 상견례 자리에서 바로 날짜를 정해 버리셨다. 상아의 어머니의 추진력은 타의 추종을 불허했다.

"상아는 며칠 있으면 방학이니깐 시간 많아. 이번 주에 드레스 보고 다음 주중에 어떤가?"

이번 주 동안 드레스 같은 기본적인 일을 다 마쳐야 한다니. 다른 결혼하는 사람들은 넉넉잡아 한 달이고 두 달 정도 준비하던데. 이토록 어머니의 빠른 전개에 상아는 진혁의 어머니가 브레이크를 걸어 주실 줄 알았다. 하지만 들려오는 말은 오케이!

"좋지. 그럼 하객은 어느 정도나?"

"그냥 우리 가족끼리 조촐하게 했으면 하는데."

"나야 좋지. 그럼 다음 주 금요일 아니면 토요일, 어떤가?"

"좋네. 상아와 진혁이 금요일이 좋니? 아님 토요일?"

다 정해 버리고 큰 인심 쓴다는 듯이 금요일 토요일 중에 고르라는 소리에 상아는 이제는 체념해 버렸다. 옆에 앉은 진혁은 당연히 무조건 하루라도 빠른 날이지. 그의 음성이 확고했다.

"금요일이 좋겠습니다."

상견례를 가장한 어머니들의 친목 도모를 마치고 가족들은 모두 돌아가고 진혁이 상아를 차에 태웠다. 오피스텔로 가는 길인 줄 알았는데 창밖의 풍경이 다른 곳으로 향하고 있었다. 상아가 진혁에게 물어 온다.

"어디 가요? 우리 집으로 가는 거 아니에요?"

"아니요. 어디 갈 데가 있어요."

어디 가냐고 그녀가 그에게 계속 물었지만 진혁은 웃기만 할 뿐 목적지는 가르쳐 주지 않았다.

차가 더 달리고 달려 도착한 곳은 상아에게도 익숙한 문화센터. 선이가 요리 강의를 해서 몇 번 와 보고 해서 낮이 익은 곳. 저녁 늦게여서인지 센터는 문을 닫았고 사방은 어둠이 가득했다.

그나저나 여기는 무슨 일로? 아무 소리 없이 진혁이 차에서 내려 문을 열고 그녀의 손을 잡았다.

"여기 어딘지 알아요?"

"네. 선이가 요리하던 문화센터 같은데?"

"맞아요. 그리고 나에게는 여기가 특별한 곳이에요. 당신을 처음 만난 곳이기도 하니깐요."

맞다. 여기서 그를 처음 만났다. 자다 일어난 티가 역력하게 나던 그 늘어진 추리닝 차림으로. 그리고 내가 선이에게 작업 걸지 말라고 경고도 막 날렸었지. 그때의 장면이 떠오르고 상아의 얼굴에는 웃음이 떠올랐다. 적막한 밤공기를 가르고 진혁의 음성이 들려온다.

"첫눈에 반한다는 건 믿지 않았는데 그 뒤로 항상 당신 얼굴이 생각이 났어요. 그리고 선 자리에서 당신을 발견했을 때는 기뻐서, 당신을 다시 만났다는 사실이 그냥 좋았어요. 그리고 기원이네 반에 찾아가서 당신을 또다시 만났을 때는 이렇게 당신과 함께할 내 미래의 모습이 그려졌어요."

"……."

"처음 당신을 봤을 때 나는 당신에게 첫눈에 반한 거죠. 상황이 너무 빠르게 진행되고 있는 거 알아요. 내가 결혼을 너무 밀어붙인 데다 돌아가는 상황이 너무 초고속이니깐 끌려간다는 느낌이 없지 않아 있을 거예요."

"……조금은 그래요. 그렇다고 당신을 안 사랑하는 건 아니에요."

"알아요. 당신이 아직 너무 빠르다고 하면 내가 참아 볼게요. 나는 당신이 원하는 건 다 해 주겠다던 내 말 기억나죠?"

"……."

상아의 침묵에 진혁의 상아의 얼굴을 만지며 그의 마음을 전했다.

"당신과 나. 우리 둘만 생각해요. 결혼식이나 이런 형식적인 거 말고. 당신의 마음이 내게 가장 중요해요."

이씨, 변호사라더니 말이 너무 청산유수다. 말은 이렇게 하지만 그의 눈에 비친 불안감을 몰라볼 만큼 상아는 그에게 대한 마음이 미지근하지 않다. 빠르긴 하지만 자신이 한 선택을 후회하지 않는다. 폭우에 쓸려가는 듯한 이 빠른 상황 속에서 나는 단단한 나무 같은 진혁만 잡고 있으면 되는 거다.

상아의 마음에 있던 조바심은 없어지고 굳건한 믿음의 싹이 자라기 시작했다.

"아니에요. 나도 당신이랑 결혼하고 싶어요. 이제 내일 당장이라도 괜찮아요."

상아의 대답에 진혁은 솔직히 안심했다. 혹시나 조금 미루자는 소리를 하면 어쩌나, 멋있는 남자인 척 기다려 주겠다고 말을 했지만 상아에 대해서는 진혁은 속 좁은 남자일 수밖에 없다. 급작스러운 결혼에 그녀가 조금은 천천히 갔으면 좋겠다는 마음을 내비쳤지만 애써 무시했다.

어떻게 발견한 보석인데. 다른 놈이 또 빛나는 보석 같은 그녀를 발견하고 훔쳐가기 전에 그가 다듬어서 가지고 있어야 맘이 안심이 되지.

하지만 오늘 이렇게 물어보길 잘했다. 진혁이 안주머니에서 검정 벨벳 상자를 꺼내 들고 상아의 앞에서 무릎을 꿇었다.

"흠흠, 이상아 씨. 저와 결혼해 주시겠습니까?"

당장 다음 주가 결혼식으로 정해진 상황에서 프러포즈 같은 건 기대하지도 않았는데. 예상도 못 한 그의 프러포즈에 상아가 당황했다.

"……."

"결혼해 줘요. 나는 다른 건 몰라도 당신만은 평생 사랑할 수 있어요. 내가 매일 행복하게 해 줄게요."

그가 하는 말은 이제 뭐든 믿는 상아의 고개가 아래위로 끄덕여졌다. 진혁이 벨벳 상자를 열어 반짝이는 반지를 그녀의 손에 조심히 끼웠다. 상아의 손에 끼워진 반지를 보니 이제 정말 그녀의 자신의 여자가 된 것 같다.

그의 입술 위로 상아의 입술이 나비처럼 내려앉았다. 부드러운 입술이 닿자 그의 입술이 벌어져 그녀의 입술을 삼켰다. 그들 위로 검은 캔버스에 뜬 노란 둥그런 달이 그들을 비추고 있었다.

❖

결혼식 당일.

안 꾸며서 그렇지 한 미모, 한 몸매 하는 상아가 신부 화장을 하고 새하얀 웨딩드레스를 입은 모습은 결혼식장을 찾은 사람들의 눈을 의심하게 했다. 정말 신부가 이상아가 맞냐고. 식장을 잘못 찾아온 것 같다고.

하지만 그러든가 말든가 들려온 오늘의 신랑의 말은 모든 사람들에게 한 대 패 주고 싶은 욕구를 불러일으켰다.

"상아 씨 너무 아름다워요. 아, 다른 사람에게 당신 웨딩드레스 입은 모습 안 보여 주고 싶은데, 그리고 나는 당신이 추리닝 입고 있을 때가 제일 예뻐요."

이 말에 사람들은 올라가는 주먹을 막느라 고역이었단 말씀. 아내 팔불출이 될 기미를 어김없이 보여 주고 있는 진혁의 뒤로, 벌써 아내 팔불출 과정은 잘 수료하고 아내와 쌍둥이 팔불출 과정을 밟고 있는 현재의 소리가 들려왔다.

"무슨 소리. 우리 선이보다 훨씬 못한데? 우리 선이 웨딩드레스 입은 모습을 못 봐서 그런 소리가 나오지."

또 시도 때도 없이 나오는 저 돌을 던지게 싶게 만드는 팔불출

소리. 오늘의 주인공인 신부 옆에서 작은 것 하나까지 돕고 있던 선이는 남편 현재의 소리에 얼굴이 붉어졌다. 현재가 보내는 하트 눈빛을 선은 애써 무시했다.

그나저나 쌍둥이들은 어떡하고 저리 여유롭게 주머니에 손을 넣고 서 있단 말인가.

"근데 여보, 쌍둥이들은요?"

아, 맞다. 그가 선을 찾으러 온 이유는 쌍둥이 중 아들 빈이가 말썽을 일으켰기 때문이다.

"그게 빈이가 울고불고 난리가 아니어서 당신 찾으러 온 거야. 나는 정말 수습 불가라고."

그 소리에 선이가 할 수 없이 신부의 옆을 떠나 밖으로 나갔다. 밖에서는 증조 할아버지와 할머니가 빈이를 사탕과 장난감 등 온 갖 것으로 아이를 달래려고 애를 먹고 있었다.

검정 턱시도에 빨간 나비넥타이까지 매고 눈이 빨개지게 비비 며 서럽게 울고 있는 아들 곁으로 다가간 선이가 아들을 안았다. 그리 증조할아버지와 할머니가 달랬지만 그치지 않던 울음이 선 이가 안자 바로 뚝 하고 그쳤다.

"우리 아들. 왜 이렇게 우실까."

엄마의 품에서 볼을 비비며 빈이가 처량한 얼굴로 엄마를 올려 다봤다. 사람들이 많은 곳에 와서 조금 놀랐나 보다. 조금 있으면 식이 시작하는데 그나저나 린이는 어디 갔나. 주위를 아무리 찾아 도 딸이 보이질 않는다.

"여보, 근데 린이는요?"

"아, 린이. 저기."

현재가 가리키는 손을 향해 따라가 보인 것은 하얀 레이스 드레스를 입은 딸이 초등학생쯤 보이는 남자 아이의 손을 잡고 있는 모습이었다. 우리의 딸 린이는 절대 저렇게 고분고분히 있을 아이가 아니다.

"아니 정말 린이 맞아요?"

"어. 맞아. 나도 놀랐어."

"근데 누구예요?"

"진혁 씨 조카라네."

"린이가 임자 만났네요."

"무슨 소리, 몇 살 되지도 않았는데. 내가 내 딸을 쉽게 내줄 것 같아?"

현재는 말은 그렇게 했지만 솔직히 속으로 뜨끔했다. 린이와 저 아이의 인연이 여기서 끝이 아닐 것 같아서. 동생 빈이가 울어 젖히든 말든 린이는 식장의 온 구석구석을 돌아다니며 휘젓고 다니며 그 짧은 다리로 광란의 레이스를 하는 중이었다. 위험하다고 어디 가지 말라고 해도 말 안 듣지. 다시 데려다 곁에 두면 잠깐 사이에 어디로 달려가기가 일쑤니.

점점 지쳐 가고 있던 사이 멀리서 또 의자로 등반을 시작한 린이가 위태로워 보였다. 놀라서 달려가서 떨어지려는 린이를 받아 내기도 전에 초등학생쯤 되어 보이는 남자아이가 린이를 받아 냈다. 놀란 딸아이에게 초등학생 같지 않은 점잖은 소리를 했다.

"조심해야지. 의자에서 떨어져서 예쁜 얼굴에 흉터라도 남으면 어떡해?"

남자아이가 달래면서 린이 손을 잡자 우리의 말괄량이 린이가 조용해졌다. 그리고 남자아이 옆에서 떨어질 생각이 없어 보였다.

식이 시작되려고 하자 현재가 린이를 데려오려고 했지만 그의 딸은 떨어질 생각이 없어 보였다. 가자고 달래도 보고 어르기도 했지만 소용이 없었다. 배신감에 몸을 못 가누는 그에게 선이는 심심한 위로의 말을 전했다.

"미리 딸 시집보내는 연습했다고 생각해요."

"말도 안 돼."

현재가 머리를 쥐어뜯으며 절규를 외치는 것과 상관없이 오늘의 결혼식은 시작됐다.

신랑 입장 소리에 검은 턱시도를 입은 진혁이 한 발자국 두 발자국 앞으로 향했다. 사람들이 잘생긴 그가 걷는 늠름한 걸음에 큰 박수를 보냈다. 그리고 대망의 결혼 행진곡이 울리자 오늘의 주인공 상아가 아버지의 손을 잡고 걸어 나왔다.

길쭉길쭉한 팔 다리에 잘 어울리는 인어 같은 머메이드라인의 실크 웨딩드레스를 입고 그녀가 눈부신 자태로 그에게 걸어오고 있었다. 성큼성큼 걸어가 아버님이 건네주는 신부의 손을 잡았다.

살아가면서 힘든 일도 있고 화나고 싸우는 일도 있겠지만 지금 이 벅찬 기분과 이 여자에게 평생 충성하겠다는 결심을 잊지 않겠다고 다짐하며 그녀의 손을 잡았다.

주례 없이 서로에 대한 언약을 적어 하객들 앞에서 이야기하고 맹세하는 것이 식의 전부였다. 거창하지 않았지만 아는 지인만을 초정해서 잘 살겠다고 다짐하고 약속한 이 결혼식은 두 사람에게 평생에 남을 행복한 추억이 될 것이다.

식을 마치고 신혼부부는 신혼 여행지 발리로 떠났다. 한국도 후덥지근하고 더우니 얼음이 가득한 알래스카나 펭귄도 보고 북극곰이 사는 어디 북극으로 여행을 가고 싶어 했던 상아지만 너무 갑작스럽게 결혼식을 올리는 바람에 시간에 맞춰 가려 하다 보니 발리로 가게 되었다. 알래스카의 얼음 동굴을 너무 보고 싶다고 하는 상아에게 진혁이 약속했다.

"다음 여름 방학에 꼭 알래스카에 같이 가요."

아쉽지만 알래스카의 얼음 동굴은 다음을 기약하고 발리로 떠나기로 정했다. 여름휴가를 떠나는 사람이 많다 보니 비행기 표 구하기가 하늘의 별 따기였다. 그래도 겨우 그 별을 따서 두 사람 발리로 떠나는 비행기로 몸을 실었다.

공항에 도착하자 기다리고 있던 차에 올라 예약한 리조트로 향하는 동안 상아는 진혁의 어깨에 기대어 졸다 차가 덜컥하고 멈추자 졸고 있던 상아가 번쩍 눈을 떴다.

공항에서 한참을 달려 도착한 신혼여행 동안 묵을 곳은 개인 풀장이 딸린 모던하고 밖에서는 안을 볼 수 없지만 풍경은 한눈에 들어오는 배치가 좋은 곳이었다.

짐을 대충 풀고는 더운 날씨에 지쳐 얼른 수영을 하고 싶다고 상아가 진혁을 졸랐다. 결혼식 마치고 바로 비행기를 타고 했는데 너무 무리하는 것 같아서 진혁이 그녀를 말렸다.

"안 피곤해요? 좀 자다가 내일 수영해도 되잖아요."

"아뇨. 얼른 물에 들어가고 싶어요. 얼른요."

결국 그는 조르는 상아를 말리지 못했다.

도착하자마자 앞에 있는 풀에서 수영을 하겠다고 수영복을 갈아입고 나온 그녀를 보는 순간 진혁은 계속 말리지 않기를 잘했다는 생각뿐이었다.

상아가 입고 나온 하얀 비키니는 그녀의 길고 하얀 팔과 다리가 다 드러나 보이는 것은 물론 비키니의 윗부분은 날씬하지만 적당한 볼륨 있는 그녀의 가슴을 겨우 숨기고 있었다.

맛있는 음식을 앞에 둔 것처럼 그의 침이 꼴깍 넘어간다. 거기다 가느다란 허리 아래 손만 한 가리개가 겨우 수줍은 여성을 가리고 있었다. 숨을 멈추고 넋이 나간 진혁을 두고 상아는 풀에 몸을 담갔다. 시원한 풀 안에서 물에 젖은 자태로 상아가 진혁을 향해 손짓했다.

"얼른 들어와요. 완전 시원해요."

입고 있던 옷을 허물처럼 벗어 던진 그가 수영복으로 갈아입고 달려서 풀로 몸을 던졌다. 갑자기 들어온 그의 무게에 물이 사방으로 튀었다. 갑자기 튀는 물에 상아가 눈을 감았다. 다시 물결이 잠잠해지고 그녀가 눈을 떴을 때 보인 것은 자잘한 근육이 잡힌 그의 가슴이었다. 그의 열망에 찬 목소리가 들려왔다.

"일부러 그런 거죠?"

나는 그대가 하는 말이 무슨 말인지 정말 모르죠. 상아의 새침한 목소리가 응답했다.

"뭐가요?"

상아의 손이 그의 가슴을 살짝 쓸자 그의 입에서 탄성이 흘러나왔다.

"하아. 상아 씨."

그의 탄성에 탄력을 받은 상아의 손이 그의 허리를 만지기 시작하자 참고 있던 그의 손이 얇은 비키니 속으로 들어와 가슴을 만지기 시작했다. 누가 먼저라 할 것 없이 동시에 서로의 입술을 찾은 그들은 열망이 가득한 키스가 이어졌다. 밖은 컴컴했고 서로의 눈에는 서로가 보일 뿐이었다.

그녀에게서 떨어진 입술은 가슴으로 내려가 정점을 빨아 당기길 반복했고 상아의 입에서는 주체하지 못한 신음만 흘러나왔다.

"하핫. 으음. 진혁 씨."

다시 입을 맞추고 자연스럽게 그의 손이 밑으로 향했다. 갑자기 들어오는 그의 긴 손에 그녀의 다리가 풀려 물속으로 가라앉으려 하자 그가 그녀를 들어 풀 난간에 앉혔다.

초점이 풀린 눈으로 자신을 내려다보는 상아가 너무 예뻐 보여서 그가 웃으며 다시 그녀의 입에 입을 맞췄다. 그리고 조그마한 하얀 비키니를 살짝 밀치고 고개를 내렸다. 그가 작은 돌기를 핥고 빠는 소리에 맞춰 상아의 입에서도 촉촉하고 가녀린 소리가 흘러나왔다.

"아아, 아 으앗. 진혁 씨."

처음이 아니건만 항상 진혁과 사랑을 나눌 때면 상아는 처음 몸을 나누는 것처럼 생소하고 하늘을 나는 느낌 때문에 자신의 몸이 자신의 것이 아닌 것만 같다.

그녀의 아래가 촉촉이 젖어 오자 그녀를 안아 들고 바로 앞에 있는 침대로 향했다. 침대에 누운 눈부신 나신이 그를 더 흥분시켰다.

물에 젖은 아름다운 곡선이 빛에 반사되어 반짝였다. 눈부시다. 그녀가 내게 눈부시다. 감상이 끝난 그가 아까부터 성나서 날뛰고 있는 그의 중심을 급하게 그녀에게 묻었다.

"사랑해. 상아야."

"나도 사랑해요. 진혁 씨."

같은 말로 화답하는 그녀의 안에서 그의 남성이 천천히 움직였다. 들어선 그녀의 안이 그를 뜨겁게 감아왔다. 상아와 사랑을 나눌 때마다 진혁의 이성은 자취를 감췄다. 그가 움직일 때마다 상아가 누인 침대도 같이 흔들렸다. 열정적으로 안겨 오는 그녀 때문에 진혁의 입에서는 큰 탄성 소리가 울린다.

"아아, 상아. 하핫. 으으."

느릿느릿 안을 드나들던 그가 밑에 열띤 신음을 흘리고 있는 상아를 들어 그의 위로 올렸다. 갑자기 그의 위로 올라온 상아가 놀라 몸을 굳혔다. 하지만 진혁이 그녀의 허리를 잡고 부드럽게 리드하자 더 깊이 아래에서 들어오는 짜릿한 느낌에 상아가 계속 그에게로 무너져 내렸다.

"아아아."

그를 받아 내는 그녀의 가슴이 흔들리고 그의 눈이 갈망으로 가득했다. 연신 두 사람의 신음이 울려 퍼졌다. 다시 그녀 위에 자리 잡은 그가 속도를 높였다. 그녀의 다리가 그의 허리를 감고 그의 이마에서 땀방울이 떨어져 그녀의 가슴 골로 흘러내렸다.

한참을 움직이던 그가 마지막까지 남은 액을 그녀에게 뿌리고 함께 절정을 맞이했다. 그리고 두 사람 눈에 동시에 별이 보였다.

"하아, 으앗."

"으으으, 앗. 하아, 하아."

진혁이 가쁜 숨을 쉬며 아직도 절정에서 헤어 나오지 못하는 상아를 끌어안았다. 격렬한 사랑에 지쳤는지 상아의 눈이 스르륵 감기기 시작했다. 죽을 만큼 행복하다. 지금 진혁의 마음이 그렇다.

벅찬 마음을 담아 그가 감은 그녀의 눈 위에 자잘한 키스를 날렸다. 눈에 맞춰 오는 그의 가벼운 입맞춤을 자장가 삼아 상아가 웃으며 행복한 꿈으로 빠져들었다. 그 뒤를 따라서 잠든 그는 행복한 그녀의 꿈속에서조차 함께였다.

같이 눈을 감은 두 사람의 머리 위로 발리의 반짝이는 별이 가득했다.

물랑루즈의 가난한 시인 크리스티앙이 말했다.

The greatest thing you will ever know is just to love and be loved in return.(인생에서 가장 위대한 일은 누군가를 사랑하고 또, 사랑을 받는 것이다.)

인생에서 자신의 반쪽을 한눈에 알아보고 사랑할 수 있다면 그것이야말로 위대한 일이 아니겠는가. 진혁과 상아는 평생 동안 서로를 사랑하고 서로에게 사랑을 받는 것을 멈추지 않을 테니 사랑이라는 위대한 일을 계속해 나가지 않을까?

　금요일, 퇴근한 새색시 상아는 신혼집이 아니라 발걸음이 다른 곳으로 향한다.

　그녀는 금요일 저녁마다 시댁에서 어머님과 함께 저녁을 만들기도 하고 수다도 떨면서 퇴근하는 새신랑 진혁을 기다린다. 그녀는 투철한 실험정신으로 무장하고 매주 어머니와 새로운 음식을 만들기에 여념이 없으며 그날 만든 음식을 맛보고 평가하는 것은 당연히 진혁의 몫이었다.

　오늘의 만들 메뉴는 마파두부. 메뉴로 마파두부가 낙점된 데는 그놈의 텔레비전의 역할이 제일 크다.

　그러니까 저번 주 식사를 마치고 본 드라마에서 멋진 남자 주인공이 검정 앞치마를 두르고 마파두부를 요리해 먹는 것을 본 직후 두 여자는 남자도 만드는 마파두부, 우리라고 못 만들쏘냐

하며 자신만만하게 메뉴를 정했다. 그리고 오늘 학교를 마치고 상아가 장을 봐가기로 했다.

퇴근 시간이 가까워 올 무렵 낮 동안 하늘은 화창하고 햇빛이 쨍쨍하더니 저녁 무렵 하늘은 어두워지더니 비를 뿌리기 시작했다. 비가 올 줄 모르고 우산을 안 챙겨 왔는데 어떡하나. 가다가 하나 사야겠다. 대충 정리를 하고 나가려는데 책상 위에 핸드폰이 울린다. 그녀의 백 점짜리 남편이다.

"진혁 씨?"

— 상아 씨? 거기도 비 많이 오지요?

"네. 우산도 안 가져왔는데."

— 가방 앞 지퍼 열어 봐요. 작은 우산 하나 있을 거예요.

상아가 늘 출근할 때마다 들고 다니는 큰 가방을 들어 안쪽을 들여다보니 정말 빨간 우산이 들어 있었다. 대체 언제? 이 특급 남자 같으니라고.

— 일기 예보에서 오늘 저녁에 비가 많이 온다고 하더라고요. 당장 데리러 가고 싶은데 오늘 일이 많아서 저녁때나 퇴근할 수 있을 것 같아요.

"그래도 저녁 시간에는 맞춰 와요. 오늘 어머니랑 새로운 메뉴 도전해 보기로 했어요."

— 하하, 알겠습니다. 비 오는데 조심해요.

"네. 나중에 봐요."

전화를 끊기 전에 수화기로 전해 오는 그의 뽀뽀에 더 강력한 뽀뽀로 응답하고는 상아는 빨간 우산을 펼 쳐들고 빗속을 여유롭게 걸었다.

이런 세심한 작은 것까지 챙기는 것은 기본이고 날마다 그녀에게 보여 주는 그의 사랑의 크기가 점점 더 커지고 있다. 물론 상아 역시 그를 사랑하는 마음이 날마다 커지니 그와 함께하는 결혼생활에 상아는 날마다 행복하다.

시댁과 가까운 마트에서 장을 보고 시댁으로 도착한 그녀가 초인종을 누르려고 대문 앞에 섰을 때 문이 활짝 열렸다. 열린 문 사이로 한 여사가 웃으며 그녀를 반긴다.

"우리 며느님 오셨어요?"

"어머니, 왜 나와 계세요. 비도 오는데요."

"호호 사실은 마중 나가려고 나오는 길이었어. 비도 오는데."

남편의 자상함이 누구에서부터 물려받았는지 알 것 같다. 상아가 어머니의 팔짱을 끼고 애교를 부렸다.

"아이, 난 정말 전생에 나라를 구했나 봐요. 어디서 이렇게 자상한 어머니를 만나겠어요."

"아이고, 나도 너같이 재밌는 며느리를 어디서 만나겠니."

세상에 둘도 없는 엄마와 딸처럼 다정히 팔짱을 끼고 두 여자는 집으로 들어섰다.

상아가 장 봐 온 것들을 식탁에 내려 펼쳐 놓았다. 봉지에서 마지막으로 모습을 드러낸 것은 어머니가 가장 좋아하시는 빵집에서 사온 롤케이크였다.

"어머니, 제가 어머니 좋아하시는 폭신한 롤케이크 사 왔어요. 한 조각 드실래요?"

"그럼 그럴까?"

마트 옆에서 제과 기능장이 아침마다 구워 내는 빵 중에서 롤케이크를 가장 좋아하는 한 여사는 먹음직스러운 자태를 뽐내고 있는 롤케이크를 그냥 지나칠 수가 없다. 차를 끓여서 상아와 마주 앉아 한 조각의 부드러움을 만끽하는 한 여사의 얼굴 위로 웃음이 번진다.

"맛있구나. 우리 다음에 롤케이크 한번 만들어 볼까?"

마파두부도 만드는데 롤케이크라고 못 만들쏘냐. 상아가 주먹을 불끈 쥐었다.

"네. 어머니!"

티타임을 마치고 두 사람은 바로 주방에 섰다. 인터넷으로 뒤져 찾은 마파두부를 만들기 위해 필요하다는 재료를 뒤져 사 온 재료들이 식탁에 질서 없이 놓여 있었다.

요리를 시작하면서 커플로 맞춘 앞치마를 나란히 입은 두 사람은 마파두부 만들기를 시작했다.

"어머니 여기 블로그에는 두부를 사각 썰기를 해서는 끓은 물에 조금 데치라네요."

"그래? 그럼 물부터 끓일까?"

한 여사는 냄비에 물을 넣고 끓이고 상아는 두부를 네모로 자로 잰 듯 썰기 위해 온몸에 힘을 주고 집중하기 시작했다. 그녀의 팔이 수직으로 칼을 내릴 때마다 네모난 큰 두부가 블록처럼 해체된다. 상아의 두부 썰기를 뒤에서 보고 있던 한 여사의 감탄이 들려왔다.

"어머, 상아야 이젠 깍둑썰기를 마스터했구나."

"네. 이게 다 어머니의 바다보다 넓으신 가르침 덕분이에요."

처음 요리를 시작할 때 칼도 제대로 잡지 못했음에도 어머니는 눈살 한 번 찌푸리지 않으셨다. 자신도 처음에는 칼질이 아니라 국자질도 제대로 못 했다면서 상아에게 칭찬과 격려를 아끼지 않으셨다.

칭찬은 고래를 춤추게 할 뿐만 아니라 상아를 춤추게 했고, 점점 어머니와 요리하는 시간에 재미를 붙이게 해 나중에는 요리하는 시간을 기대하게까지 했다. 핸드폰으로 요리법을 확인하면서 두 여자의 마파두부를 완성을 향해 달려가는 작업이 계속되고 있었다.

"그다음은 마파두부를 소스를 만들어야 하는데 두반장?"

"왜 그러니? 상아야?"

장 봐 온 비닐을 뒤지기도 하고 식탁에 놓인 재료 사이를 요리조리 뒤지던 상아의 당황한 목소리가 들려왔다.

"어떡하죠? 어머니 두반장이라는 소스가 필요하다는데 깜빡하고 안 사 왔어요. 마파두부의 생명은 소스인데 어떡하죠?"

"그렇다면…… 소스를 만들면 되지. 소스가 별거냐. 양념을 조합하면 소스가 되는 거지 뭐."

어머니는 역시 한 수 위시다. 한 가지 요리방법에 절대 안주하지 않으시고 다양한 방법을 탐구하시는 탐구본능이 남다르시다. 상아는 아직 어머니의 발뒤꿈치도 따라가지 못했다. 아무래도 한참이나 수양이 더 필요할 듯하다. 그런 어머니를 바라보는 상아의 눈이 존경의 눈빛으로 빛났다.

"역시 어머님은 정말 요리계의 이단아세요. 어떤 걸 넣으면 될까요?"

"마파두부 소스색이 우선 빨간색이니깐 고추장, 고춧가루는 들어갈 것 같고 된장도 좀 넣을까? 조금 단맛을 위해서 설탕도?"

잘게 다진 돼지고기와 양파를 넣고 볶다가 물을 넣고 한 여사불러 주는 양념을 잘 버무려 프라이팬에 풀고 끓이다가 반듯한 두부를 마지막으로 풍당하고 넣었다. 그리고 보글보글 소리가 날 때까지 기다렸다가 물에 푼 전분을 넣으니 마파두부의 사촌 같은 비스무리한 형태를 띤다.

그 때 시간을 딱 맞춰서 마파두부를 시식하게 될 진혁이 퇴근하고 집으로 돌아왔다. 퇴근하는 진혁이 보이자 상아가 쪼르르 달려가서 그의 서류가방을 받았다.

"왔어요? 마침 딱 맞춰 왔네요."

앞치마를 입고 그의 앞에 서 있는 아내의 이마로 그의 입술이 내려앉았다. 그리고 그녀를 당겨 품에 안았다. 어머니도 계신데 시도 때도 없는 진혁의 애정표현에 그녀가 그의 품에서 살짝 벗어났다.

"아이참, 어머니도 계신데."

"괜찮아요. 어머니 지금 부엌에 계셔서 안 보이세요."

하지만 부엌에까지 그들의 닭살 행각이 전해졌나 보다. 어머니의 음성이 들려왔다.

"나는 다 보인다. 그만하고 얼른 들어와."

천리안을 가진 어머니의 소리에 진혁과 상아가 웃었다. 상아가 그의 손을 이끌고 식사하러 들어갔다.

"우리 오늘 마파두부 만든다고 했잖아요. 방금 다 만들었어요. 빨리 와요."

씻지도 못하고 식탁에 그를 앉힌 그의 앞으로 상아가 그의 집에 처음 올 때 선물로 가져온 접시에 담긴 마파두부 요리가 놓여졌다.

"어서 먹어 봐. 너는 먹을 복이 있어. 어떻게 딱 맞춰서 왔어."

"어서 먹어 봐요. 우리도 아직 맛 못 봤어요."

두 여자의 어서 어서 수저를 들어라 는 강요의 눈빛에 마지못해 그가 수저를 들어 정체불명의 두부요리를 입으로 넣었다. 너무 맵고 짜고 달기도 한 이 오묘한 맛. 어디서도 느껴 보지 못한 맛의 신세계.

웬만하면 그녀들의 요리를 다 먹어 주는 그지만 오늘은 정말 심하다. 하지만 가정의 평화를 위해 그의 위가 희생하면 되지. 어머니와 아내가 기대에 찬 눈빛으로 그에게 요리의 감상을 말해 보라 강요했다.

"음, 맛이 독특하면서 입에 착착 감기네요."

빨리 해치워 버리는 게 낫겠다 싶어 말을 마친 그의 입으로 들어가는 마파두부를 가장한 정체 모를 두부는 점점 더 양이 많아졌다.

잘 먹는 그를 보니 이제 남이 먹는 걸 보면 배가 부르다라는 말이 무엇인지 절실히 이해하게 된 상아가 프라이팬에 남은 마파두부를 전부 그의 접시 위로 올려주었다. 그의 놀란 눈이 그녀를 향했다.

"많이 먹어요. 어머니랑 나는 아까 빵을 많이 먹었더니 배가 불러요."

"그래, 우리는 아까 상아가 사 온 롤케이크를 하도 먹었더니 밥 생각이 없다."

꾸역꾸역 들어가는 마파두부의 맛의 신세계가 그의 미각을 마비시키고 있었지만 그는 못 먹겠다, 안 먹겠다는 말을 뱉지 못하고 깨끗이 접시를 비웠다.

아, 다행이다. 오늘도 이렇게 고비를 잘 넘기는구나. 자신이 음식을 남기지 않고 다 먹어 치우면 상아와 어머니가 저렇게 즐거워하고 행복해하는데 어떻게 맛이 이상하다고 음식을 남길 수 있겠는가.

하지만 잘 넘어갔다고 생각한 진혁의 생각은 큰 착각이었다. 금요일에는 어머니 집에서 자고 가는 진혁은 저녁식사가 마친 후 소파에 앉아 상아와 어머니가 좋아하시는 드라마를 강제 시청해야 한다.

오늘도 소파에 함께 앉아 두 여자와 공감대를 형성하기 위해 고군분투하던 그에게 찾아온 신호. 한 시간 후쯤부터 그의 장이 꿈틀거리더니 LTE급으로 화장실로 달려갔다.

밤새 장청소를 한다고 화장실을 들락날락하던 그가 그다음 날 아침이 됐을 때는 안 그래도 샤프하게 생긴 그의 얼굴이 샤프심보다 더 뾰족해져 버렸다. 그리고 그가 두 여자에게 말했지.

"어머니, 상아 씨. 두 사람은 이제 주방에서 요리 금지입니다. 이러다 제가 단명하겠어요."

그 소리에 두 여자는 순순히 진혁의 심판에 수긍했다. 요리 좀 못하면 어떠냐. 자신들이 한 요리로 진혁을 골로 보낼 뻔했는데.

장이 회복되지 않은 진혁은 며칠 동안 흰 죽만 먹었다. 그 후로는 진혁이 퇴근해서 요리해 주는 음식을 먹거나 시켜 먹거나 그것도 아니면 외식하는 게 그들의 일상으로 자리 잡았다.

혹시나 요리계의 큰 획을 그을 뻔한 그녀들의 요리 역사는 그렇게 끝을 맞았다.

"우웨액, 진혁 씨 밥이 쉰 거 같아요."

그들이 결혼을 하고 1년이 다 되어 가던 어느 날, 남편이 만들어 주는 건 뭐든 맛있다며 잘 먹던 그녀가 구역질을 해 댔다.

아내에게 가장 좋은 것만 해 주고 싶어서 항상 최고의 식재료를 구입하고 가지고 있는 비밀 병기 양념은 기본이고 갖은 묘기에 가까운 음식을 해다 바치는 그이다.

그런 그가 만든 밥이 쉰 거 같다니.

진혁이 놀라 밥그릇에 코가 닿도록 냄새를 맡으며 킁킁거렸다.

"킁킁. 아닌데? 괜찮은데? 일어나요. 얼른."

"네?"

진혁이 서두르며 상아의 팔을 잡았다. 설마 암 같은 큰 병에 걸린 건 아니겠지. 어젯밤 상아와 같이 본 드라마에서 여주인공이

토하고 쓰러지고 하더니 병원에서 불치병이라고 했다.

"병원 가 보게요."

"괜찮은데 아마 체한 거 같아요."

"그래도 병원에 가요."

상아는 태연했지만 진혁은 갑자기 불안해졌다. 지금 우리가 너무 행복하니깐 하늘이 시기하는 건 아닌가 싶어서. 행여나 아내가 죽을병에 걸려 자기보다 먼저 죽는다? 생각하기도 싫은 끔찍한 상상에 그가 몸서리쳤다.

부채표 붙은 소화제 한 병이면 된다는 상아의 말을 무시하고 진혁은 무조건 그녀의 손을 잡고 병원으로 향했다. 상아는 아무렇지도 않았지만 진혁은 초조해서 순번을 대기하는 중에도 왔다 갔다 하며 초조한 티를 팍팍 냈다.

상아의 이름이 불리고 두 사람은 진찰실로 들어갔다. 흰 머리에 푸근한 인상의 할아버지 의사가 두 사람을 반겼다.

"어디가 안 좋아서 오셨나요?"

진혁이 상아가 말하기도 전에 증상을 나열하기 시작했다.

"매일 피곤한지 꾸벅꾸벅 좁니다. 늦잠은 자도 낮잠은 안 자던 사람인데 요즘 틈만 나면 자요. 거기다 어지럽다고 주저앉기도 하고 가장 중요한 건 오늘 밥상에서 구역질을 했어요. 다른 건 몰라도 밥만 보면 되새김질을 할 정도로 잘 먹는데 구역질이라니요."

의사가 진찰할 1초의 여유도 주지 않고 그가 대뜸 물었다.

"얼마나 심각한 병입니까?"

의사는 환자의 남편이라는 남자가 묻는 질문에 답을 할 수 가 없었다. 무슨 심각한 병? 언제부터 임신이 살날이 얼마 남지 않는 병이 되었단 말인가. 남자가 착각의 늪에서 허우적대고 있었다. 나이가 지긋해 보이는 할아버지 의사 선생님은 늪에서 빠져나오지 못하고 있는 진혁을 건져 내셨다.

"마지막 생리는 언제 하셨나요?"

상아가 손가락으로 세며 대충 짐작을 하고 있을 때 그녀에 대해서는 모르는 것이 아무것도 없다고 장담하는 진혁이 대답했다.

"그게 이번 달은 건너뛴 거 같은데요?"

그거랑 이거랑 무슨 상관이냐 하고 물음표를 띤 예비 엄마 아빠에게 의사 선생님이 답을 들려줬다.

"임신하신 거 같습니다. 요즘은 임신했다고 죽고 그러지 않아요. 애를 낳을 때 죽을 만큼 아프긴 하지만요. 허허허."

"네? 임신이요?"

아내의 병명을 알고 난 뒤 진혁은 순간 얼음이 되었다. 움직이지도 못하고 머릿속은 하얀 얼음. 잠시 후 들려온 할아버지 의사 선생님의 음성이 얼음 진혁을 땡하고 깨뜨렸다.

"자세한 건 산부인과 진찰을 받아 보세요."

아직도 실감이 나지 않는 진혁을 이끌고 상아가 진찰실을 나와서 건너편에 위치한 산부인과로 들어갔다. 진찰을 마친 여의사의 말을 듣고 나서야 진혁은 그때서야 제정신으로 돌아왔다.

"축하드립니다. 임신 4주차입니다."

조그마한 아기집이 찍힌 초음파 사진을 들고 나오면서 진혁은 상아 주위를 손으로 바리케이드를 치면서 유난을 떨었다. 안 그래도 상아를 떠받드는 그인데 임신한 상아를 깨질 유리 다루듯 한 그의 모습은 눈꼴 시려서 도저히 못 봐줄 정도다.

SUV차량이라 승용차보다 탈 때 높이가 있다고 기어이 상아를 안아 차에 태운 그가 안전벨트도 단단히 채워 주고는 차에 올랐다.

"너무 유난 떤다고 사람들이 흉봐요."

"유난이라니. 보기 좋다고 하겠지요. 정말 내가 아빠가 되는 거예요? 실감이 안 난다. 뭐 먹고 싶은 거 없어요?"

"글쎄요. 지금은 생각이 안 나는데 나중에 생각이 나면 이야기할게요."

그날부터 상아는 입덧을 심하게 앓기 시작했다. 밥 냄새는 물론 진혁이 밖에서 밥을 먹고 들어오면 옷에서 연하게 풍겨 나오는 냄새에도 구역질을 하며 화장실로 달려갔다. 진혁이 입덧에 좋다는 음식을 만들기도 하고 사다 바쳤지만 소용이 없었다.

입덧하다가 죽는 거 아니냐며 심각한 걱정으로 돌아가시기 일보 직전인 그를 보고는 김 여사와 한 여사는 다 겪는 일이라며 하도 너무 유난을 떤다고 혀를 찼지만 진혁의 상아에 대한 걱정은 하늘을 찔렀고 그도 덩달아 살이 빠지기 시작했다.

"아내는 지금 입덧으로 아무것도 못 먹는데 제가 먹을 게 입으로 들어가겠습니까?"

이 소리에 상아는 감동으로 눈물을 흘렸지만 주위 사람들은 짜증의 눈물을 흘렸다. 그렇게 심한 입덧으로 고생한 그녀는 울음이 우렁찬 여자아이를 낳았다.

두 사람은 아이의 이름을 지수, 최지수라고 지었다.

왜 상아가 안고 자던 곰 인형 이름을 붙였냐고? 그러니깐 점점 배가 불러와 건드리면 빵하고 터질 것 같던 예정일이 얼마 안 남았을 때 가족이나 가까운 지인들은 아무도 태몽을 꾸지 않았는데 진혁의 꿈에 등장한 태몽의 주인공인 하얀 백곰이었다.

하얀 아기 백곰이 상아의 등에 업혀 떨어지지 않는 꿈. 그가 놀라 눈을 떴을 때 보인 장면은 배가 부른 아내가 지수라 부르는 곰 인형을 안고 자고 있는 모습이었다. 아침부터 일어난 상아에게 꿈 얘기를 했더니 상아가 웃으며 전에 꾼 꿈을 이야기했다.

"전에 나도 비슷한 꿈을 꾼 적이 있는데? 곰 인형 지수를 안고 당신이 나한테 여보라고 부르는 꿈요."

"그래요? 그럼 곰 인형 지수가 우리랑 인연이 있나 봐요. 우리가 부부가 된다는 예언도 하고……"

그렇게 태어난 딸 아이 이름은 그렇게 지수가 됐다.

태몽으로 곰 꿈을 꾸면 효자 효녀를 얻는 꿈이라더니 지수는 아빠에게만 효녀였다. 물론 진혁이 딸의 말이라면 죽는 시늉까지 하는 게 한몫하기도 했지만.

엄마는 지수에게 아빠를 뺏어간 돼지 똥구멍이었다. 이제 6살이 된 지수는 저녁마다 퇴근하는 아빠만 오매불망 기다린다. 엄마

가 아빠가 늦으시는 날에는 먼저 들어가서 자라고 했지만 졸린
눈을 비비며 상아에게 들려오는 소리는 이렇다.

"엄마 나빠. 돼지 똥구멍이야. 아빠 혼자 보려고 그러는 거지?
아빠는 내 거야."

그리고 지수의 유난스러운 아빠에 대한 사랑은 어느 봄날 어떤
남자에게로 옮겨 갔다.

오랜만에 선이와 만난 상아는 아이들을 대동하고 시골로 나들
이를 떠났다. 현재네 별장이 위치한 시골이었다. 근처에 목장도
겸하고 있는 곳이라 다양한 동물들을 보고 체험할 수 있는 아이
들에게 좋은 경험을 할 수 있는 곳이었다.

아이들의 아빠들은 일이 마치는 대로 내려오기로 했다. 선이를
도와 저녁을 준비하고 있는 상아는 아이들이 밖에 나가서 노는
것을 허락했다.

"밖에서 나가면 어떤 아저씨가 과자 준다고 따라가자고 한다면
어떻게 한다고 했지?"

"따라가면 안 돼요."

"좋아. 차 조심. 사람 조심 알지? 너무 멀리 가지 말고."

상아의 허락을 받은 아이들이 밖으로 나와 목장으로 향했다.

목장으로 향하는 길, 중학생처럼 보이는 남자아이가 길거리에
떠도는 보이는 개를 괴롭히고 있었다. 아무리 더럽고 버려진 개라
고 하지만 동물이라도 생명이 있는 것은 뭐든지 소중하기 때문에
무시하거나 괴롭히는 것은 나쁜 짓이라는 것을 엄마에게서 배워

왔던 지수가 나서려고 했지만 선뜻 나서기에는 조금 무서웠다.

그 때 평소에는 온순하고 아무런 말도 없어서 존재감조차 미비했던 빈이 오빠가 나섰다.

"하지 마. 하지 말라고."

주먹을 쥐고 큰 소리로 중학생에게 소리쳤다. 옆에서 이런 상황이 익숙하다는 린이 언니의 말이 들려왔다.

"그럼 그렇지. 동물이 괴롭힘을 당하는 걸 보고도 그냥 지나가면 이빈이 아니지. 지수야, 너 여기서 잘 지켜보고 있어. 나는 얼른 가서 어른들 데리고 올 테니깐."

린이 언니가 다다다 달려갔다. 조그마한 초등학생쯤 보이는 남자아이가 소리치는 걸 들은 중학생은 비웃음을 날렸다.

"어쭈, 초딩 주제에 지금 뭐라고 했냐?"

"강아지 괴롭히지 말라고. 괴롭히지 마."

다가와서 빈이 오빠의 이마를 손으로 밀며 겁을 주는 중학생에게 눈 하나 깜짝하지 않고 당당하게 말했다. 중학생이 손을 드는 순간 지수는 눈을 질끈 감았다. 땅에 육중한 몸체가 쓰러지는 소리가 들리자 눈을 조심히 뜬 지수는 예상과 전혀 다른 상황에 눈을 비비며 자신의 눈을 의심했다.

빈이 오빠가 덩치도 훨씬 큰 중학생 오빠에게 맞아서 땅에 나뒹굴고 있을 것이라 생각했는데 눈에 보인 광경은 넘어진 중학생 위로 앉아 있는 빈이 오빠였다. 중학생의 멱살을 잡고 부리부리하게 눈을 부라렸다.

"다시는 강아지 안 괴롭힌다고 약속해."

초등학생처럼 보이는 아이를 깔봤다가 큰코다친 중학생의 입에서 마지못해 약속이 흘러나왔다.

"알았어. 이제 안 그럴게."

중학생이 알겠다고 약속하자 빈이 오빠는 일어나서는 중학생 오빠에게 손을 내밀었다.

"때린 건 미안했어."

내민 손이 무색하게 중학생은 줄행랑을 쳤다. 빈이 오빠는 깨깽하고 있는 강아지에게로 달려가서 안았다.

"괜찮아? 이제 병원에 가자."

사태가 다 수습이 되고 나서는 어른들을 부르러 달려갔던 린이 언니와 언니의 아빠가 헐레벌떡 뛰어왔다. 린이 언니와 빈이 오빠에 대한 사랑이 극진하신 이현재 아버님께서는 다친 곳이 없는지 빈이 오빠의 몸 구석구석을 살피기 시작하셨다.

"괜찮은 거야? 다친 데는 없어?"

"아빠, 저는 괜찮아요. 그런데 얘가 좀 다친 것 같은데 병원에 데려가야겠어요."

"그래? 그럼 병원에 가야지. 어서 가자. 린아 너는 지수 데리고 별장으로 가 있어. 알겠지?"

그렇게 다친 강아지를 안은 빈이 오빠와 빈이 아버지가 사라지고 린이 손을 잡고 지수는 별장으로 돌아가고 있었다. 린이 언니가 아직도 멍하게 있는 자신을 향해 물어 왔다.

"지수야. 너는 괜찮은 거야? 왜 이렇게 멍해? 설마 너도 다친 거야?"

지수가 아니라며 고개를 흔들었다.

"아니, 언니 빈이 오빠는 언제부터 저렇게 용감했어?"

"아…… 방금 본 모습은 가끔씩 나오는 동물 사랑 버전의 빈이 모습이야. 동물을 아주 사랑하는 빈이가 다른 때는 화 같은 거 잘 안 내는데 방금 같이 동물이 괴롭힘을 당한다? 그러면 아주 난리 가 나요."

지수는 방금 본 용감한 빈이의 모습이 맘에 꼭 박혀 버렸다. 지수가 세상에서 가장 사랑하는 아빠보다 더 멋있다. 화창한 햇빛 아래 어딘가에서 불어온 따뜻한 꽃향기가 가득하던 그 날, 어린 지수의 맘에 빈이가 들어왔다.

—The end

　벌써 두 번째 책이 나오게 되었습니다. 선의 밥상의 후속작인 그녀의 클래스는 참 저에게 즐거운 작업이었습니다. 선의 밥상을 낼 때와는 또 다른 경험이었다고 할까요?

　전작인 선의 밥상으로 쓸 때도 상아 같은 친구가 있었으면 좋겠다는 댓글이 많이 달릴 만큼 상아는 인기가 많은 친구였습니다. 그래서 글을 쓰는 속도가 유난히도 빨랐던 게 아닌가 싶습니다. 여주인공인 상아라는 캐릭터가 제가 꼭 한 번 써 보고 싶었던 여주인공이었으니깐요.

　그녀의 클래스는 엉뚱하지만 때로는 진지하기도 한 상아가 주인공입니다. 그런 상아에게 첫눈에 반한 진혁이 그녀의 마음을 얻기 위해 부단히 노력하는 모습이 담긴 이야기입니다. 유쾌하고 재밌는 이야기를 써 보고 싶었습니다. 상아와 진혁이의 이야기를 다 읽고 책을 덮으시는 분들이 조금은 즐거움을 느끼셨으면 좋겠습니다.

그리고 부족한 글이 책으로 나오게 된 데는 많은 분들의 도움이 있어 가능했습니다. 스칼렛 주종숙 팀장님! 정말 감사합니다. 팀장님이 안 계셨다면 책으로 무사히 나오지 못했을 겁니다. 항상 친절한 목소리와 인내로 대해 주셔서 감사드립니다.

그리고 두 번째 글을 쓴다고 한 저에게 무한한 응원을 보내 준 내 제일 사랑하는 친구이자 하나뿐인 룸메이트 썬! 고맙고 사랑해.

이제 진상커플을 떠나보낼 때가 된 것 같습니다. 끝까지 읽어 주셔서 정말 감사드립니다. 그리고 항상 행복하시길 기도드립니다.

— 민(MIN) 드림

그녀의 클래스

1판 1쇄 찍음 2014년 8월 21일
1판 1쇄 펴냄 2014년 8월 27일

지은이 | 민(MIN)
펴낸이 | 정 필
펴낸곳 | 도서출판 **뿔미디어**

편집장 | 이재권
기획 · 편집 | 주종숙, 정시연

출판등록 | 2002년 9월 11일 (제081-1-132호)
주소 | 경기도 부천시 원미구 상동로 117번길 49(상동) 503호
전화 | 032)651-6513 / 팩스 032)651-6094
E-mail | scarlets2012@hanmail.net
블로그 | http://blog.naver.com/dahyangs
홈페이지 | http://bbulmedia.com

값 9,000원

ISBN 979-11-315-3418-2 03810